신神의 아들 2

신(神)의 아들 2

초판1쇄 인쇄 | 2020년 6월 24일
초판1쇄 발행 | 2020년 6월 30일

지은이 | 이원호
펴낸이 | 박연
펴낸곳 | 한결미디어

등록 | 2006년 7월 24일(제313-2006-000152호)
주소 | 서울시 마포구 모래내로 83 한올빌딩 6층
전화 | 02-704-3331
팩스 | 02-704-3360
이메일 | okpk@hanmail.net

ISBN 979-11-5916-134-6 979-11-5916-132-2(set) 04810

신神의 아들

이원호 지음

2
영웅

한결미디어
HANGYEOL MEDIA

차례

1장
신의 능력

제1수용소, 신규철이 감시탑으로 다가갔지만 경비병들은 보지 못했다. 신규철도 변신 능력이 있기 때문이다. 몸의 능력을 극대화시켜 바람처럼 움직이기 때문에 인간의 눈에는 보이지 않는다. 신규철은 경비병을 흘겨보면서 감시탑 안으로 들어갔다. 경비병은 눈앞으로 바람이 스쳐가는 느낌만 받았기 때문에 눈을 껌벅였을 뿐이다.

밤 11시 반. 경비초소는 3층 높이로 철제 지주를 세운 후에 나무 바닥을 깔았다. 계단도 나무로 만들어졌지만 단숨에 오른 신규철이 지휘소 안으로 들어갔다. 이곳은 1수용소의 본부지휘소여서 넓다. 사방 20미터쯤 면적에 뒤쪽 벽에는 CCTV 화면이 잔뜩 붙어 있고 수용소를 내려다보는 3면이 유리벽이다.

신규철은 가방에서 꺼낸 시한폭탄을 뒤쪽 테이블 밑에 놓고 몸을 돌렸다. 움직이고 있었기 때문에 인간들의 눈에 띄지 않는 것이다. 쉽게 말하면 신규철의 움직임만 66배쯤 빠르게 필름을 돌렸다고 보면 된다. 신규철이 다시 바람처럼 계단을 내려와 초소 앞 경비병 둘의 앞을 지났다. 그리고 다시 수용소로 통하는 문 앞으로 다가갔을 때다.

"꾸꽈꽝!"

엄청난 폭발음이 들리면서 옆쪽의 수용소 본부 막사가 폭발했다. 위쪽 감시탑이 대폭발을 일으켜 어둠 속에 불덩이가 허공으로 솟아올랐다. 신규철의 옆으로도 파편이 쏟아졌다. 기계 부속도 있고 인간의 신체 일부도 있다. 그때서야 멈춰 선 신규철의 얼굴이 드러났다. 어둠 속에 붉은 화광을 받은 얼굴이 붉다. 그 붉은 얼굴에 웃음이 떠올라 있다.

강희경은 폭발음과 섬광을 2킬로쯤 떨어진 제2수용소에서 듣고 보았다. 2킬로 거리인데도 폭발음은 엄청났고 불기둥이 검은 하늘을 붉게 물들였다.

"저런."

놀란 강희경이 소리쳤을 때 옆에 선 김기동이 말했다.

"저기가 1수용솝니다. 1수용소가 폭발한 겁니다."

"아니, 왜?"

"글쎄요."

그때 강희경이 김기동에게 말했다.

"둘 어디 갔어요?"

"조금 전에 근처에 있었는데……."

김기동이 주위를 두리번거렸다. 이곳에서 지금까지 강희경조(組)는 붉은 귀신 18명을 처단했다. 기습한 것이어서 아직 이쪽은 피해가 없다. 붉은 귀신은 인간이 귀신으로 변한 것이기 때문에 귀신을 죽이면 인간으로 죽는 것이다. 그동안에 붉은 귀신도 인간들을 살해했기 때문에 2수용소의 사망자는 1백 명이 넘는다. 당연히 수용소는 비상이 걸렸고 방독면을 쓴 특공대가 순찰을 하고 있다.

그때다. 앞쪽 어둠 속에서 어른거리는 물체가 보였다. 강희경조(組)인 차영민, 백만수인 것 같다. 이곳은 개울가의 커다란 소나무 밑. 텐트촌의 오른쪽 끝 부분이다.

"거기 누구냐?"

김기동이 소리치자 어둠 속에서 대답이 들렸다.

"어, 나야."

차영민의 목소리다. 이곳은 더러운 개울가인 데다 앉을 곳도 마땅치 않아서 사람들이 오지 않는다. 다가온 차영민이 웃음 띤 얼굴로 말했다.

"귀신 하나가 지나는 걸 보고 쫓아가서 해치우고 오는 길이야."

"저기 넷이 있습니다."

앞장섰던 제자가 앞쪽을 가리키며 말했다. 제자의 두 눈에 붉은 기운이 덮여 있다. 흰자위가 붉어져 있는 것이다.

"저놈들입니다."

고춘만이 숨을 들이켰다. 개울가, 둘이 기다리고 있고 둘이 다가간다. 지금 그들은 둘을 따라온 것이다. 그 두 놈은 조금 전 제자의 제자를 죽인 것이다. 고춘만의 12제자는 마침 12개로 나뉜 수용소를 각각 1개씩 맡고 휘하에 50명에서 70명까지 제자들을 거느리고 있다.

4명과의 거리는 50미터 정도. 이쪽은 텐트 모퉁이에 서 있었기 때문에 저쪽에서는 보이지 않는다. 고춘만의 눈빛이 강해졌다. 4명 중 중심에 서 있는 여자가 바로 시녀였던 강희경인 것이다.

"저년이……."

할 말을 잃은 고춘만이 숨을 골랐다. 그때 제자가 고춘만을 보았다.

"교주님, 어떻게 할까요?"

"너희들은 여기 있어."

고춘만이 주위를 둘러보며 말했다. 주위에는 제자와 2대 제자들까지 5명이 둘러서 있다. 모두 숨을 죽였을 때 고춘만이 발을 떼었다. 내가 뿌린 씨는 내가 거두겠다는 마음을 먹은 것이다.

폭발이 일어났을 때 김동호는 제5수용소에서 귀신을 42명 째 죽인 후였다. 엄청난 폭음은 6킬로도 더 떨어진 5수용소에도 울렸다. 그러나 산에 가려서 화염은 보이지 않았다. 이곳에서 혼자 행동하면서 김동호는 귀신을 한꺼번에 퇴치하는 방법을 생각했다. 물론 생각하면서 돌아다니는 것이다. 돌아다니다가 귀신이 보이면 개가 되든지 고양이가 되어서 접근해서 죽인다.

시간이 촉박한 것이다. 1시간 후에 다시 학살이 일어날 예정이었지만 귀신 대장을 죽이는 바람에 혼선이 일어나 지연된 것 같다. 벌써 시간이 두 시간이나 지났기 때문이다. 밤 11시 40분, 텐트를 기웃거리며 고양이가 되어서 지나던 김동호가 또 귀신 둘을 보았다. 부부로 보이는 젊은 남녀의 머리 위에 떠 있다. 똑같은 얼굴, 그러나 붉은 얼굴이다.

"수용소 본부가 폭발해?"

놀란 대통령이 버럭 소리쳤다. 오후 11시 45분, 계엄사령부 안. 대통령이 계엄사령관 백철 대장한테서 보고를 받고 있다.

"예, 제1수용소장 김찬식 대령과 참모, 당직병 등 27명이 사망했습니다."

백철이 어깨를 늘어뜨렸지만 시선은 피하지 않았다.

"테러를 당한 것입니다. 내부에 폭발물을 장치했습니다."

"도대체 누구 소행이오?"

"아직 모릅니다, 각하."

"아니, 괴질이 난 수용소 본부를 폭발시켜, 어느 테러범이……?"

"폭발물이 군에서 사용하는 C-4인 것은 확인되었습니다."

"찾아요!"

대통령이 버럭 소리쳤다.

"이젠 테러까지 일어나다니! 국운이 걸린 일이오! 찾아내요!"

악을 쓰듯 대통령이 소리쳤을 때다. 비서실 직원이 전화기를 들고 다가왔다. 얼굴에 황당한 표정이 덮여 있다.

"비서실장님인데 급한 전화라고 합니다."

"누구? 나?"

대통령이 눈을 크게 뜨고 물었다.

"예, 각하."

비서실장 전화라면 받아야 한다. 대통령이 전화기를 귀에 붙였을 때 비서실장 정인규의 목소리가 울렸다.

"각하, 제가 방금 전화를 받았는데 각하께 전달해 드리는 것이 나을 것 같아서 연락드렸습니다."

평소에는 차분하고 말이 무겁던 정인규가 서두르듯 말을 잇는다.

"신원을 밝히지 않은 사람인데 이번 괴질은 사탄의 소행이라는 것입니다. 조금 전 제1수용소 본부 폭파도 사탄이 직접 테러를 일으켰다는 것입니다."

기가 막힌 대통령은 듣기만 했고 정인규가 말을 이었다.

"사탄은 인간으로 변신하고 있으며 귀신과 사탄의 제자 무리가 합동으로 용인의 인류부터 몰살시키고 그곳을 신(神)과의 전쟁터로 만든다는 것입니다."

"정 실장, 당신 술 먹었어?"

마침내 대통령이 물었다. 묻고 보니까 화가 치밀어 올랐기 때문에 버럭 소리쳤다.

"아니면 당신 제정신 아니야? 미쳤어?"

"각하, 그 증거가 있습니다."

"뭔데?"

"제가 비서의 카톡으로 사진을 보냈습니다. 그 사진을 보시지요."

"무슨 사진?"

"귀신이 붙은 사람의 사진입니다."

"귀신이 붙어?"

"예, 사람 위에 귀신이 붙어 있습니다."

"당신 술 먹은 거 아니지?"

옆에 서 있던 백철 대장이 20센티쯤 가깝게 붙어 섰다. 귀신 이야기에 미쳤다는 이야기 등이 나오니까 머리가 혼란스러운 것 같다. 이곳은 계엄사령관실 옆의 대통령 임시 집무실이다. 청와대를 비서실장한테 맡기고 대통령은 용인 계엄사령부까지 내려온 것이다. 그때 정인규가 대답했다.

"아닙니다, 각하. 카톡 영상부터 보십시오."

그때 옆에 서 있던 비서가 제 핸드폰을 켜더니 대통령에게 내밀었다.

"각하, 보시지요."

카톡 영상을 본 대통령이 숨을 들이켰다. 이게 무엇인가? 사내 하나가 다가왔는데 머리 위에 그 사내의 얼굴이 떠 있다. 그런데 위쪽 얼굴은 새빨갛다. 그때다. 갑자기 팔이 뻗어 나왔는데 손에 긴 꼬챙이를 쥐었다. 그때서야 대통령은 이 영상이 쇠꼬챙이를 쥔 사내가 찍고 있는 것을 알았다. 다음 순간 쇠꼬챙이가 사내 위쪽의 얼굴을 꿰었고 사내가 입을 딱 벌렸다. 그리고 다음 순간에 쇠꼬챙이에 찔린 사내의 붉은 얼굴이 없어졌다.

"이게 뭐야?"

영상을 다 본 대통령이 아직도 귀에 붙이고 있는 전화기에 대고 묻자 정인규가 대답했다.

“머리 위가 귀신입니다, 각하. 그 귀신은 머리를 쇠꼬챙이나 총으로 쏴야 없어집니다. 그리고 밑의 인간도 살아나지요. 5수용소에서 집단 학살이 일어난 것은 이 귀신들의 짓이라는 겁니다.”

“누가 그래?”

“제보자가…….”

“글쎄, 그게 누구야?”

“말씀드렸다시피…….”

정인규의 목소리가 높아졌다.

“각하, 신원을 밝히지 않았지만 신빙성이 있습니다! 무조건 신원이 불분명하다고 정보를 받지 않는 것은 이렇게 중대한 시기에 엄청난 실수를 하는 것입니다!”

대통령은 정인규가 이렇게 큰 소리를 지르는 것을 처음 보았다.

김동호가 다가오는 귀신을 보았다. 중년 여자의 머리 위에 떠 있는 귀신을 본 것이다.

“기다려.”

김동호가 낮게 말하고는 손에 쥔 쇠꼬챙이를 고쳐 쥐었다. 5수용소 중심 부분의 공동 취사장 텐트 옆 앞쪽 모퉁이에 몸을 숨긴 서수민이 핸드폰으로 다가오는 중년 여자를 찍고 있다. 이번에는 서수민에게 촬영을 맡긴 것이다. 조금 전에 비서에게 보낸 영상은 갑자기 귀신이 앞에 나타나 없앴기 때문에 3초쯤밖에 걸리지 않았다. 그런데 지금은 서수민이 귀신 영상만 10초도 넘게 찍고 있다.

이윽고 귀신이 서수민 옆을 지나 김동호 앞으로 다가왔다. 그때 불쑥 나타난 김동호가 귀신의 머리를 쇠꼬챙이로 찔렀다. 놀란 중년 여자가 짧게 비명을 질렀지만 머리 위의 붉은 얼굴은 사라져버렸다.

김동호가 서수민이 찍은 영상을 이번에는 비서실장 정인규에게 보내놓고 직접 음성녹음으로 설명했다.

"붉은 얼굴이 사탄이 보낸 귀신으로 한 번 죽이면 사라져서 나타나지 않습니다. 현재 제5수용소에 귀신이 202마리 와 있었는데 1차 공격으로 202명의 인간이 학살되었지요. 2차 집단 학살이 10시경에 일어날 예정이었는데 내가 먼저 대장 귀신을 죽였기 때문에 지휘 체계에 혼선이 일어났어요. 현재 202명 중 귀신 68명을 처치했습니다."

여기까지만 했다. 실제로 귀신 죽이는 것은 영상으로 보겠지만 사탄이니 학살이니 등은 진짜 귀신 씨나락 까먹는 소리로 들을 것 같았기 때문이다. 하지만 어쩔 수 없다, 하나씩 설명해주는 수밖에.

"으악!"

비명소리와 함께 김기동이 앞으로 넘어졌고 다음 순간 정신을 수습하기도 전에 옆에 있던 차영민이 털썩 주저앉았다. 어둠 속이어서 상대가 보이지 않는다. 그러나 강희경은 반사적으로 뒤로 훌쩍 물러났지만 남아 있던 백만수는 한 발짝 늦었다.

"아악!"

옆으로 변신하려던 백만수가 처절한 비명을 내지르면서 앞쪽으로 내동댕이쳐지듯이 넘어졌다. 그 순간 강희경의 머리끝이 솟았다. 이런 능력을 갖춘 존재는 드물다. 사탄 아니면 교주다. 강희경은 전력을 다해 변신했다. 몸의 능력을 최대한 발휘한 것이다. 제2수용소 남쪽 게이트를 향해 전력으로 달려간 것은 그쪽 방면에 제5수용소가 있기 때문이다. 5수용소에 신의 아들이자 신의 전달자인 밝은 세상의 교주 김동호가 있기 때문이다. 깊은 밤, 그래서 비명 소리가 더 크고 멀리 퍼지는 것 같다.

"거기 누구냐?"

순찰조 2개 조가 양쪽에서 달려왔을 때 강희경은 바람처럼 스치고 지나갔다. 등에 소름이 솟아나는 느낌이 들었지만 6미터나 되는 정문의 철조망 위로 뛰어올라 넘어갔다. 정문의 경비병은 한 줄기 바람이 스치고 지나는 줄만 알았다. 강희경의 변신 능력은 그 당시 78배가 되어 있었다. 이번에 변신 능력이 주입된 신의 전사들 평균 능력이 30배 정도였으니 그 2배 이상이다. 인간이 극한 상황에 몰렸을 때 엄청난 잠재 에너지가 분출된다는 것이 실증된 셈이다.

그렇다, 고춘만이다. 고춘만이 강희경의 뒤를 따르고 있다. 강희경의 조원(組員) 3명을 순식간에 처치하고 강희경의 뒤를 따르고 있다. 처음에 강희경부터 죽일 수 있었지만 남겨둔 것이다. 강희경이 인체 평균 능력의 78배라는 엄청난 에너지를 내뿜으며 달렸지만 고춘만에게는 자전거를 자동차가 쫓는 것 같다. 10보쯤의 거리를 두고 따르는 고춘만이 여유롭게 좌우를 둘러보았다.

깊은 밤, 이제 그들은 폐허처럼 변한 용인 시내를 달리고 있다. 전력이 끊긴 용인시는 유령의 도시가 되었다. 용인시를 중심으로 직경 20킬로의 원이 그어졌고 그 주변에 12개의 수용소가 세워진 것이다. 강희경이 사거리를 통과할 때다. 이제 이곳은 용인시의 한복판이 되었다. 그때 고춘만이 속력을 내어 강희경의 뒤에 붙었다. 그러고는 손을 뻗어 목덜미를 움켜쥐자마자 땅바닥에 패대기를 쳤다.

두 번째 영상은 대통령과 계엄사령관 백철까지 다 보았다. 둘러선 괴질 분석 책임자, 참모장, 참모들까지 다 보았다. 한 10명쯤 되었다. 영상이 끝나고 김동호의 음성 녹음까지 듣고 나서 대통령이 먼저 입을 열었다.

"귀신이라니. 이건 세상의 종말 아닌가?"

"각하."

괴질 분석 책임자 박의만이 눈을 치켜뜨고 대통령을 보았다.

"영상이 조작된 것이 아닌 것 같습니다. 이건 진짜 귀신같습니다."

"당신이 말할 입장은 아닌 것 같은데."

이맛살을 찌푸린 대통령이 주위를 둘러보았다.

"영상의 조작 유무는 다른 전문가가 분석해야 될 것 같지만……."

"각하."

계엄사령관 백철이 나섰다.

"지금 12개 수용소에서 괴질 사망자가 계속해서 발생하고 있습니다. 시간당 1백여 명입니다. 그것이 모두 살해로 추정되는 외부 사망자들입니다."

"이 영상 속의 귀신들하고는 다르다는 말인가?"

"예, 이곳에서의 사망자는 급성심근경색이나 뇌출혈, 심장마비, 원인을 알 수 없는 장기 손상으로 사망했는데 다른 수용소는 모두 살인입니다."

"그렇지."

그때 다시 비서의 핸드폰이 울렸기 때문에 모두의 시선이 모였다. 이제는 대통령까지 비서를 보고 있다. 비서실장 정인규를 통해 정보, 영상을 받고 있는 비서다. 이제 어떤 정보가 왔는가?

정신이 든 강희경이 눈을 떴다. 어둠 속, 눈앞에 떠 있는 고춘만의 얼굴. 다음 순간 온몸이 땅바닥에 눕혀져 있는 것을 깨달았다. 등이 차다. 시멘트가 깔린 보도블록 위다. 어둠에 덮인 거리는 무거운 정적에 덮여 있다. 그때 고춘만이 말했다.

"그놈한테 세뇌되었구나."

"네, 교주님."

"내가 다시 네 뇌를 바꿔도 그놈이 알게 되도록 만들어 놓았어."

"교주님, 살려주세요."

강희경이 누운 채 말을 이었다.

"어쩔 수 없었습니다, 교주님."

"안다."

쓴웃음을 지은 고춘만이 바짝 다가와 강희경을 내려다보았다.

"너하고 10년쯤 같이 지냈지?"

"네, 교주님. 10년하고 8개월입니다."

"그놈을 원망해라."

"살려주세요."

"네가 정신을 잃고 있는 사이에 네 뇌에 들어가 보았더니 세뇌시키지 못하겠더구나."

고춘만이 손을 들었다.

"잘 가거라. 너한테 작별인사나 하고 보낼 생각이었다."

"서둘러."

김동호가 서수민에게 말했다.

"능력이 그것밖에 안 되냐?"

"죄송해요."

얼굴을 붉힌 서수민이 가쁜 숨을 고르더니 주위를 둘러보았다. 이곳은 제1수용소 안이다. 제5수용소를 빠져나온 김동호가 서수민만을 데리고 이곳까지 달려온 것이다. 서수민은 능력의 67배까지 올렸지만 김동호를 따라잡을 수가 있겠는가? 결국은 김동호가 팔을 끌고 내달려서 온 것이다.

이곳은 수용소 본부가 폭파된 현장에서 500미터쯤 떨어진 창고 앞이다. 폭파된 본부 건물에는 아직도 연기가 피어오르고 소방차가 10여 대나 둘러싸고 있다. 폭파된 지 30분밖에 되지 않은 것이다. 김동호가 서수민에게 말했다.

"이곳에서 붉은 귀신을 잡아 영상으로 찍어 보내야겠다."

"어, 어떻게요?"

서수민이 어둠 속에서 반짝이는 눈으로 김동호를 보았다.

"영상에 붉은 얼굴이 찍힐까요?"

"보통 사람들한테는 안 보이니까 안 찍힐걸?"

"우리 눈에만 붉은 얼굴이 보이는 걸 어떻게 합니까? 얼굴에 색을 칠할 수도 없구요."

"방법이 있어."

"어떤 건데요?"

김동호가 주위를 둘러보았다. 밤 12시가 넘었다. 그러나 제1수용소는 감시 본부가 폭파되어서 아직도 소란하다. 순찰대가 더 늘어났고 주민은 숙소 밖으로 나오지 말라는 방송이 계속되고 있다. 화광이 번져 있는 폭발 현장에서 갑자기 폭음이 울렸다. 불길 속에서 뭔가 터진 것 같다. 그때 김동호가 말했다.

"영상에 나도 찍히는 수밖에 없어."

"어떻게 하시려구요?"

놀란 서수민이 묻자 김동호의 얼굴에 쓴웃음이 번졌다.

"귀신들의 살인 현장을 잡는 거야. 그래서 살인하기 직전에 귀신을 잡는 것이지. 그러려면 내가 영상에 찍힐 수밖에 없어."

"그놈들의 붉은 얼굴도 드러날까요?"

"그건 나도 모르겠다. 하지만 살인하려는 모습은 찍히겠지."

"어렵네요."

"알려줄 필요가 있어. 우리 힘만으로는 안 되겠다."

정색한 김동호가 고개를 저으면서 말을 이었다.

"사탄 무리도 인간을 오염시켜 지옥으로 끌고 가고 있어. 우리도 인간의 응원이 절실하다."

"이대로 가면 다 죽어요."

서수민이 동의했다.

그 시간에 신규철은 1수용소의 서쪽 끝에서 아직도 연기를 내뿜는 감시본부 현장을 바라보고 있다. 옆에 선 최근식이 입을 열었다.

"이제 전사들이 마음 놓고 행동할 수 있습니다. 벌써 73명을 데려갔습니다."

데려갔다는 말은 죽였다는 뜻이다. 최근식이 말을 이었다.

"CCTV가 모두 빈 깡통이 되었습니다."

"오늘 밤 안에 1수용소의 인간들을 모두 데려가도록 해."

신규철이 번들거리는 눈으로 최근식을 보았다. 1수용소 수용인원은 5만여 명으로 12개 수용소 중 가장 크다.

"다른 수용소에 들어간 전사들을 불러서라도 1수용소부터 끝내자."

"저기 오네요."

긴장한 서수민이 낮게 말하고는 몸을 움츠렸다.

"전 여기 있을게요."

고개를 끄덕인 김동호가 다가오는 두 사내를 보았다. 붉은 얼굴이다. 고춘만의 제자로 사탄의 제자들. 지금은 피 맛을 본 살인마가 되어 있다. 흡혈귀보다도 더 잔인하고 무도한 종자다. 흡혈귀는 피에 배가 부르면 쉬기도 하지만 이놈들은 살인을 할수록 더 기승을 부리는 것이다. 둘은 20보쯤 떨어져 있어도 붉은 얼굴이 드러났다.

서수민이 옆쪽 모퉁이로 몸을 숨기면서 핸드폰을 겨누었다. 영상을 찍는 것이다. 그때 김동호가 비스듬히 몸을 돌리고 서 있다가 붉은 귀신 둘이 10보쯤 거리로 다가왔을 때 몸을 돌렸다. 지금까지 숨을 죽이고 있었기 때문에 기(氣)가 움직이지 않았다. 다음 순간 김동호가 숨을 들이켰기 때문에 머리 뒤쪽에 희미한 빛이 일어났다. 신의 전사들의 특징이다.

"앗!"

다가오던 둘의 입에서 동시에 놀란 외침이 일어났다. 둘이 김동호의 머리 뒤를 본 것이다.

"저놈 잡아라!"

하나가 소리치더니 가슴 주머니에서 작은 망치를 꺼냈다. 익숙한 자세다. 다른 사내도 점퍼 주머니에서 손도끼를 꺼냈다. 손도끼에서 피비린내가 맡아졌다. 둘은 아직 신의 전사를 만난 적이 없는 것 같다. 눈을 치켜뜬 둘이 달려오는 모습은 끔찍했다.

서수민은 숨을 죽였다. 핸드폰에 드러난 둘의 얼굴이 시뻘게져 있었기 때문이다. 둘이 김동호를 본 순간부터 얼굴이 시뻘게졌다. 붉은 귀신이 신의 아들을 만났을 때다. 그 짧은 순간에도 서수민은 깨달았다. 붉은 귀신은 일반인 앞에서는 표시가 나지 않는다. 그러나 같은 영적 기능을 소지한 신의 전사와 맞닥뜨렸을 때는 본색이 드러나는 것이다. 신의 전사도 마찬가지다. 서로 본색이 드러난 채 싸우게 된다.

영상이 찍히고 있다는 것을 의식한 김동호가 달려드는 둘을 정면으로 맞았지만 서수민 쪽을 향해서는 등을 돌린 자세다. 그러나 서수민의 카메라에는 두 놈의 붉은 얼굴은 정면으로 찍히고 있을 것이었다.

도끼와 망치, 오히려 총보다 더 섬뜩한 살인 무기다. 보는 사람은 더 끔찍할 것이었다. 순식간에 덮쳐온 망치가 먼저 김동호의 머리통을 겨누고 힘껏 내려쳐졌다. 반 발짝쯤 옆쪽의 도끼는 막 치켜든 상태다. 둘 다 빈틈이 없다. 망치로 머리통이 부서지고 반 초쯤 후에는 찍힐 것이었다. 망치를 든 사내의 앞쪽 발은 이미 땅바닥에 닿은 상태다.

그 순간 김동호의 몸이 정상인의 120배 속도로 움직였다. 1백 미터를 13초에 달리는 인간 기준으로 보면 1백 미터를 0.11초 속력으로 움직였다는 말이 된다. 다음 순간 김동호가 쥔 쇠망치가 망치를 쥔 사내의 이마를 달걀 깨뜨리는 것처럼 부쉈고 이어서 도끼를 치켜든 사내의 콧잔등을 뚫고 들어갔다. 그러고는 둘이 땅바닥에 넘어지기도 전에 뒤로 빠져나가 모습을 감췄다.

대통령이 전화를 받았을 때 모두 긴장했다. 비서실장 정인규가 말했다.

"각하, 제 핸드폰으로 보내온 영상하고 녹음된 말을 전달해 드리겠습니다."

그러더니 금방 주르르 영상이 전달되었다. 김동호가 정인규에게 보낸 영상이다. 숨을 삼킨 대통령이 영상을 보고 나서 김동호의 음성녹음까지 듣는다. 이윽고 대통령이 영상이 담긴 핸드폰을 옆에 선 박의만에게 건네주며 말했다.

"분석해 봐요."

"예, 각하."

비서의 핸드폰을 받아든 박의만이 두 손으로 받쳐 들고 방을 뛰쳐나갔다. 그 뒷모습에서 시선을 뗀 대통령이 계엄사령관 백철을 보았다. 영상을 본 백철의 얼굴은 하얗게 굳어 있다.

"우선 붉은 얼굴 놈들을 없애보는 것이 낫지 않을까? 시험적으로 말야."

"붉은 얼굴 말씀입니까?"

"한번 믿어 봐도 피해는 없을 것 아닌가? 밑져야 본전이지."

"그런데 그 귀신이 우리들 눈에 보일까요?"

"아, 참."

대통령이 탄식했다가 눈을 크게 떴다.

"이 영상에는 찍혔지 않은가? 카메라를 들이대면 보이는 것 아냐?"

"예, 시도해보겠습니다."

물에 빠진 사람이 지푸라기라도 잡는 심정으로 백철이 서둘러 몸을 돌리면서 대답했다. 백철이 방을 나갔을 때 대통령이 탄식했다.

"이게 도대체 무슨 일인가? 진짜 세상이 망하려고 이러는가?"

제1수용소, 김동호가 이제는 26명 째 붉은 얼굴을 처치했다. 수용소는 넓다. 그래서 붉은 얼굴들도 CCTV가 없는 수용소 안을 마음 놓고 돌아다니면서 살육을 한다, 죽고 죽이는 살육. 김동호와 서수민은 고춘만의 제자들인 붉은 얼굴들을 처단하고 붉은 얼굴들은 인간을 사냥한다. 수용소 안은 무정부 상태나 같다. 순찰조도 살해되는 바람에 혼란은 더욱 극심해졌다. 보고 체계도 성립되지 않아서 1수용소는 어떤 상황인지 알 수가 없다. 도처에서 아우성, 비명이 울렸고 이제는 붉은 얼굴들이 텐트 안까지 침입하는 바람에 희생자는 더 늘어났다.

"안 되겠다."

김동호가 퍼뜩 머리를 들고 말했다.

"이렇게 시간만 보내다가는 다 죽는다."

백철 대장이 버럭 소리쳤다.

"카메라에 찍혔으면 카메라 렌즈에는 형체가 드러날 것이 아니냐!"

"예, 그래서 수백 장을 찍어 보았는데 드러나지 않습니다."

참모장 유근수가 고개를 갸웃거리며 말했다. 백철의 지시를 받은 순찰조가 각 수용소를 돌아다니며 무작위로 찍은 사진을 보내온 것이다. 백철이 잇새로 신음소리를 뱉었다.

"그렇다면 염력을 가진 자의 눈으로 카메라를 봐야한단 말인가?"

"아니면 카메라에 특수기능이 부착되었든지요."

유근수가 말을 받았을 때 참모 하나가 나섰다.

"기계보다도 염력이 뿜어져서 귀신들이 드러난 것 같습니다."

백철이 퍼뜩 고개를 들었다. 자신과 비슷한 견해인 것이다. 그때 백철의 주머니에 넣은 핸드폰이 울렸다. 놀란 백철이 핸드폰을 꺼내들었다. 개인용 핸드폰인 것이다. 이 번호로 전화해 올 사람은 가족과 친지, 20명도 안 된다. 발신자 번호가 모르는 번호였지만 백철이 핸드폰을 귀에 붙였다.

"여보세요."

"백철 대장, 계엄사령관이시지요?"

"아, 그런데, 누구요?"

젊은 사내의 목소리였지만 귀에 익다. 그때 사내가 말했다.

"비서실장한테 영상과 녹음을 보낸 사람입니다. 보셨습니까?"

"아, 봤는데."

무의식중에 대답한 백철이 몸을 세웠다. 둘러선 참모장, 참모들이 긴장하고 있다. 오전 1시 45분, 모두 잠도 못 자서 눈이 충혈된 상태다. 그때 사내의 말이 이어졌다.

"사령관님, 놈들을 구분하기가 일반인들로는 불가능합니다. 그러니까 12개 수용소의 수용 인원을 모두 밖으로 내보내도록 해야 됩니다."

"뭐야? 내보내?"

"그 방법밖에 없습니다. 그러면서 귀신들을 색출하는 것이지요."

"어, 어떻게 말요?"

"출입구를 2개쯤만 만들고 출입구에 우리 전사들을 배치시켜 귀신들을 걸러내는 것입니다. 우리 전사들은 붉은 얼굴, 귀신들을 볼 수가 있거든요."

"당신, 전사들이 있어요?"

백철이 갈라진 목소리로 외쳤다.

"누군데요?"

"내가 능력을 나눠준 일반인들이지요, 10명쯤 됩니다."

"그 사람들이 귀신을 봐요?"

"예, 다 봅니다."

"능력을 나눠줬다고, 당신이?"

"예, 급합니다. 지금도 살인이 일어나고 있지 않습니까?"

"그, 그렇다면……."

정신이 없는 상황에서도 백철의 머릿속에 생각이 떠올랐다. 백철은 뛰어난 전략가다.

"그럼 우리 병사들한테도 그 능력을 나눠줄 수 있지 않습니까? 특전사 요원들한테……."

그러자 사내가 잠깐 침묵했고 백철이 매달리듯 말을 이었다.

"얼마나 시간이 걸립니까? 그 능력을 나눠주는 시간 말이오!"

이제는 지푸라기라도 잡는 심정이 아니다. 백철은 완전히 이 귀신 상황을 믿게 되었다.

핸드폰을 귀에 붙인 김동호가 숨을 들이켰다. 그 생각을 하지 못했던 것이다. 특전사 요원들이라니, 하긴 계엄사령관에게 직접 전화를 걸 상황이 되리라고도 예상하지 못했었다. 계엄사령관 입에서 나올 수 있는 제의였기 때문이다. 이윽고 김동호가 되물었다.

"공수특전단 말입니까?"

"그렇소, 공수특전단."

백철이 열렬하게 말을 이었다.

"세계 최강이오. 이놈들한테 귀신 식별 능력만 주면 그 살인마 귀신들을 쳐죽일 수 있지 않겠소?"

백철의 목소리가 커서 귀가 울렸다.

"좋습니다. 지금 당장 보내세요."

"아, 그, 그럼."

놀란 백철이 말을 더듬었다.

"몇, 몇 명이나 가능합니까, 선생님?"

"1개 중대."

"그, 그럴 것 없이 정예로 150명을 선발해 보내겠습니다. 지금 당장 말이지요."

"그러시지요."

"그, 그런데 거기 내가 가면 안 됩니까? 나도 최고지휘관으로 그 능력을……."

"좋습니다."

"그, 그러면 제 참모들도 몇 명……, 참모장하고……."

"그러세요."

"아이구. 참모, 부관까지 10여 명만 부탁합니다."

"그러시든지."

"장소는 어디가 좋을까요?"

"지금 용인시가 텅 비었어요. 용인시청으로."

김동호가 자르듯 말했다. 핸드폰을 귀에서 뗀 김동호에게 옆에 서 있던 서수민이 물었다.

"군인들한테 능력을 나눠주시게요?"

"우리 힘이 부족해."

김동호가 서수민을 보았다, 지친 표정이다.

"사령관이 나를 믿어서 그런 제의가 나온 거야."

믿은 것이 아니라 믿고 싶었던 것인지도 모른다. 지금은 귀신 잡았다는, 얼굴도 모르는 김동호가 마지막 희망이었기 때문이다.

"좋아."

핸드폰을 귀에서 뗀 백철이 충혈된 눈으로 참모장 유근수를 보았다.

"공수단에서 150명을 추려, 지금 즉시, 최정예로!"

"예."

옆에서 다 들은 유근수가 숨을 들이켜고 나서 물었다.

"저기, 참모부에서 10명은 어떻게 합니까?"

"나하고 너."

어깨를 부풀린 백철이 주위를 둘러보았다. 모두 백철을 주시하고 있다.

"내 부관하고 나머지는 네가 알아서 골라!"

그 시간에 신규철이 앞에 선 최근식에게 버럭 소리쳤다.

"아니, 이곳에 스무 명밖에 없단 말야?"

"예, 나머지는 죽은 것 같습니다."

"김동호한테?"

"예."

외면한 최근식이 말을 이었다.

"시체에는 흔적이 남지 않기 때문에……."

일반인의 시신과 구별이 힘든 것이다. 붉은 얼굴이 죽으면 일반인으로 돌아간다. 그래서 저희들 시체도 실적(?)으로 계산했을 것이다.

"그놈이."

눈을 치켜뜬 신규철이 주위를 둘러보았다. 밤 1시 50분, 그러고 보니 아우성, 비명이 조금 줄어든 것 같다. 붉은 얼굴이 줄어들었기 때문인가? 그때 붉은 얼굴 하나가 이쪽으로 달려왔다. 둘은 수용소 중심부의 식당 텐트 옆에서 있다.

"제6수용소에서 전사들이 옮겨왔습니다."

"몇 명이야?"

최근식이 소리쳐 묻자 붉은 얼굴이 대답했다.

"예, 15명입니다!"

"지금 너희들 교주는 어딨어?"

신규철이 묻자 붉은 얼굴이 고개를 기울였다.

"제2수용소에서 나갔는데 어디로 갔는지 아직 모릅니다."

"당장 연락해!"

신규철이 소리치자 최근식이 핸드폰을 꺼내들었다. 수용소 수용자들은 모두 핸드폰이 압수되지만 붉은 얼굴은 다르다. 머리 위의 귀신만 몸체가 없기 때문에 핸드폰을 소지하지 못한다. 그때 최근식의 핸드폰에서 목소리가 울렸다.

"여보세요."

고춘만이다. 최근식이 서둘러 핸드폰을 건네주자 신규철이 귀에 붙이고 말했다.

"지금 어디야?"

"제7수용소로 가는 중입니다."

"어디서?"

"용인시내에서요."

"시내는 왜 갔는데?"

"제 시녀로 있다가 김동호의 부하로 세뇌 당했던 강희경이를 쫓아갔습니다."

"그래서?"

"죽였습니다."

신규철이 숨만 쉬었을 때 고춘만이 말을 이었다.

"강희경의 조원 셋까지 같이 죽였습니다. 그것들은 조를 짜서 움직이고 있습니다."

"……."

"놈의 세력은 아직 미비합니다. 아마 각 수용소에 1개 내지 2개 조가 있는 것 같습니다."

"지금 제5수용소의 귀신들 활동이 뚝 끊어졌어. 한 번 집단 학살을 하고 나서 이어지지 않아."

"예? 뚝 끊겼습니까?"

놀란 고춘만의 목소리가 높아졌다.

"거기 200명이 넘게 갔지 않습니까?"

"지금은 얼마 남았는지 알 수가 없어."

신규철이 말을 이었다.

"그 귀신들은 전화를 쓸 수가 없으니까 말야."

"그렇군요."

"네가 가서 확인해 봐."

"예, 전달자님."

고춘만이 씩씩하게 대답했다.

"지금 바로 5수용소로 가겠습니다."

대통령 임홍원은 그럭저럭 넘어가는 성품이 아니다. 계엄사령관 백철의 보고를 받더니 충혈된 눈을 크게 뜨고 똑바로 시선을 주었다. 오전 2시 10분, 계엄사령부에 마련된 대통령 비상 집무실 안. 앞에는 백철과 참모장 유근수 등 참모 6명, 그리고 비서실 직원 3명, 또 불려온 괴질 분석 책임자 박의만과 분석실의 박사 3명까지 10여 명이 둘러서 있다. 대통령이 말했다.

"자, 확실하게 하고 능력을 전달받으러 가든지, 마술사의 제자가 되든지 하자고. 안 그래?"

"예, 각하."

대답한 백철이 숨을 골랐다. 지금 바빠 죽겠지만 대통령의 말도 맞다. 확실하게 해야 된다. 대통령이 말을 이었다.

"그럼 귀신 무리는 2종류야, 그렇지?"

"예, 각하."

"말해 봐요, 사령관이."

백철이 어깨를 부풀렸다가 내렸다.

"첫 번째는 몸통이 없는 진짜 귀신입니다. 악귀지요."

"악귀?"

"예, 악(惡)한 귀신이라는 뜻입니다."

"골치 아프니까 그놈들은 그냥 귀신이라고 해."

"예, 각하."

"계속해."

"그 귀신 무리가 제5수용소에 모여 있습니다. 영상에서 쇠꼬챙이에 찔려 없어지는 귀신입니다."

"됐고."

"그다음의 귀신 무리는 교주 고춘만이가 양성한 악마들입니다. 이놈들은 몸통이 있고 주민증도 있는 놈들로 얼굴이 붉습니다."

"그놈들은 붉은 얼굴로 부르라고."

"예, 각하."

"귀신이 아냐. 귀신이라고 부르지 마."

"예, 붉은 얼굴입니다."

"그놈들이 죽으면 그것으로 끝나는 것이지?"

"예, 주민증이 있으니까요."

"무슨 소리지?"

"그러니까 붉은 얼굴은 복사가 안 된다는 말씀입니다."

"말 복잡하게 말고 정리해 봐."

"그래서 귀신은 몸통에 붙어 있을 때 죽이면 다른 곳으로 이전은 못 하고 사라집니다. 놔두면 그 귀신은 몸통을 죽이고 또 다른 몸통으로 옮겨갑니다. 그러니까 몸통에 있을 때 죽이면 소멸됩니다."

그때 대통령이 말을 받았다.

"붉은 얼굴은 그냥 없애면 되고, 인간으로 죽으니까."

이렇게 교육이 끝났다. 대통령이 정리한 것이다.

5수용소로 들어간 고춘만은 아연실색했다. 귀신들이 절반 이상이나 사라졌기 때문이다. 대장 귀신도 죽었다.

"어떻게 된 거야?"

일단 귀신 셋을 모아놓고 물었더니 귀신 하나가 투덜거렸다.

"글쎄, 우리가 압니까? 우리들이 오히려 당신들보다 행동에 제약을 받으니까요."

과연 그렇다. 지금 고춘만은 천막 앞에 모인 귀신 셋과 이야기 중이었는데 인간 위에 붙은 귀신인 것이다. 몸체의 주인인 아래쪽 인간이 움직이는 대로 따라야 하기 때문에 지금 셋은 겨우 모였다. 아래쪽 인간은 여자 둘에 남자 하나, 셋 모두 기력을 떨어뜨려서 막 숨이 넘어가기 직전이다. 그래야 딴 데로 움직이지 못하고 위쪽의 귀신 셋이 대화를 나눌 수가 있는 것이다. 귀신 하나가 말을 이었다.

"우리 정체를 아는 놈이 죽이고 다니는 모양이오."

"그놈, 김동호란 놈이야. 그놈이 전사(戰士)를 양성했는데 그놈들 눈에도 너희들이 보여."

고춘만의 말에 귀신들이 걱정했다. 지금 넷은 귀신들만의 대화를 나누고 있어서 아래쪽 죽어가는 인간들은 말할 것도 없고 인간들은 듣지 못한다.

"그래도 우리는 지금까지 5탕씩은 뛰었으니까."

귀신 하나가 말했을 때 고춘만이 다시 물었다.

"자리를 지키는 놈은 없어?"

"대장 하나뿐이었어."

귀신 하나가 바로 대답했다.

"대장이 식당 앞에서 대기하고 있다가 지나는 귀신들한테 지시를 내렸거든."

그렇다, 귀신들은 아래쪽 인간들을 따라다닐 수밖에 없는 것이다. 인간을 지배하고 끌고 다니지는 못한다. 지금 아래쪽에서 죽어가는 인간들은 기력이 다 소진되었기 때문에 움직이지 못하는 것이다. 아래쪽 인간이 죽으면 얼른 옆쪽의 싱싱한 인간으로 넘어가야 산다. 이것이 수백 번 이어질 수 있는 귀신의 인생이다. 고춘만이 주위를 둘러보며 말했다.

"전사 놈들도 인간이야. 너희들도 그놈들한테 옮겨갈 수가 있다구. 옮겨가기만 하면 너희들이 이긴단 말이다."

맞는 말이다. 그러나 발견을 해야 아래쪽 인간을 죽이고 재빨리 옮겨갈 것 아닌가? 그런데 만일 전사(戰士)가 먼저 이쪽을 발견한다면? 그때는 죽음이다.

살육이 이어진다. 이곳 제1수용소는 그야말로 무차별적인 '인간 사냥'이 계속되고 있다. 순찰조까지 사냥한다. 신규철은 이제 이곳 용인의 13개 수용소에서 오늘 밤이 새고 나면 살아 있는 인간이 얼마 되지 않으리라고 믿었다. 김동호와 그 졸개들이 대항해 왔지만 세력은 미미하다. 제5수용소의 귀신 무리가 마음에 걸렸지만 이쪽 세력이 압도적인 것이다.

이쪽저쪽의 수용소에 분산되어 있는 붉은 얼굴이 제1수용소에 몰려오면서 살육이 몇 배로 늘어났다. 수천 명이 학살된 것이다. 신규철이 1수용소의 본부를 폭파함으로써 모든 전자감시기능이 정지된 상황이어서 붉은 얼굴의 학살은 거침이 없다.

오전 2시 45분, 김동호가 앞에 도열해 선 공수특전단 부대원을 보았다. 10열 횡대로 늘어선 대원은 모두 150명. 대원들 앞에는 계엄사령관 백철과 참모장 유근수까지 포함된 참모 10명이 서 있다. 깊은 밤, 이곳은 용인시청의 강당 안. 시내 전체가 단전되어서 강당 안은 어둡지만 윤곽은 선명하게 드러났다. 그때 김동호가 입을 열었다.

"황당하시겠지만 이제는 귀신이 드러나는 시대가 되었습니다. 귀신과 공간을 빼앗는 전쟁을 하는 시대인 것입니다."

김동호의 목소리가 강당을 울렸다.

"내가 여러분께 능력을 주면 현실을 느끼게 될 겁니다, 귀신이 보이게 될 테니까요."

김동호가 눈을 치켜뜨고 160명을 보았다.

"여러분은 신의 전사(戰士)요."

그러고는 앞으로 나가 두 손을 벌리고 말했다.

"자, 모두 어깨동무를 하고 몸을 붙이시오. 한 덩어리가 되도록 하시오."

김동호의 지시에 따라 모두 어깨동무를 하고 몸을 붙였다. 빈틈없이 붙였기 때문에 160명이 한 덩어리가 되었다. 그때 김동호가 중심에 선 백철의 어깨에 두 손을 얹고 소리쳤다.

"곧 내 열기가 전해질 것이다. 몸이 뜨거워질 테니 기다려라!"

그 순간 백철은 김동호의 손바닥에서 불덩이가 쏟아져 나오는 것 같은 느낌을 받고 입을 딱 벌렸다. 그다음 순간 맨 뒤쪽에 붙어 서 있던 특전사의 오상태 중사도 마찬가지다. 온몸이 순식간에 불덩이처럼 뜨거워진 것이다. 그 기운이 10초쯤 이어지는 동안 160명은 신음 소리 하나 내지 않았다. 이윽고 김동호가 손을 떼고 소리쳤다.

"자, 떨어져도 된다!"

이제 김동호는 신의 아들이 되어서 거침없이 명령했다. 모두 떨어져서 원래의 10열 횡대로 늘어섰을 때 김동호가 말을 이었다.

"너희들의 능력은 첫째, 귀신 식별력을 갖췄다. 인간 머리 위에 뜬 붉은 귀신이 보이게 될 것이다. 그리고 인간이 귀신의 전사가 된 붉은 얼굴도 판별할 수 있다. 그것들은 인간 귀신이니 죽이면 인간으로 죽는다. 두 번째는 너희들의 몸이 변신하게 되었다. 빠르게 움직이면 보통 인간의 50배까지 움직이게 된다."

김동호의 목소리가 강당을 울린다.

"붉은 얼굴인 귀신의 전사도 그런 능력을 갖추었으니 적절하게 대응해야 될 것이다!"

그러고는 덧붙였다.

"여기서 실습을 해보도록!"

인간과 귀신의 전쟁, 공간(空間)을 차지하기 위한 전쟁이다. 공간(空間)이 무엇인가? 땅이다. 인간이 발을 딛고 사는 세상, 하늘을 포함한 현실인 것이다.

"놀랍군!"

순식간에 강당 밖으로 나갔다가 돌아온 백철이 눈을 치켜뜨고 말했다. 목소리가 떨리고 있다.

"인간이 이렇게 움직일 수도 있다니!"

"붉은 얼굴만큼은 움직일 수 있을 것입니다."

김동호가 말하자 백철이 머리를 끄덕였다.

"인간과 귀신과의 공간전(空間戰)이란 말이 실감납니다."

"서두르셔야 합니다."

김동호도 강당 밖의 하늘을 바라보며 말했다.

"수용소에 시민을 수용한 것이 귀신들에게는 집단 학살을 가능하게 만들었어요! 이 전장(戰場)에서 내보내야 합니다."

"흩어놔야겠소!"

백철이 바로 동의했다.

"지금까지 귀신에게 이로운 행동을 한 거요!"

오전 4시 반, 제1수용소 입구 쪽에서 밤의 어둠을 깨뜨리는 마이크 소리가 울렸다.

"시민 여러분! 모두 입구로 나오십시오! 지금 집에 돌아가셔도 됩니다!"

텐트 안에서 잠이 들어 있던 시민들이 놀라 일어섰다. 다시 스피커의 소리가 수용소 안을 가득 채웠다.

"시민 여러분! 서쪽의 출구 2개를 이용하시기 바랍니다. 서둘러주시기 바랍니다!"

"이게 무슨 일이야?"

신규철이 이맛살을 찌푸렸다.

"글쎄요. 갑자기 왜 이러는지……."

옆에 서 있던 최근식이 주위를 둘러보았다. 새벽이지만 아직도 주위는 짙은 어둠에 덮여 있다. 방송을 들은 주위 텐트에서 사람들이 쏟아져 나오고 있다. 그중 붉은 얼굴 한 명이 어쩔 줄 모르는 표정으로 신규철을 보았다. 그러더니 옆을 지나는 사내의 심장에 쇠꼬챙이를 쑤셔 박는다. 수십 명을 죽였기 때문에 익숙한 도살자가 되어 있다. 그러나 이제 수용소에 모인 인간들이 제각기 제 집으로 흩어지기 때문에 집단 학살은 어려울 것이다.

"따라 나가."

신규철이 그에게 지시했다.

"따라 나가면서 죽여!"

수용소 출구에는 나가려는 사람이 미어터질 것이기 때문에 도살이 쉬울 것이다.

"모두 출구로! 수용소를 폐쇄합니다!"

마이크에서 다시 소리쳤기 때문에 고춘만이 귀신들에게 말했다.

"이것들이 수용소가 도축장이 되어 있다는 것을 이제야 알아챈 모양이야."

"수용소 밖으로 모두 나가면 작업 능률이 팍 떨어지겠는데."

이번에는 노인 부부의 머리 위에 뜬 귀신들이 이맛살을 찌푸렸다. 그동안 귀신 셋은 세 번 몸체를 바꾸었다. 두 명을 죽이고 세 명째 인간을 잡고 있는 것이다. 그때 고춘만이 귀신들에게 말했다.

"수용소 출구로 몽땅 몰려갈 테니까 거기서 집단 학살을 하지."

이곳은 제8수용소, 마이크에서 계속 방송이 터져 나오는 바람에 시민들이 무더기로 출입구를 향해 달려오고 있다. 수용소 안에서 벌써 수백 명이 살해된 터라 모두 공포에 질려 있던 참이었다. 안에 TV나 핸드폰 휴대가 금지되어 있었지만 소문이 무서운 속도로 퍼져나간 데다 옆에서 들리는 비명에 수용소 안은 공포의 도가니였던 것이다.

제8수용소에 배치된 신의 전사는 밝은 세상 교회의 최진명이었다. 68세의 최진명은 이번 작업을 신이 주신 사명으로 받아들였기 때문에 사탄과의 전쟁에서 죽음을 무릅썼다. 전쟁에서 죽음을 무릅쓰는 전사(戰士)만큼 무서운 상대가 없는 법이다. 용장 밑에 약졸이 없다고, 최진명의 조원 3명 또한 일당백의 용사들이었다. 손에 제각기 망치, 손도끼들을 쥐고 여지없이 붉은 얼굴의 뒤통수를 까부수었고 도끼로 두 조각을 내었다. 다른 조보다 3배는 더 많이 없앴을 것이다.

"어이, 고 상사, 출구를 좀 많이 내, 4곳 정도로. 우리가 4명이니까 출구 안쪽에서 연락을 할게."

최진명이 핸드폰에 대고 소리쳐 말했다. 제8수용소 수용인원은 3만 4천여 명. 출입구가 동, 서 양쪽 끝이었는데 이번에는 동쪽에 2개를 만들어 놓은 것이다. 그런데 최진명이 2개를 더 내라고 한다. 그것은 붉은 얼굴들이 빠져나갈 때 제거하기 쉽도록 하려는 것이다.

"알겠습니다."

출구 앞에서 대기하고 있던 특전사 조장 고 상사가 기운차게 말했다. 이곳 8수용소 출구 앞에서 대기하고 있는 신의 전사는 1개조 10명. 고 상사가 지휘하고 있는 것이다.

대통령이 벽에 붙은 상황판 화면을 응시한 채 숨을 죽이고 있다. 옆에는 국무총리, 각부 장관, 괴질 분석실장은 말할 것도 없고 미국과 일본, 중국, 러시아 대사까지 초청되었다. 괴질의 실체를 보여주겠다는 말에 그들은 자다가 뛰어나왔다. 중국 대사는 양말도 짝짝이로 신고 왔다. 상황판에는 지금 제4수용소 출구로 시민들이 몰려오고 있다. 출구 앞에는 계엄군들이 2열로 서 있었는데 모두 완전무장을 했다. 손에 K-2 기관총을 쥐고 있는 것이다. 그때 대통령이 지휘봉으로 계엄군들을 가리키며 말했다.

"이중에는 신의 전사(戰士)가 끼어 있습니다. 지금 사탄의 전사인 붉은 얼굴, 또는 귀신이 나오기를 기다리고 있는 겁니다."

상황판에 비치는 장면은 CCTV로 제4수용소 앞을 찍어서 이쪽으로 보내고 있는 것이다. 마치 영화처럼 긴박감이 느껴지고 있다. 출입구로 다가오는 수만 명의 시민, 3개의 출구 앞에 2열로 도열한 계엄군. 아직 동녘도 짙은 어둠에 덮인 새벽 5시, 각국 대사들의 눈에는 다가오는 시민들이 모두 귀신, 괴물로 보였다. 그때 러시아 대사가 물었다.

"신의 전사는 표시가 안 납니까?"

"예, 안 납니다."

대통령이 지휘봉으로 계엄군들을 쭉 훑었다. 모두 특전사 부대원이었지만 그중 일부만 '능력'을 전달받은 것이다. 그때 계엄사령관 백철이 대신 대답했다.

"그러나 능력자끼리는 알 수가 있습니다. 이제 곧 신의 전사가 귀신이나 붉은 얼굴을 잡을 것입니다."

"믿을 수가 없습니다."

미국 대사가 머리를 저으면서 말했다.

"지금이 어느 시대라고. 위성사진이 찍히고 1만 마일 떨어진 곳 목소리도 도청이 되는 세상인데 귀신과 신의 대결이라니."

"실제로 봐야 믿을 수 있을 겁니다."

백철이 쓴웃음을 지으며 말했다.

"나도 실제로 보기 전까지는 믿지 않았으니까요."

실제로 봤다는 말이었지만 모두 상황판의 장면을 보느라고 더 묻지 않았다.

"왼쪽 출입구에 셋이 갑니다. 입구에서 10미터 거리! 보입니까?"

4수용소는 '밝은 세상'의 정영복 목사가 전사 셋과 같이 맡고 있다. 지금 정영복이 앞쪽을 바라보면서 핸드폰에 대고 소리쳐 말했다. 그때 박 중사가 대답했다.

"예, 보입니다! 남자 둘, 여자 하나지요?"

"맞아요! 남자하고 여자는 둘이 같이 가고!"

"맞습니다!"

박 중사가 소리쳐 대답하더니 곧 통화가 끊겼다. 다음 순간이다. 박 중사 앞 특전사 대원이 들고 있던 K-2 자동소총으로 부부로 보이는 두 남녀를 쏘았다.

"타타타탕!"

10미터 거리에서 총탄을 맞은 둘이 두 팔을 휘저으며 쓰러지자 몰려오던 주민들이 난리가 났다. 일제히 사방으로 도망친다. 그때다.

"타타타탕!"

옆쪽 특전사 병사가 사내 하나를 향해 자동소총을 발사했다. 도망가던 사내가 쓰러졌다.

"아니, 저런."

러시아 대사가 탄식했다. 애먼 주민 셋이 기관총에 맞아 사살된 것이다.

"저래도 되는 겁니까?"

미국 대사가 따지듯 물었을 때 제4수용소 앞에서 다시 총성이 일어났다. 다른 출입구에서 특전사 대원 둘이 다시 주민 셋을 사살한 것이다. 그러더니 마이크로 방송을 했다. 마이크 소리가 상황실에서도 울린다.

"모두 제자리에 앉으세요! 모두 제자리에 앉으세요!"

"이놈들이 우리를 인식한 것 같다."

신규철이 마침내 출구에 장치된 함정을 알아차렸다. 이곳은 제1수용소, 제일 큰 수용소답게 출구가 6개나 나란히 만들어져서 주민들이 밀려나가는 중이다. 새벽 5시 15분. 신규철과 최근식이 입구에서 멀찍이 떨어진 텐트 옆에서 쏟아져 나오는 주민들을 둘러보는 중이다.

"입구 밖에서 골라내고 있어."

신규철이 발을 떼었다. 주민들이 뒤에서 밀어붙였기 때문이다.

"어, 어떻게 합니까?"

겁이 난 최근식이 물었지만 신규철은 대답하지 않았다. 이곳에서는 총소리가 나지 않는다. 스피커로 수용소를 나가라는 안내방송만 쉴 새 없이 울리고 있다. 수용소 안에서 공포에 질려 폭발 직전이었던 주민들이 이제는 서둘러 빠져나간다. 동녘이 밝아오고 있다.

"사탄님."

사람들에 밀려가던 최근식이 주위를 둘러보면서 신규철을 부른다. 초조한 표정이다. 신규철이 보이지 않았기 때문이다. 신규철 대신 뒤쪽에서 붉은 얼굴 셋이 밀려왔다. 당황한 얼굴이다. 그들은 최근식을 보더니 반가운 표정을 지었다. 붉은 얼굴끼리는 서로를 알아보는 것이다. 인간들은 붉은 얼굴을 보지 못한다.

"무슨 일일까요?"

다가온 붉은 얼굴 하나가 최근식에게 물었다. 40대쯤의 중년 남자다.

"글쎄, 나도 잘 모르겠어요."

30대 사내인 최근식이 말했다. 뒤에서 사람들이 밀었기 때문에 최근식과 40대 중년이 함께 2번 출구 쪽으로 밀려갔다. 붉은 얼굴 둘은 금방 보이지 않는다. 얼굴을 봐야 분간이 되는 것이다.

최근식이 사람들 사이에 끼어 열심히 사탄 신규철을 찾았다. 신규철은 20대쯤의 잘생긴 미남이다. 너무 잘생기면 사람들의 눈을 끌었기 때문에 적당한 미남. 그러나 신규철은 붉은 얼굴이 아니다. 인간의 교주 고춘만과 함께 이

승과 저승에서 온 실력자들이어서 붉은 얼굴을 드러내지 않는 것이다.

제1수용소를 맡은 특공대장은 소령 오필성, 34세. 신의 아들로부터 능력을 이식받은 후에 붉은 얼굴 구별 능력과 함께 보통 인간보다 50배 더 빠르고 강해졌다. 그는 이미 붉은 얼굴 4명을 직접 사살했다. 손에 배낭을 들고 딴 짓을 피우면서 모로 서 있었지만 배낭 안에 소음기가 끼워진 베레타92F 권총을 쥐고 있다. 아주 그럴듯한 위장이다. 배낭 안에서 총을 발사하면 소리도 안 나고 총탄이 작은 구멍으로 빠져나가 붉은 얼굴의 심장이나 머리통을 뚫는 것이다. 능력을 받은 다른 대원들도 마찬가지다. 총을 숨겨서 붉은 얼굴을 쏴 죽인다.

인파 속에서 붉은 얼굴이 하나씩 쓰러지면 옆쪽 사람들은 대부분 모른다. 쓰러지면 밟고 지나간다. 간혹 옆에서 비명을 지르는 사람도 있지만 어디 비명이 한두 번인가? 그때 오필성이 앞으로 다가오는 붉은 얼굴 둘을 보았다. 거리 20미터, 인파 속에 섞여 있지만 날이 밝아오면서 붉은 얼굴이 뚜렷하게 드러났다.

"내가 맡겠다."

오필성이 입 안에 구부려놓은 무전기로 낮게 말했다. 오필성은 제3번 출입구 앞에 서 있다. 출입구는 넓이 2미터, 길이가 10미터의 통로를 지나도록 만들어서 누구든 그 통로를 지나가야 된다. 붉은 얼굴 둘이 통로로 들어섰다. 그때 오필성의 귀에 꽂은 리시버에서 차우진 상사의 목소리가 울렸다.

"둘 사살."

제4출입구를 맡은 차우진이다.

"한 명 사살."

제5출입구에서 이만철 상사가 보고했다. 주민들이 쏟아져 나오기 시작한 후부터 28명을 처치했다. 수습대가 따로 있어서 쓰러진 붉은 얼굴은 재빠르게 빼내 옆쪽 앰뷸런스로 옮겨 싣는다. 주민들은 환자를 싣는 줄 알 것이다. 오필성이 통로 앞쪽으로 다가가 딴청을 피우면서 붉은 얼굴의 옆모습을 보았다, 거리가 6미터. 5미터가 된 순간 오필성이 배낭을 그쪽으로 겨누고는 방아쇠를 당겼다. 손에 반동만 느껴질 뿐 소음기를 낀 데다 권총은 배낭 안에 들어가 있다. 배낭 구멍을 통해 빠져나간 총탄이 왼쪽 붉은 얼굴의 콧잔등에 박히더니 뒤로 벌떡 쓰러졌다. 피가 튀었지만 옆쪽 인파는 얼굴에 묻은 피를 손바닥으로 닦으면서 그냥 다가온다.

"툭."

다시 반동음이 전해지면서 두 번째 발사한 총탄이 오른쪽 붉은 얼굴의 옆머리를 뚫고 들어갔다. 이제 30명째다. 주민들은 아직 반도 안 나왔다.

앞쪽에서 사내 하나가 옆으로 벌떡 몸을 젖히면서 아래쪽으로 사라졌다. 인파에 묻혀 있었기 때문에 그렇게 보인 것이다. 신규철은 그쪽에서 머리를 돌리고는 가까워지는 군인들을 보았다. 군인들은 통로 좌우에 느슨한 자세로 서 있는데 몇 명은 총 대신 가방이나 옷가지, 책도 들고 있다. 총 가진 군인 뒤에 서서 몸을 반만 내놓은 놈도 있다. 그 순간 신규철은 얼굴에 웃음이 떠올랐다. 놈들의 정체를 파악한 것이다. 이놈들이 신의 전사(戰士)다.

2번 출입구로 나가던 김동호가 사람들에게 밀렸다가 고개를 돌려 옆쪽을 보았다. 그 순간 군인 하나가 손에 쥐고 있던 운동복을 만지작거리는 것 같더니 김동호 앞에 있던 주민이 벌떡 옆으로 넘어졌다. 총을 쏜 것이다. 그러나 발 딛을 틈도 없이 밀려나가던 군중들은 사내가 옆으로 허물어지듯이 쓰러져 땅바닥에 깔렸는데도 밟고 지나갔다. 군인이 붉은 얼굴 하나를 처형한 것이다.

그때 김동호의 얼굴을 본 군인 하나가 눈으로 알은체를 했다. 김동호한테서 능력을 이식받은 터라 얼굴을 기억하고 있는 것이다. 그 순간이다. 그 군인이 뒤로 넘어졌기 때문에 옆에 선 군인들이 내려다보았다. 그러고는 놀란 얼굴로 낮게 소리를 지른다. 김동호는 몸을 날렸다. 변신한 것이다.

신규철의 살인 방법은 수백 가지도 넘는다. 병기나 기구를 이용하지 않아도 맨몸으로 죽일 수도 있을 뿐 아니라 시선을 맞췄을 때 인간의 뇌를 뭉개버릴 수도 있다. 다만 신(神)과 악마까지 창조하신 조물주는 신은 물론이고 사탄에게도 대량학살을 허락하지는 않았다. 인간이 대량학살 무기를 사용하는 것은 인간 자체에서 해결할 것이지만 신이나 사탄은 그러지 못한다. 신규철은 군인 앞을 지나면서 시선을 받는 순간 뇌를 뭉개서 살해했던 것이다. 사탄 신규철이라도 인간과 시선을 마주쳐야만 살해할 수 있다.

동료가 쓰러지자 당황한 군인들이 모여들었고 신규철은 군중 사이에 끼어 출입구를 나왔다. 수용소를 벗어난 군중들이 사방으로 흩어지고 있다. 부르고 답하는 소리가 밝아 오는 아침 대기 속에 퍼지고 있다.

김동호가 20미터쯤 앞을 걷는 신규철의 뒤통수를 응시하며 다가가고 있다. 이곳은 용인 시내, 오전 6시 반. 사방으로 흩어진 수용소 주민들이 이제는 시내를 가득 덮고 있다. 3일 동안 텅 비었던 시내에 사람들이 들어차고 있는 것이다. 급하게 파견된 군경이 시내 요소요소에 배치되었지만 지금은 교통정리 정도만 하고 있다. 문을 닫았던 상점도 하나둘 문을 여는 것이 보인다. 영업을 하는 것이 아니라 가게 물건이 제대로 있는가를 조사하는 것이다.

신규철이 사거리를 횡단하더니 앞쪽 체육관으로 들어갔기 때문에 김동호도 따라서 들어갔다. 원형 체육관은 비었다. 문도 활짝 열렸고 로비에는 휴지 조각만 흩어져 있다. 김동호가 빈 로비를 둘러보다가 곧 발을 떼었다. 복도에도 인적이 없다. 이 상황에 체육관에 들어올 사람은 없는 것이다. 김동호가 배구 코트의 네트가 아직도 걸쳐진 체육관으로 들어섰을 때다.

건너편 이층 관중석에 앉아 있던 사내가 얼굴을 펴고 웃었다. 신규철이다. 텅 빈 체육관에는 김동호와 신규철 둘뿐이다. 신과 사탄의 만남이다. 그때 신규철이 자리에서 일어섰다.

“김동호, 네가 따라오는 걸 알고 있었어.”

김동호가 천천히 발을 떼어 체육관 중앙으로 나아갔다. 배구 코트의 네트가 바로 옆에 세로로 걸쳐져 있다. 신규철이 웃음 띤 얼굴로 물었다.

“나는 수십 번 몸을 바꿨지만 넌 그 몸뚱이가 처음이지?”

“넌 수십 번 살인을 한 놈인 것을 자랑하는구나. 난 한 번 인생으로 족해.”

“병신.”

신규철이 비웃었다.

“너 같은 병신 때문에 인간 세상이 구더기처럼 썩어 문드러지고 있는 거야.”

“이 더러운 귀신이 무슨 말을 하는 거야?”

그때 신규철이 훌쩍 몸을 솟구치더니 체육관 바닥으로 뛰어내렸다. 무려 20미터 가까운 거리를 날아 앞에 선 것이다. 이제 김동호와의 거리는 3미터쯤. 신규철이 여전히 웃음 띤 얼굴로 말했다.

“신(神) 또는 천사(天使)라고 불리는 병신들은 고정관념에서 벗어나지를 못해. 인간은 계도하면 선하게 된다고 믿는 모양인데.”

두 팔을 벌린 신규철의 목소리가 높아졌다.

“이 썩은 무리들을 다 청소하고 다른 생명체로 이 땅을 채워도 되는 거다,

이 병신아. 이 땅이 인간의 소유물이 아냐."

신규철의 두 눈이 불구덩이처럼 시뻘게졌다. 입을 벌릴 때마다 붉은 입 안이 보인다. 신규철의 목소리가 체육관을 울렸다.

"네놈이 수용소에서 저 버러지들을 다 끄집어 낸 것을 알아. 하지만 우리 계획이 틀어진 건 아냐."

그 순간 몸을 날린 신규철이 김동호의 머리를 후려쳤다. 어느새 손에 길이가 30센티쯤 되는 단검을 쥐고 있었는데 흰 섬광이 일어났다. 머리를 젖혀 피한 김동호가 가슴에서 꺼낸 쇠꼬챙이로 신규철의 머리를 찔렀지만 이것도 빗나갔다. 후려치고 찌르는 동작이 빨라서 사람들의 눈에는 보이지 않을 것이다.

그때 둘의 몸이 떨어졌다. 서로 자리를 바꿔 멀찍이 떨어진 것이다. 김동호가 손에 쥔 꼬챙이를 보았다. 살인무기다. 이것으로 지금까지 귀신 65명, 붉은 얼굴 34명을 죽였다. 귀신은 혼(魂)을 죽인 것이지만 붉은 얼굴은 귀신이 든 인간을 죽인 것이다. 악마가 들어 있더라도 살인이다. 그때 앞쪽 신규철의 몸이 부서지는 것처럼 흩어지기 시작했다. 형체가 대기 속으로 분해되는 것 같다. 그 순간 김동호가 달려들었다.

"앗!"

김동호의 외침이 체육관을 울렸다. 날아간 김동호의 몸이 신규철을 덮쳤다. 그 순간에 몸이 조각으로 흩어지는 것 같더니 신규철의 몸과 섞였다. 그러자 지름이 10미터 정도나 되는 원형체가 체육관 중앙에 만들어졌다. 흐려서 안이 안 보이지만 거대한 유리구슬 같다.

"오늘 널 흙으로 만들어주마."

구슬 안에서 신규철의 목소리가 울렸다.

"어설픈 신의 자식 같으니."

김동호는 숨을 멈췄다. 말을 그친 신규철의 형체는 보이지 않는다. 둥근 막 안에서 붉은 불덩이가 쏟아져 내려온다.

"으악!"

외침을 뱉은 김동호가 몸을 틀어 두 손으로 위쪽 공간을 후려쳤다. 몸이 허공에 떠 있었기 때문에 중심이 잡히지 않는다. 신규철은 물론 자신의 몸도 보이지 않는다. 이윽고 몸이 뜨거운 불길 속에 던져진 것처럼 엄청난 열기가 덮였다. 붉은 기운으로 덮인 앞쪽에서 소용돌이가 일어났다. 신규철이다. 소용돌이 속에서 번쩍이는 섬광이 일어났다.

이것이 무엇인가? 신규철에게 덮쳐 갔을 때 온몸에 열기가 솟구쳐 오르는 것을 느꼈다. 그 순간이다. 김동호는 옆구리가 떨어져 나가는 것 같은 고통을 느끼고는 입을 딱 벌렸다. 이 지대한 구슬은 신규철이 만든 함정이란 말인가? 그때 위쪽에서 신규철의 웃음소리가 들렸다.

"내가 너 같은 놈을 잘 알지."

신규철의 목소리가 울리면서 이제는 몸이 불구덩이 속으로 던져진 것 같다. 옆구리를 보았더니 새까맣게 변해 있다. 불에 타고 있는 것이다.

"으윽!"

신음을 뱉은 김동호가 눈을 부릅떴다. 사방의 붉은 기운은 불덩어리다. 이제 신규철의 목소리는 들리지 않는다. 신규철이 만든 붉은 구슬 안에 갇힌 채 이대로 죽어야 한단 말인가? 손도 제대로 써보지 못하고 불구덩이에 갇혀 타죽고 있다. 옆구리의 통증이 더 심해지면서 검은 부분이 더 늘어났다.

"으아악!"

다시 신음을 뱉은 김동호가 불끈 고개를 들었다. 이제 구슬 감옥은 지옥이 되었다. 지옥 불이다. 신규철이 지옥을 만든 것이다. 지옥 불이 온몸을 태우고 있다. 옆구리의 검은 상처가 이제는 배로 옮겨졌다. 무의식중에 손을 뻗어 앞쪽의 불길을 움켜쥔 김동호가 눈을 부릅뜨고 소리쳤다. 절박했기 때문에 나오는 대로 뱉는다.

"깨져라!"

그 순간이다.

"꽝!"

폭음과 함께 구슬이 폭발했다. 불기둥도 폭발하면서 체육관 안을 가득 채웠다. 그러나 불이 붙지는 않는다. 다른 차원에서 일어난 것 같다. 김동호는 이제 체육관 복판에 서 있다. 신규철은 보이지 않는다. 김동호가 자신의 몸을 내려다보았다. 그대로다. 불에 타 상반신이 거의 검게 쪼그라들었던 것이 믿기지 않는다. 옷도 그대로다. 김동호는 자신의 능력을 다 발휘하지 못하고 있다는 것을 깨달았다. 방법을 몰랐기 때문이다.

"드러나라!"

김동호가 눈을 부릅뜨며 소리친 순간이다. 앞쪽 2층 관중석 통로에 서 있는 신규철을 보았다. 신규철은 당혹한 표정이다. 구슬 지옥을 단 한마디로 깨뜨린 데다 몸이 드러난 것이다. 다음 순간 김동호의 몸이 솟아올랐다. 신규철에 대한 살의가 머릿속에 가득 찼고 온몸이 병기(兵器)가 되기를 소망했다. 그 순간, 김동호의 손에서 불줄기가 쏟아졌다. 마치 화염방사기 같다. 눈 깜빡하는 순간이다. 불줄기에 휩싸인 신규철이 몸을 솟구쳤지만 몸이 불덩이가 되어 있다.

"아앗!"

허공에 솟은 신규철이 비명을 질렀을 때 김동호가 이층 관중석에 발을 딛고 나서 다시 솟았다. 그때 몸을 솟구쳤던 신규철이 불덩이를 껍질처럼 벗어던지더니 아래 바닥으로 떨어졌다. 김동호도 뒤를 따른다.

"총!"

신규철이 소리친 순간 손에 기관포가 잡혔다. 대형 M-5 기관포, 기관포탄은 15밀리, 보통탄의 2배.

"타타타타타."

총성이 체육관을 울렸다. 빗발처럼 쏟아진 총탄이 김동호의 전신에 쏟아졌다. 그러나 김동호의 몸에 닿지 않고 사방으로 튀어나간다. 마치 김동호의 몸 주위로 투명한 방탄막이 쳐져 있는 것 같다. 김동호가 숨을 들이켰다. 신규철이 손에 총을 쥔 순간에 방탄막이 쳐진 것이다. 이제는 자동적으로 보호막이 쳐진다. 다음 순간 김동호가 떠올라 주먹으로 신규철을 후려쳤다. 무시무시한 주먹이다. 바람을 일으키며 후려친 주먹이 신규철의 관자놀이에 맞았다. 주먹에 충격이 느껴지면서 신규철의 머리통이 한 바퀴 돌아서 제자리로 왔다.

그때 신규철이 빙긋 웃었다. 다음 순간 김동호는 복부에 엄청난 충격을 받고는 두 팔다리를 앞으로 뻗은 채 날아가 체육관 벽에 등을 부딪쳤다. 신규철이 발길로 배를 찬 것이다. 등이 부딪친 체육관 벽이 허물어지면서 벽에 금이 갔다. 몸을 뒹굴며 일어선 김동호가 3단 넓이뛰기를 하는 것처럼 달려가 신규철의 주먹을 피하면서 팔꿈치로 얼굴을 쳤다.

"뻑석!"

뼈가 부러지는 소리와 함께 신규철의 코뼈가 뭉개졌고 이가 대여섯 개가 피와 함께 튀어나왔다. 얼굴이 부서진 과자다.

"이 새끼."

신규철의 손에서 장검이 솟아나는 것처럼 보였다. 갑자기 손에 장검을 쥔 것이다.

"에익!"

장검이 빗살처럼 내려치면서 부서져 산산조각이 났던 얼굴이 제자리로 모인다. 이까지 들어가 박힌다. 마치 영화필름을 거꾸로 돌리는 것 같다. 장검이 내려쳐진 순간 김동호가 몸을 비틀었지만 몸통이 왼쪽 어깨에서 오른쪽 옆구리까지 두 조각으로 갈라졌다.

"와앗!"

그것을 본 신규철의 입에서 기쁨의 탄성이 터졌다. 붉은 두 눈이 불덩어리처럼 빛났다. 그러나 다음 순간 신규철의 눈빛이 더 강해졌다. 2개로 갈라졌던 김동호의 몸이 2개로 된 것이다. 김동호가 2명이 되었다.

"이얏!"

똑같은 함성을 지르면서 2개의 김동호가 허공으로 솟아오르면서 신규철을 향해 덮쳐갔다. 그러나 왼쪽 김동호는 손에 기관포를 들었고 오른쪽 김동호는 엄청난 크기의 장검을 두 손으로 쥐었다. 다른 무기, 다른 표정, 속도도 다르다.

"아앗!"

놀란 신규철이 몸을 비틀어 당장 자신도 2개의 몸뚱이를 만들려고 했지만 빛의 몇 배 속도로 늦었다.

"투타타타타타."

기관포의 발사 속도도 김동호의 움직임만큼 빠르다. 장검이 내려쳐지는 속도도 빛보다 몇 배 빠르다.

"아악!"

신규철이 놀란 외침을 뱉었지만 그때는 이미 몸이 수십 조각으로 쪼개지면서 그 쪼개진 몸이 기관포탄에 의해 다시 박살나는 중이었다.

"이 자식, 적응이 빠르구나!"

그 손톱만 한 조각에서 신규철이 신음 같은 외침을 뱉었다.

"오늘은 이정도로 해두자!"

천장으로 튀어 오른 핏방울에서 다시 신규철이 외쳤다.

"다음에는 네 존재를 꼭 없앨 테니까!"

이번 목소리는 수 만개 잔해 중 하나에서 울려나왔다.

"다 해산시켰습니다."

계엄사령관 백철이 대통령에게 보고했다. 오전 11시 반, 상황 끝이다. 12개 수용소는 텅 비었고 붉은 얼굴로 처형한 인간이 524명. 확인은 안 되었지만 얼굴 위에 뜬 귀신 사살이 179명, 엄청난 전과다. 김동호한테서 능력을 이식받은 160명의 특전사 요원들과 신의 전사가 올린 전과다. 백철이 말을 이었다.

"524명의 신분도 확인했습니다. 모두 신분증을 지참하지 않았지만 안양의 천지교라는 종교단체의 교인들입니다."

숨을 고른 백철이 옆에 선 참모장 유근수를 보았다. 그때 유근수가 말했다.

"천지교 교주는 고춘만이란 사람으로 7년 전에 천지교를 창시하기 전까지 중고 자동차 매매상을 했습니다."

대통령의 시선을 받은 유근수가 말을 이었다.

"기적을 일으키고 병을 고쳐주는 능력 때문에 교세가 폭발적으로 늘어났습니다."

"그 교주는 잡았소?"

대통령이 묻자 백철이 한숨부터 쉬고 나서 대답했다.

"아직 못 잡았습니다만 곧 체포할 것입니다, 이제 전사(戰士)들을 갖췄으니까요."

"이번 사건으로 세계가 들썩였어."

대통령이 핏발 선 눈으로 앞에 선 둘을 번갈아 보았다. 좌우에는 비서실장, 국무총리, 장관들까지 10여 명이나 둘러서 있었지만 조용하다. 아직도 대통령은 용인의 계엄사령부 안 비상 집무실에 남아 있다.

"국민 피해자가 1만 명이 넘어요. 이건 전쟁이 난 것보다 더 치명적이고 더 위험한 사건이야. 지금 세계의 보도진은 물론이고 의료진, 종교계, 우주 연구진까지 대량으로 한국에 몰려와 있는 상황이란 말이야."

대통령이 둘러선 각료들을 훑어보았다.

"귀신 전쟁이라니. 귀신들이 대량으로 인간을 학살하다니. 이제는 종족이나 이념, 종교 갈등으로 전쟁이 일어나는 것이 아니라 귀신들과 전쟁하는 시대가 되었다는 말인가?"

대통령의 목소리가 떨렸다.

"우리는 12명이 희생되었습니다."

정영복이 붉어진 눈으로 김동호를 보면서 말했다. '밝은 세상'의 교당 안, 의자를 마주 보도록 배치하고 이번 전쟁에 참가했던 전사(戰士)들이 둘러앉아 있다. 김동호는 고개만 끄덕였다. 고춘만의 시녀로 있다가 전사가 된 강희경과 그 조원 셋을 포함해서 막바지에 68세의 최진명도 분사했다. 조원들까지 모두 12명이 전사했으니 절반 이상의 피해를 보았다. 그때 오백진이 입을 열었다.

"붉은 얼굴을 구분하기는 쉬웠지만 숫자가 많은 데다 시민들 사이에 섞여 있어서 행동하기가 쉽지 않았습니다."

맞는 말이다. 붉은 얼굴은 마음 놓고 흉기를 휘두르면 되었지만 신의 전사들은 시민에게 피해가 갈까 봐 조심해야만 했다. 수용소에 대량으로 시민을 피신시킨 것을 악마들은 역이용한 것이다. 김동호가 고개를 들고 말했다.

"악마는 나하고 싸우다가 사라졌지만 다시 나타날 거야. 그런데 고춘만은 지금 어디 숨어있을 테니 찾아야 돼."

"천지교 교당에는 못 나갑니다."

서수민이 말했다.

"교당에 특공대가 지키고 서 있거든요."

그렇다. 김동호한테서 능력을 받은 특공대 10여 명이 빈틈없이 지키고 있는 것이다. 용인의 별장도 폐쇄되어서 고춘만은 시녀 유옥진과 함께 자취를 감췄다. 그리고 지금도 시내에는 특공대들이 붉은 얼굴을 찾고 있는 것이다.

"내가 특공대 160명한테 능력을 이전시켜준 것이 효과를 보았어."

김동호가 말을 이었다.

"그리고 이번에 내가 내 능력을 다시 알게 된 계기가 되었어."

모두의 시선을 받은 채 김동호가 체육관에서 신규철과의 사투를 떠올렸다. 기관포를 쏘고 빗발처럼 빠른 장검이 휘둘려진 데다 거대한 구슬이 폭발하는 엄청난 전쟁이 일어났지만 밖으로는 일절 소음이 퍼져나가지 않았다. 그리고 신규철의 몸이 대기 속으로 사라진 후에 체육관 안은 먼지 하나 떨어지지 않은 전의 모습으로 돌아와 있었던 것이다. 마치 체육관 안에서 입체 영화가 상영되었다가 끝난 것 같았다. 김동호는 숨을 들이켰다가 천천히 뱉었다. 그것을 설명한다고 해도 전사들은 믿지 않을 것이다. 그리고 그 장면을 설명하기도 힘들다. 김동호가 다시 입을 열었다.

"밝은 세상 교회를 큰 곳으로 옮기고 전사를 효율적으로 양성해야겠어."

고춘만의 천지교인이 붉은 얼굴의 악마가 되어 이번 전쟁의 주력이 된 것이다. 따라서 그것을 막으려면 '밝은 세상'의 교인도 체계적으로 단련시켜야 한다. 김동호가 정영복을 보았다.

"정 선생이 중심이 되어서 교당을 물색하고 교인을 확장하는 사업을 지금부터 실시하도록."

자금은 얼마든지 댈 것이라는 말은 안 해도 될 것이다. 모두 김동호의 능력을 알고 있기 때문이다.

그날 밤, 김동호가 찾아간 곳은 서교동의 골목에 위치한 극단 '소라'의 공연장이다. 오후 8시에 시작한 연극은 한창 열기를 띠고 있었는데 양지현은 여주인공이었다. 배신당한 여자의 격정적인 심정을 독백하는 양지현의 모습은 아름다웠다. 관객은 절반쯤 차 있었는데 모두 양지현에게 끌려든 것처럼 보였다. 양지현이 그런 경험이 있었기 때문일 것이다.

이제 양지현의 귀신은 본체에 흡수되어 사라졌다. 양지현을 저승으로 데려가려면 다시 귀신이 와야 한다. 귀신을 못 오게 할 수는 없는 것이다. 인간은 꼭 죽는다. 시기가 문제일 뿐이다.

그때 열렬하게 소리치던 양지현의 시선이 관객석 위쪽에 앉아 있는 김동호를 보았다. 김동호는 다른 사람들과 떨어진 자리에서 혼자 앉아 있었던 것이다. 그 순간 양지현이 잠깐 말을 멈추었다. 대사를 잊어버린 것 같다.

그때 김동호가 빙그레 웃었더니 다시 양지현의 입에서 대사가 술술 나왔다. 오히려 더 활기 띠고 어울리는 대사다. 이것도 김동호가 능력을 준 것이다.

2장
붉은 귀신

공연을 마친 양지현이 극단 앞에 서 있는 김동호에게 다가왔다. 같이 공연한 배우들과 함께 온 것이다.

"나 먼저 갈게."

김동호의 팔짱을 낀 양지현이 동료들에게 말했다. 동료들이 김동호에게 웃음 띤 얼굴로 눈인사를 한다. 그들에게 머리를 숙여 보인 김동호가 양지현과 함께 몸을 돌렸다.

"갑자기 나타나서 놀랐잖아."

두 팔로 김동호의 팔을 감아 안으면서 양지현이 몸도 딱 붙였다. 양지현의 반말이 자연스러웠기 때문에 오래전부터 그래왔던 것 같다. 김동호가 양지현에게 물었다.

"용인에서 악마와의 전쟁이 일어났는데 여기는 딴 세상 같구나. 넌 놀라지 않았어?"

"놀라긴."

양지현이 눈웃음을 쳤다.

"자기가 관객석 윗자리에 떠억 앉아 있는 것을 보았을 때 더 놀랐지."

"사람이 1만 명도 넘게 죽었잖아, 귀신한테 말야."

"그 귀신이 진짜야?"

양지현이 되물었기 때문에 어이가 없어진 김동호가 걸음을 멈췄다.

"아직도 안 믿어? 그럼 귀신이 그러지 않았다면 누가 그랬겠어?"

"정부가."

"정부?"

"정부가 정권을 연장하려고 그런 작전을 만들었다는 거야. 계엄령이 풀리지 않는 걸 봐."

"정부가?"

"그래서 연극 관객이 절반도 안 돼. 이러다가 극단 또 부도나겠어."

"……."

"통금시간이 생겨나서 밤에 공연을 한 번밖에 못 하게 되고."

"……."

"시내에 계엄군을 쫙 풀어놓고 귀신을 찾는다면서 노려보는 통에 나라가 잔뜩 위축되었어. 계엄령을 올해 말까지 유지한다는 건 내년 대통령 선거에서 재선하려는 여당의 꼼수라는 거야."

말하는 사이에도 그들은 길가에 서 있는 계엄군 앞을 지나갔다. 김동호는 한숨을 쉬었다. 유언비어는 어느 시대에도 있지만 언론과 정보가 발달한 지금도 이런 억지 소문이 떠돌다니 믿기지가 않았기 때문이다.

"통금시간이 1시간밖에 남지 않았어."

발걸음을 늦춘 양지현이 어둠 속에서 반짝이는 눈으로 김동호를 보았다. 밤 10시 반이 되어가고 있다. 통금시간은 12시인 것이다. 양지현이 눈으로 앞쪽 모텔 간판을 가리켰다.

"우리 저기서 자고 가."

"이건 의학적으로 설명시켜 국민을 납득시키기가 힘듭니다."

굳어진 표정의 박의만이 대통령 임홍원에게 보고했다. 이곳은 청와대 본관 지하 5층에 위치한 전시(戰時) 상황실 안. 핵폭탄이 터져도 안전한 상황실에는 대통령을 중심으로 계엄사령관, 각부 장관, 괴질 분석실장에서 귀신 분석 책임자로 명칭만 바뀐 박의만의 분석 팀까지 30여 명이 둘러앉아 있다. 박의만이 말을 이었다.

"붉은 귀신 용의자라는 인간들을 해부한 결과 정상인과 다르지 않았습니다. 특히 뇌를 집중 조사했지만 이상한 점이 없습니다."

상황실 안이 조용해졌다. 귀신들한테 살해당한 주민이나 붉은 얼굴의 귀신이나 똑같은 사람으로 죽은 것이다.

"이러니 유언비어가 퍼질 만하구만."

대통령이 혼잣소리처럼 말했지만 다 들었다. 모두 유언비어가 퍼지고 있는 것을 아는 것이다. 대통령의 시선이 백철에게로 옮겨졌다.

"이봐요, 사령관, 혹시 그 사람이면 가능하지 않을까?"

"누구 말씀입니까?"

"초능력자, 아니 당신들한테 능력을 나눠줬다는 그……."

"김동호 씨 말입니까?"

"그렇지, 그 김동호가 귀신들을 증명할 수 있지 않을까?"

"글쎄요."

"사령관도 그 사람한테서 능력을 받았지 않소? 그래서 붉은 얼굴도 직접 보았다면서?"

"예, 각하."

"그 능력이 귀신 식별 능력뿐이오?"

"아닙니다, 각하."

"죽은 귀신을 귀신이라고 증명할 능력은 없는 거요?"

"저는 없습니다. 아니, 능력을 받은 다른 대원들도 마찬가지일 것입니다."

"그럼 그 김동호는 있겠군."

"모르겠는데요."

"지금 유언비어가 떠돈다는 소문까지 말해주고 도와달라고 해봐요."

"알겠습니다, 각하."

"참, 내."

대통령이 박의만을 흘겨보고 나서 말을 이었다.

"의학적으로 증명이 안 되다니. 그래서 초능력자의 도움을 받아야 한다니……."

모두 입을 다물었지만 공감하는 사람은 없다. 대통령의 말투가 초능력자를 비하하는 것처럼 들렸기 때문이다. 그것을 견딜 수 없었던 사람이 결국 군인인 계엄사령관 백철이다. 고개를 든 백철이 똑바로 대통령을 보았다.

"각하."

부르고 난 백철이 대통령의 시선을 받더니 어깨를 부풀렸다.

"우리는 그 사람, 김동호 씨의 도움이 없었다면 멸망하고 있었을지도 모릅니다."

옆에 앉은 유근수가 커다랗게 머리를 끄덕였고 백철의 목소리가 커졌다.

"우리는 이것이 신과 악마의 전쟁이라는 것부터 인정해야 됩니다. 김동호 씨를 단순하게 초능력자로 격하시키면 안 됩니다."

"아, 글쎄……."

취임 후 처음으로 이런 반발을 받은 대통령이 당황했다. 그러나 역시 노련한 정치인답게 금방 대응했다.

"답답해서 한 소리요. 초능력자가 아니지. 말 그대로 신의 아들이지. 우리는 이제 신과 악마의 싸움을 인정해야 될 것 같아."

그 시간에 고춘만이 수원 시내의 오피스텔 안에서 시녀 유옥진과 둘이 술을 마시는 중이다. 밤 11시 40분, 전국이 계엄령 상황이고 12시가 통금시간인 터라 창밖의 거리는 벌써 조용해졌다.

"수원에서도 오늘 셋이 잡혔어요. 특전사 소속 특공대가 둘은 사살, 1명을 생포했습니다."

유옥진이 말하자 고춘만은 한숨을 쉬었다.

"생포 당하다니. 이제 해부하겠군."

"해부하면 드러날까요?"

"뭐가 드러나?"

"우리가 귀신 붙었다는 증거가요."

"붉은 얼굴은 귀신 붙은 놈들만 보이게 되어있지만……."

고춘만의 눈동자가 흐려졌다.

"산 놈을 분석하면 귀신 든 것이 드러날지 모르겠다."

"그럼 어떻게 되지요?"

"뭐가 어떻게 돼?"

쓴웃음을 지은 고춘만이 한 모금에 술을 삼켰다.

"우리 일에 아무 지장 없어. 난 여왕개미다. 다시 하루에 수백 개씩 새끼를 낳을 거다."

그때 유옥진이 술기운으로 붉어진 얼굴을 들고 고춘만을 보았다.

"그럼 내가 낳는 아이는요?"

"뭐라고?"

되물었던 고춘만이 다음 순간 숨을 들이켰다. 고춘만이 유옥진을 노려보았다.

"너 지금 무슨 말을 한 거야?"

"당연히 일어날 일을 말씀드렸어요."

얼굴이 조금 붉어졌지만 유옥진은 시선을 내리지 않았다.

"아니, 그럼 네가."

"그래요, 3개월째가 되었어요."

"사실이냐?"

"제가 거짓말을 할 이유가 있어요?"

"말 하는 것 좀 봐."

"밤마다 저를 끌어들이셨으니 이런 결과는 예상하셨어야죠."

"네년이……."

말을 멈췄던 고춘만이 머리를 저었다.

"아이 버려."

"그럴 수 없어요."

유옥진이 필사적으로 고춘만의 시선을 받은 채 말을 이었다.

"아이가 붉은 얼굴을 갖고 태어나더라도 낳을 겁니다. 그래서 무인도에라도 가서 아이를 키우겠어요."

"이 미친년이."

눈을 부릅뜬 고춘만의 눈에서 불이 펄펄 일어나는 것 같았다. 고춘만이 잇새로 말했다.

"악마에게 전례가 없는 일이야. 당장에 없애지 않으면 네년까지 없앨 거다."

"내 과거가 궁금하지 않아?"

생각에 잠겨 있는 것 같던 양지현이 불쑥 물었다. 밤 12시 10분, 둘은 모텔

방의 침대 위에 누워있다. 둘 다 알몸으로 서로 마주 보고 껴안은 상태. 빈틈없이 두 몸이 붙어 있다. 방 안에는 아직 열기가 다 가시지 않았다. 둘의 몸에도 배어나온 땀방울이 마르기 전이다. 김동호는 양지현의 머리끝에 턱을 받친 자세로 아직 대답하지 않았다. 다 알고 있는 터에 궁금할 리는 없다. 그러나 대답은 해야겠다.

"난 현실이 더 중요하지만 나한테 해주고 싶은 이야기가 있어?"

"꼭 그런 건 없지만."

김동호가 양지현의 엉덩이를 움켜쥐고 끌어 당겼다. 낮게 비명을 지른 양지현이 바짝 몸을 붙이면서 말했다.

"관심이 없다고 오해할 수도 있어, 자기야."

"별걸 갖고 다."

머리를 숙인 김동호가 양지현의 귀를 입술로 물고 말을 이었다.

"왜? 아이라도 혼자 키우고 있어?"

"미쳤어?"

"그럼 정리 안 한 남자라도 있는 거야?"

"내가 그런 여자로 보여?"

"그럼 전에 누구한테 사기로 고소를 당해서 지금 재판 중이라든가……."

"아유, 그만."

양지현이 껴안고 있던 손으로 김동호의 옆구리를 꼬집었다. 김동호가 양지현의 입술에 가볍게 입을 맞추고는 말을 이었다.

"그럼 됐어."

양지현의 등을 손바닥으로 부드럽게 쓸면서 김동호가 말을 이었다.

"네가 하고 싶은 거 다 해줄게, 그러니까 열심히만 살아."

"자기야."

"짧은 인생이야. 지난날 끄집어내고 시간 소모할 여유가 없어. 지금 열심히 살아도 시간이 부족해."

양지현이 대답 대신 김동호를 끌어당겼다. 안아달라는 신호다.

27세. 김선옥. 대영학원 영어 강사. 미혼. 김동만(57세)의 장녀. 숙녀대학교 영문과 졸업. 천지교에 다닌 지 1년 반. 천지교의 청소년반 교사.

이것이 체포된 붉은 얼굴의 신상명세다.

"외면은 전혀 일반인과 다르지 않습니다. 일반인하고 분간할 수가 없지요."

유리벽 안의 조사실에 앉아 있는 김선옥을 바라보면서 백철 대장이 말했다. 이곳은 용산의 계엄사령부 본관에 위치한 조사실 옆방이다. 주위에는 대통령과 국무총리, 장관들에다 약방의 감초처럼 박의만과 조사팀원 셋까지 둘러서서 유리벽 건너편의 조사실을 보고 있다. 붉은 얼굴을 보고 있는 것이다. 백철이 쓴웃음을 지은 얼굴로 대통령을 보았다.

"각하, 제 눈으로는 저 여자의 얼굴이 붉은 물감을 들인 것처럼 붉게 보입니다만 일반인들에게는 보통 사람으로 보이는 것이 문제지요."

"그게 답답하단 말이오."

팔짱을 낀 대통령이 투덜거리듯 말했다.

"내 생각인데 그 능력을 가진 사람들의 뇌를 살펴보는 것이 나을 것 같아."

붉은 얼굴을 해부하는 것보다 그것을 볼 수 있는 백철 등 능력자를 검사해 보자는 말이다. 그때 백철이 고개를 끄덕였다.

"그럴 용의도 있습니다. 특공대원 중에서 지원자를 뽑을 수도 있지요."

"그것보다 그 능력을 준 김동호란 사람을 불러보는 것이 어떨까?"

대통령의 말에 백철과 유근수가 서로의 얼굴을 보았다. 둘은 능력을 전이받은 능력자다. 그때 유근수가 숨을 들이켜고 나서 대통령을 보았다.

“각하, 그것은 어려울 것 같습니다.”

“그럴까?”

그때 백철이 헛기침을 했다.

“김동호 씨는 대한민국 국민이긴 하지만 언론에 노출되는 것을 막아달라는 약속을 했기 때문에요.”

말은 그렇게 했지만 아무리 대통령이라도 그렇게 나가면 곤란하지 않느냐는 눈치가 드러났다. 대통령이 또 김동호를 건드리는 것이다.

“사장님 찾는 전화가 왔습니다.”

신용보증자금의 강동철이 그렇게 말했다.

“오전에 세 번이나 왔는데요. 누구냐고 물었더니 교인이라고만 하는데요.”

김동호가 잠자코 듣기만 했더니 강동철이 말을 이었다.

“여잡니다. 급하다면서 전번을 남겨 주었는데요.”

오전 10시 반, 지금 김동호는 동호상사 사장실에서 강동철의 전화를 받는 중이다.

“이름은 밝히지 않았어?”

“예, 교인이라고만…….”

“번호 찍어 줘.”

“예, 사장님.”

강동철이 확실하게 말하고는 통화를 끝냈다. 신용보증자금을 맡은 강동철은 회사를 급성장시키고 있다. 물론 악덕 대부업자에서 벗어나 서민의 금융업체로 변신한 때문이다. 금방 소문이 퍼져서 신용보증자금은 두 달 만에 두 배의 성장을 했다.

곧 핸드폰에 전화번호가 떴다. 강동철이 보낸 전화번호다. 교인이라니 누군가? '밝은 세상'의 교인이 아닌 것은 분명하다. 그쪽은 김동호의 연락처를 다 알고 있으니까. 한동안 번호를 보던 김동호가 버튼을 눌렀다. 그러자 신호음이 세 번 울리더니 여자가 응답했다.

"여보세요."

"나, 김동호인데 누구시죠?"

"저, 고춘만의 시녀예요."

그 순간 김동호가 숨을 들이켰다. 이번에 '용인 전쟁'에서 피살된 강희경이 먼저 머리에 떠올랐다. 그리고 또 하나의 시녀. 그때 김동호가 물었다.

"그런데 왜 날 찾았나?"

"저, 도망쳐 나왔습니다."

여자가 낮지만 또렷한 목소리로 말을 잇는다.

"그래서 연락드린 것입니다."

"왜?"

"저를 보호해 주시면 고춘만에 대해서 다 알려드릴게요."

"그 말을 어떻게 믿나?"

"신(神)의 아들님께서는 구별하실 수 있지 않습니까?"

"도망쳐 나온 이유부터 듣자."

"제가 고춘만의 아이를 임신했거든요."

"……."

"그것을 고춘만한테 말했더니 아이를 죽이지 않으면 나까지 죽인다고 했습니다."

이제는 여자의 목소리가 떨렸다.

"저는 괜찮아요. 하지만 아이만은 살리고 싶습니다."

김동호가 자리에서 일어섰을 때 문에서 노크 소리가 들리더니 한재영이 들어왔다. 시선이 마주치자 한재영이 눈웃음을 친다.

"보고드릴 것이 있어서요."

"응, 거기 앉아."

앞쪽 소파를 눈으로 가리킨 김동호가 마주 보는 자리에 앉았다. 한재영은 동호상사 관리부장으로 영전했다. 매출액 1백억이 넘는 유통회사로 성장한 동호상사의 관리부장이 된 것이다.

오수정과 강연희를 퇴사시킨 후에 동호상사는 다시 구조조정을 했다. 영업직으로 신용보증자금을 통해 직원을 추가 모집했고 관리부를 보강한 것이다. 이제 동호상사는 직원 수가 50여 명. 영업부장은 조남진이고 관리부장이 한재영이다. 한재영이 정색하고 김동호를 보았다.

"저기, 우리가 공급하는 물품은 모두 한국산 아녜요?"

"그렇지, 그런데 왜?"

"강동유통, 제일유통이 모두 중국산으로 바꿨어요. 그래서 가격 경쟁이 안 돼요."

"그거야 그렇지만……."

"중국산 품질이 국산보다 나은 데다 가격이 절반 정도밖에 안 되는 제품이 많다구요."

한재영이 들고 온 파일을 김동호 앞에 놓았다.

"요즘 바쁘신 것 같아서 보고를 못 하고 있었는데 영업부에서 저한테 꼭 말씀드리라고 해서요."

"너한테?"

"예, 영업부장은 사장님을 어려워해서 그런 보고를 하기가 싫은가 봐요. 저한테 미뤄요."

그러고는 한재영이 다시 눈웃음을 쳤다. 교태가 섞인 웃음이다. 김동호가 고개를 끄덕였다.

중국산이 이제는 품질 관리도 철저히 해서 오히려 품질도 월등한 상품이 많은 것이다. 그래서 소비자 인식도 달라졌다. 거기에다 가격도 파격적으로 싼 터라 신토불이를 믿고 안주한 국산 제품이 타격을 입기 시작했다.

"우리도 중국산을 검토해보지."

경쟁을 시켜야 긴장이 되고 발전도 하는 것이다.

장안평 시장 옆 오피스텔에서는 시장의 소음이 다 들린다. 오피스텔 7층의 방 안, 13평형 원룸식이어서 방 안에 놓인 작은 탁자를 사이에 두고 김동호와 유옥진이 마주 보며 앉아 있다. 김동호는 용인 교외의 고춘만 별장에 숨어들어 갔을 때 유옥진을 본 적이 있다.

오후 2시 경, 열린 유리 창문으로 시장 소음이 다 들려왔다. 김동호가 먼저 입을 열었다.

"아이를 꼭 낳으려는 이유는 뭐냐?"

유옥진의 시선을 받은 김동호가 말을 이었다.

"귀신을 하나 더 늘리겠다는 거야, 뭐야?"

"내 아이는 귀신 안 만들 겁니다."

유옥진이 바로 말을 받더니 제 얼굴을 손가락으로 가리켰다.

"내 얼굴을 보세요."

"네 얼굴이 어때서?"

되물었지만 유옥진의 얼굴은 보통 인간 얼굴이다. 붉은 얼굴이 아니다. 고춘만이 세뇌시킨 사탄의 전사들만 얼굴이 붉은 원숭이하고 같게 되었지, 고춘만은 물론이고 시녀 유옥진, 죽은 강희경도 얼굴은 보통 인간 얼굴이었다.

유옥진이 말을 잇는다.

"내 자식도 보통 사람 얼굴로 태어날 거예요. 그래서 보통 인간으로 키울 겁니다."

"아버지는 고춘만이겠지?"

"그래요."

"고춘만이 그걸 알면서도 아이를 지우라고 해?"

"그러니까 악마죠."

김동호의 얼굴에 쓴웃음이 떠올랐다.

"너는 악마의 시녀 아니냐?"

"어쩔 수 없었어요."

"나한테 부탁할 것은 뭐냐?"

"고춘만을 없애주세요."

"내가 네 심부름꾼이냐?"

"죽이는 방법을 알려 드릴게요."

"말해 봐."

"날 보호해주신다는 약속부터 해야죠, 내가 살아갈 보장도."

"욕심도 많군."

"당연한 대가죠."

"말해."

"약속하신 거죠?"

"그렇다고 치고."

"고춘만은 인간의 몸에 들어왔기 때문에 인간이나 마찬가지죠."

"그렇겠지."

"그래서 죽어요."

"안 죽을 수가 있나?"

"하지만 붉은 얼굴도 아니고 운동 능력이 뛰어난 데다 귀신과 소통이 돼요."

"그건 알고."

"사탄에게 복종하도록 되어 있어요."

"당연하지."

"내가 도망쳤으니까 지금은 거처를 옮겼겠죠, 내가 이렇게 배신한 것도 예상하고 있을 테니까."

"계속해."

"하지만 멀리 도망치지 못해요, 아직 전쟁이 끝나지 않은 데다 고춘만의 영역은 서울을 포함한 경기도 지역이기 때문에."

"악마들이 구역까지 정했나? 악마도 서울시장이 있고 경기도지사가 있는 거냐?"

"고춘만을 찾기는 힘드니까 끌어들여야 합니다. 그러기 위해서는……."

"내가 너하고 같이 있다는 소문을 내야겠군."

"안양 교당 근처에서 소문을 내면 바로 고춘만의 귀에 들어갈 것입니다."

유옥진의 얼굴에 웃음이 떠올랐다.

"신의 아들께서는 방법을 아시는군요."

"자, 그럼 고춘만의 능력을 말해 봐."

정색한 김동호가 유옥진을 보았다.

김동호가 백철의 전화를 받았을 때는 오후 4시가 조금 지났을 무렵이다. 유옥진과 헤어져 '밝은 세상'의 전사(戰士)들을 만나러 가다가 전화를 받은 것이다. 응답했을 때 백철이 바로 말했다.

"김 사장, 대통령께서 만나자고 하시는데 한 번 만나주셔야 될 것 같습니다."

혀 차는 소리를 낸 백철이 말을 이었다.

"자꾸 김 선생의 능력을 이용하자는 말씀을 하시는 건 이해가 가기는 해요. 하지만……."

김동호가 잠자코 듣기만 했다. 택시 안이어서 창밖으로 바쁘게 지나는 행인들이 보인다.

"김 선생의 능력을 믿지 못하는 것 같습니다. 더구나 용인의 대참사가 사탄의 짓이라는 것을 아직도 반신반의하시는 것 같단 말입니다."

"내가 믿게 해 드릴 의무라도 있는 겁니까?"

불쑥 김동호가 묻자 백철이 당황했다.

"아닙니다. 그건 아닌데……."

"그 양반이 의심이 많은 성격 같으신데 그냥 놔두시지요, 자업자득이 될 테니까."

"우리가 답답해서 그럽니다. 앞으로 작전을 세워야 하는데 지도자가 적극 협조를 해줘야 하거든요. 그런데 이 양반이 김 사장을 봐야 믿겠다는 식이어서……."

"……."

"이건 우리 생각입니다만 김 사장님이 대통령과 함께 작전 지휘를 해주시는 것이 낫겠습니다, 대통령도 김 사장님의 능력을 보시고 나면 의지하게 되실 테니까요."

이렇게까지 말하는데 피할 수는 없겠다.

대통령 임홍원은 결점이 거의 없는 인간이다. 국회의원 시절에 단 한 번도

의원회의에 빠진 적이 없었다. 5선 20년 동안의 기록이다. 단 한 번도 부패사건에 연루된 적도 없고, 위장전입을 한 적도 없으며 주차위반을 한 적도 없다. 청렴하고 정직하다는 이미지로 대통령이 된 인물인 것이다.

그런데 이번 사건이 터지고 나서 열심히 일했지만 능력의 한계가 드러났다. 용인수용소가 설치되었다가 해체될 때까지 5일 동안 밤잠을 안 자고 계엄사령부에서 철야를 했지만 대통령의 결단 또는 대통령의 능력을 내보인 적이 없는 것이다.

그저 끌려만 다니다가 수용소를 해체하고 원점으로 돌아갔다. 더구나 그렇게 만든 신의 아들 김동호의 존재를 노출시키지 않는 바람에 1만여 명의 사상자가 난 이번 '귀신 전쟁'에서 정부가 우왕좌왕했다는 평을 받았다. 수용소를 만들어서 사상자가 대량으로 발생했다는 비난이 쏟아지고 있는 것이다. 임홍원이 비서실장 정인규에게 말했다.

"맞아. 난세에 어울리는 지도자가 있고 평화 시에 맞는 지도자가 있는 모양이야."

임홍원의 얼굴에 쓴웃음이 떠올랐다.

"난 평화 시에 어울리는 인간인갑다. 순발력이 떨어지고 임기응변에 약해."

"아닙니다, 각하."

일단은 정인규가 그렇게 막았지만 뒷말이 궁했다. 그때 임홍원이 말했다.

"사령관이 김동호란 사람을 데려오면 알 수 있겠지."

"뭘 말씀입니까?"

"내가 이 상황, 이 시대에 어울리지 않는 지도자라는 것을 말야."

"그렇게 비약하실 필요가 없지 않습니까? 이번 사건은 유사 이래 처음 발생한 사건입니다. 아직 정확한 이유, 원인도 확인되지 않았습니다, 각하."

"정상적인 상황이 아닌 것은 분명해."

"그건 그렇습니다만."

"난 김동호란 사람을 보고 나서 그 사람한테 이번 사태 수습을 맡길 거야."

"예?"

놀란 정인규가 숨을 들이켰다.

"각하, 그러시면."

"내가 대통령 직을 사임한다는 말이 아냐."

정인규의 표정을 본 임홍원이 빙그레 웃었다.

"그 사람에게 모든 일을 통제하도록 맡길 거야. 그것이 효율적이지 않겠나?"

정인규가 어깨를 늘어뜨렸다. 맞는 말이다. '귀신 전쟁'이었다면 대통령이 지휘할 수가 없는 일이다. 걸리적거리기만 할 뿐이다. 대통령이 '능력자'에게 권한을 이양하고 감독관 역할을 맡는 게 효율적이다. 임홍원이 말을 이었다.

"내가 대통령이 된 요인 중의 하나는 내가 내 한계를 잘 알았기 때문이야. 내가 이것저것 다 손을 댔다면 망했을 거야."

"뭐야? 시녀가 도망쳤어?"

눈을 가늘게 뜬 사내가 고춘만을 보았다. 이곳은 서울 소공동의 조성호텔 커피숍, 둘이 마주 보고 앉아 있었는데 고춘만은 금테 안경에 말쑥한 양복 차림이다. 고춘만이 고개를 끄덕였다. 눈동자가 흔들리고 있다.

"임신했다고 해서 지우라고 했더니 도망쳤습니다."

"인간이란."

혀를 찬 사내가 고춘만을 흘겨보았다.

"그걸 못 참냐, 이 짐승 같은 놈아."

"인간 행세를 했을 뿐이오."

"일 벌이지 마라."

"곧 잡아서 죽일 겁니다. 그러니까 도와주시오."

사내의 얼굴에 쓴웃음이 번졌다. 오후 6시 반, 호텔 커피숍에는 외국인이 가득 차 있었는데 절반은 언론사 기자들이다. 주위를 둘러본 사내가 말을 이었다.

"그년이 김동호한테 갔을 거야."

"내 생각도 그렇습니다."

"내가 김동호 주변을 살펴보았더니 어설프게 접근했다가는 신규철 짝 나겠더군."

사내가 신규철의 이름을 입에 올렸다. 30대 중반쯤의 사내는 평범한 체격의 용모여서 시선이 마주치지 않으면 금방 잊어먹을 얼굴이다. 둥근 얼굴, 후줄근한 양복 차림이다. 그때 고춘만이 물었다.

"전임자는 어떻게 되었습니까?"

"없어졌어."

"없어지다니요?"

"실패하고 사라졌다는 말이지."

"김동호한테 당한 겁니까?"

"둘이 부딪친 것은 분명해."

사내가 흐린 눈으로 고춘만을 보았다.

"신규철, 아니 사탄이 없어진 이유는 그것 하나뿐이다. 다른 이유는 없어."

"그만큼 김동호의 능력이 강한 것입니까?"

"이번에 더 강해졌겠지."

어깨를 부풀린 사내의 얼굴에 다시 쓴웃음이 번졌다.

"신(神)도 세포 번식을 한다. 사탄을 먹으면 그만큼의 역량이 늘어난다."

숨을 죽인 고춘만에게 사내가 말을 이었다.

"나도 마찬가지. 나는 이미 신이라는 놈을 셋 먹었다."

"사탄이시어, 도와주십시오."

고춘만이 매달렸다.

"내 애를 낳는다는 년부터 처치해주십시오."

또다시 사탄이 나타났다. 이제는 이름도 아예 짓지도 않고 나타난 사탄.

"어서 오시오."

대통령 임홍원이 다가와 손을 내밀었다. 청와대 대통령 집무실 안. 김동호는 백철과 함께 대통령을 만나러 온 것이다. 집무실 안에는 비서실장 정인규, 국무총리 장진영, 보사부장관 이한성과 이번 괴질 분석 책임자 박의만까지 대통령이 불렀기 때문에 여럿이 김동호를 맞았다.

"김 사장 덕분에 수만 명 인명을 구했으니 뭐라고 감사의 말씀을 드려야 할지 모르겠소."

임홍원이 길게 인사를 하더니 김동호의 손을 잡고 소파에 앉혔다. 그러고는 국무총리에서부터 박의만까지 손으로 가리키며 소개시켜 주었는데 건성이다. 그래서 김동호는 그들을 향해 앉은 채로 머리만 숙여 보였다. 인사를 마쳤을 때 임홍원이 지그시 김동호를 보았다.

"김 사장, 솔직히 말씀드려서 김 사장의 초능력을 여기 있는 계엄사령관까지 전달받았지만 아직도 나는 믿기지가 않아요. 요즘 같은 시대에 악마와 신(神)이 출현하다니 말이오."

임홍원이 한숨을 쉬더니 머리까지 저었다.

"지금도 언론은 신의 존재에 대해서 갑론을박하고 악마는 테러단의 음모라고 하지 않습니까?"

김동호의 얼굴에 웃음이 떠올랐다. 믿지 않는 사람들에게는 신(神)의 증거를 100번 보여 줘도 믿지 않는 것이다. 임홍원의 말도 일리가 있다. 김동호가 입을 열었다.

"전부터 귀신은 돌아다녔지만 지금처럼 드러내 놓지는 않았던 것입니다. 이제는 귀신 세상에 익숙해지게 되겠지요."

"그런가?"

임홍원이 둘러앉은 사람들을 눈으로 가리켰다.

"여기에 귀신은 없소?"

"없습니다."

"귀신은 머리 위에 떠 있습니까?"

"떠 있기도 하고 인체에 들어가 있기도 합니다."

김동호가 말을 이었다.

"이번 전쟁은 사탄이 인류를 말살시키려고 용인 지역부터 시작했던 것입니다. 사탄의 제자인 천지교주는 신도들에게 영력을 나눠 줘서 인류를 살해했고 사탄이 불러온 귀신들은 시민 머리 위에 떠 있다가 살해하고 옮겨 갔습니다."

둘러앉은 사람들은 숨을 죽였다. 이제는 그들도 구별을 한다. '붉은 얼굴'과 '머리 위 귀신'이다.

"그런데 김 사장은 어떻게 해서 그런 능력을 받게 된 겁니까?"

임홍원이 가장 궁금했던 것을 물었다. 궁금하기는 백철이나 다른 사람도 마찬가지여서 모두 숨을 죽이고 김동호를 보았다. 김동호가 쓴웃음을 지었다.

"우연히 선택받았습니다."

김동호가 능력을 받았을 때를 담담하게 이야기해 주었다.

“내가 특별해서 선택받은 것이 아닙니다. 오히려 신(神)은 가장 평범한 사람을 골라 능력을 주신 것 같습니다.”

“그렇군.”

건성으로 머리를 끄덕인 임홍원이 다시 물었다.

“앞으로 귀신, 아니 사탄이 어떻게 나올 것 같습니까?”

“이것으로 끝내지는 않을 겁니다. 사탄의 목적은 인류 멸망이니까요.”

“그래서 귀신 세상을 만든다는 것인가?”

“그건 모릅니다.”

“그럼 우리가 어떻게 해야만 되겠소?”

“막아야지요. 사탄 무리를 말살시켜야 합니다.”

“그 방법이 있습니까?”

임홍원이 정색하고 물었다.

“내가 오늘 김 사장을 뵙자고 한 것은 그 대책을 상의하려는 것입니다. 도와주시오.”

고춘만의 안양 교당은 폐쇄되고 능력을 받은 특전사 요원들이 엄중히 감시하고 있어서 빈집이 되었다. 붉은 얼굴이 되었던 반(半) 귀신은 물론이고 일반 교인도 일절 출입하지 않는다. 이제는 시민들이 ‘안양 천지교’가 귀신 소굴인 줄을 알게 된 터라 근처에는 얼씬도 하지 않는 것이다. 오후 7시 반, 고춘만이 붉은 얼굴의 천지교 간부 둘을 불러서 응접실에 함께 앉아 있다. 이곳은 서울 봉천동의 단독 주택 안, 산기슭에 자리 잡은 30평형의 서민 주택이다. 40대쯤의 사내 둘은 방금 안양에서 올라왔다. 그중 하나가 입을 열었다.

“유옥진이 신의 아들하고 같이 있다는 소문이 났습니다. 제가 여러 군데에서 들었습니다.”

"저도 들었습니다."

다른 사내가 말을 받았다.

"테헤란로에 있는 킹덤호텔 커피숍에서 보았다는 구체적인 소문까지 났습니다."

"미끼를 던진 거다."

고춘만이 얼굴을 펴고 웃었다.

"나를 그쪽으로 끌어들이려는 것이지."

"신의 아들이 말씀입니까?"

"그렇지."

고개를 끄덕인 고춘만이 사내 둘을 번갈아 보았다.

"당분간 대대적인 청소는 하지 않는다. 어차피 이 세상은 멸망하게 될 테니까 조금 여유를 갖고 전력(戰力)을 모으도록 하지."

"이번에 저희들 피해도 컸습니다."

사내 하나가 말하자 고춘만의 얼굴에 쓴웃음이 번졌다.

"자원은 얼마든지 공급돼. 저기 밖에 돌아다니는 인류가 모두 너희들 자원 아니냐? 붉은 얼굴만 씌우면 되는 거다."

"그렇습니다."

다른 사내가 고개를 끄덕였다.

"그래서 서로 죽이도록 하는 겁니다."

"테헤란로에는 내가 가지."

고춘만이 말했다.

"너희들은 그놈 상대가 되지 않는다."

"말세인가?"

임홍원이 불쑥 물었기 때문에 김동호가 고개를 들었다. 밤 9시 반, 이곳은 청와대 대통령 관저의 응접실 안. 소파에는 임홍원과 백철, 정인규와 박의만까지 넷이 앉아 있다. 다 내보내고 넷만 김동호와 앉아 있는 것이다. 저녁을 먹고 나서 그들은 차를 마시는 중이다. 그때 김동호가 대답했다.

"새 세상이 오는 것이라고 보셔야 될 것 같습니다."

"새 세상이라니?"

되물은 임홍원이 똑바로 김동호를 보았다.

"지금까지의 인류 역사와는 다른 세상이란 말인가?"

"그렇습니다."

김동호가 말을 이었다.

"저도 처음에는 세상이 망하려는 것인가 하고 단순하게 생각했지만 지금은 다릅니다."

"말해 주게."

임홍원이 정색했고 모두 긴장한 채 시선을 주었다.

"시간대가 겹친 세상입니다."

"시간대가 겹쳐?"

"예, 지금 나타나는 귀신, 악마는 다른 차원에서 뛰어든 것들입니다. 그래서 뒤섞여 상대를 몰살시키고 현 공간을 차지하려는 것입니다."

"어렵군."

임홍원이 고개를 저었다.

"저것들을 귀신, 악마로 보지 않고 생명체로 보고 있는가?"

"공간을 차지한 생명체지요."

"그럼 저놈들이 이 공간에 살고 있는 인류를 말살시키고 저희들이 차지한다는 말인가?"

"그렇습니다. 영혼으로 떠돌던 혼령, 귀신들이 세상의 주인이 되는 것이지요."

그때 백철이 나섰다.

"그렇게 설명할 수밖에 없겠습니다, 각하."

"그럼 귀신과 인간의 지구 빼앗기 전쟁인가?"

"이 공간을 차지하는 것이지요."

김동호가 말을 받았다.

"지구 인구보다 더 많은 귀신, 혼령들이 허공에 떠 있을 테니까요. 그것들이 모두 이 공간에 내려와서 주인이 되는 것입니다."

임홍원이 숨을 들이켜더니 흐려진 눈으로 김동호를 보았다. 그 세상을 생각하는 것이다. 불가능한 일이 아니다. 인간은 소멸되고 다른 공간에서 온 혼령들이 지구를 뒤덮는 것이다. 인류의 역사는 지워지고 새로운 지구 지배자가 탄생한다.

"내가 도울 일은?"

마침내 대통령 임홍원이 물었다.

"말해 주게. 내가 전폭적으로 지원하겠네."

용인의 대참사가 일어난 후부터 한국을 떠나는 사람들이 폭증했다. 수용소 등 용인에서 7,524명이 사망했지만 실종자는 1천여 명, 소문은 7만여 명이라고 났다. 실종자는 가족 단위의 비율이 높았는데 몰래 떠나는 사람이 많았기 때문이다. 역사상 전무후무한 '악마와의 전쟁'이다. 외국에서 수천 명의 보도진이 촬영을 위해 들어왔고, 각국의 과학 기관, 심령 단체, 종교 단체까지 대규모로 몰려들어서 서울은 오히려 인구가 10만여 명이나 늘어났다. 대통령이 말을 이었다.

"곧 미국 대통령과 일본 총리가 연락해 올 거네, 어차피 동맹국 사이니까."

"김동호가 지금 어디 있는지 아나?"

사탄이 묻자 고춘만이 머리를 기울였다.

"모르겠습니다."

"집에도 며칠간 들어오지 않았어."

그러자 놀란 고춘만이 사탄에게 물었다.

"집에 가 보셨습니까?"

"귀신을 보냈다."

"잡아 죽이시렵니까?"

"쉽게 죽지는 않을 거야."

사탄은 오늘 30대의 사내로 변신해 있다. 그동안 고춘만은 여러 번 만나지만 볼 때마다 모습이 다르다. 고춘만의 단독 주택 안이다. 사탄이 지그시 고춘만을 보았다.

"귀신을 보냈지만 김동호한테 발각되면 백발백중 죽는다. 그래서 가족한테 가깝게 접근하면 안 돼."

"그만큼 김동호가 강력해졌습니까?"

"집이나 회사 근처에 잠복했다가 김동호를 잡을 수는 없어."

고춘만의 표정을 본 사탄이 빙그레 웃었다.

"내가 직접 가는 수밖에 없어."

"가족을 납치해서 미끼로 삼는 방법도 있지 않겠습니까, 회사 직원을 잡든지."

"내가 직접 해야 된다니까 그러네."

사탄이 쓴웃음을 지었다.

"인질로 잡는 즉시 김동호가 나타날 거야. 근처에 접근했을 경우도 마찬가지. 그때는 다 죽는다."

"무슨 장치를 해 놓은 겁니까?"

"그런 셈이지."

사탄이 다시 웃었다.

"나도 네 주변에 이상한 기운이 덮이면 내 영역 안에서는 즉각 알 수가 있어. 김동호도 마찬가지일 것이다."

"그렇군요."

"여기 영화에 나오는 것처럼 인질을 잡고 협상을 한다든가 그런 상황은 인간들이나 저지르는 거야."

한숨을 쉰 고춘만이 시선을 내렸다. 자신은 인간 축에 들기 때문이다. 사탄이 번들거리는 눈으로 고춘만을 보았다.

"이제 미국이네 러시아네 경제가 어떻고 핵이 어떻고, 무역 관세가 어떻고 하는 이야기가 쑥 들어갔고 전 세계 70억의 이목이 이곳에 쏠렸군."

"그렇습니다."

"서울뿐만 아니라 저 아래쪽 대전 지역까지 호텔 방값이 2배로 올랐고 말이야."

"예, 하지만……."

"귀신들이 대학살을 하는 바람에 한국을 빠져나가는 사람이 하루에도 수만 명이라면서?"

"하지만 귀신을 본다면서 들어오는 관광객, 종교인, 학자, 각국 보도진이 그보다 더 많습니다."

"곧 이곳에서부터 전 세계로 귀신의 씨가 전염병처럼 번져 나갈 것이다."

사탄의 얼굴에 웃음이 떠올랐다.

"신의 아들 김동호만 죽이면 인간 세계는 이것으로 종말이야. 몇 년 후부터는 새 종족의 세상이 펼쳐지는 거야."

취재 기자들이 끈질기게 쫓는 바람에 김동호는 변신을 해야만 했다. 오늘은 전혀 다른 얼굴로 오피스텔에 들어섰더니 유옥진이 깜짝 놀랐다.

"나야."

본래의 모습으로 돌아오면서 김동호가 웃었다.

"고춘만이 널 찾으려고 사람을 수십 명 동원했는데 내 집, 사무실 근처에도 귀신들이 숨어 있어."

소파에 앉은 김동호가 말을 이었다.

"내가 킹덤호텔에 나타난다고 소문도 퍼뜨려 놓았어. 곧 고춘만이나 사탄의 귀에 들어가겠지."

오후 7시 반, 김동호가 옷도 벗지 않고 앉아 있었기 때문에 유옥진이 물었다.

"또 나가시게요?"

"그래야 돼."

"전쟁 준비하세요?"

"지금 관광객이 몰려오지만 지구가 멸망하느냐 안 하느냐 하는 상황이다."

"TV를 보니까 오락 프로가 더 많아졌어요. 지금이 어떤 상황인지 모르는 것 같아요."

"지도층은 알지만 일반 국민들한테 알려 줄 필요가 없다고 생각하는 거지, 알면 세상이 뒤집힐 테니까. 멸망하기도 전에 뒤집혀서 아수라장이 될 거야."

그때 유옥진이 길게 숨을 뱉었다.

"이런 때 저한테까지 신경을 써 주셔서 고맙습니다."

"그래야지. 그럼 큰일 한다고 널 모른 척해?"

쓴웃음을 지은 김동호가 탁자 위로 가방을 내밀었다.

"여기 돈 들었다. 생필품 사."

그때 유옥진의 두 눈에 눈물이 고였다. 돈이 없어서 오늘은 냉장고에 있던 우유하고 계란만 먹었던 것이다. 김동호가 깜박 잊고 나갔기 때문이다. 자리에서 일어선 김동호가 말을 이었다.

"주변 사람부터 챙기는 것이 순서야. 큰일도 사소한 것에서부터 시작한다는 것을 요즘 배운다."

오피스텔을 나온 김동호 앞으로 검정색 왜건이 다가와 멈춰 섰다. 짙게 썬팅이 되어 있어서 유리창 안은 보이지 않는다. 김동호가 차에 오르자 왜건이 출발했다. 왜건 안에는 사내 셋이 타고 있다.

왜건 뒤로 또 한 대의 왜건이 따르고 있었는데 경호차다. 김동호의 경호원들이다.

"오늘은 사망자가 7명입니다."

김동호 옆자리에 앉은 보좌관 강필수 소령이 보고했다.

"방금 계엄사령부에서 자료가 나왔습니다."

여기서 사망자란 귀신에 의해 사망한 사람을 말한다. 일반 사망자는 별도 분류다. 강필수가 말을 이었다.

"어제보다 4명이 줄었습니다. 그래서 참모부에서는 귀신들이 주춤하고 있는 것 같다고 하는데요."

"준비 중일 거요."

김동호가 창밖을 내다보며 말했다.

"요즘 일어나는 사망 사건은 남은 귀신들이 일으킨 일이고."

귀신들은 아직 많이 남았다. 한꺼번에 일을 일으킬 수도 있지만 지금은 기다리고 있는 것 같다.

김동호가 들어서자 앉아 있던 사람들이 모두 일어섰다. 이곳은 광화문 프린스호텔 27층의 소회의장. 기다리고 있는 사람들은 미국과 일본, 러시아, 중국의 특사단이다. 특사단은 각국 최고지도자의 특명을 받은 인사들로 구성되었는데 각국이 5명 또는 6명씩을 대표로 보내 왔다. 명칭은 '공간전 특사'다. 중국 정부에서 '귀신 전쟁 특사'라는 명칭을 쓰자고 했지만 미국이 '공간전 특사'를 주장한 것이다. 지금까지도 미국에서는 귀신이라는 존재를 믿지 않았기 때문이다. 김동호가 건성으로 대표단과 인사를 나누고는 원탁에 앉았다. 김동호는 계엄사령관 백철, 참모장 유근수 등과 함께 들어온 것이다. 이제 4개국 특사단은 김동호로부터 이번 '귀신과의 공간전'에 대한 설명을 듣게 될 것이다.

사탄이 웃음 띤 얼굴로 배국정을 보았다. 오후 9시 반, 이곳은 신촌 로터리의 카페 안. 어둑한 카페 안에는 사탄과 배국정 둘이 마주 보고 있다.

"지금 서울에 각국의 특사단이 와 있다. 이제 전 세계가 전쟁에 휩싸이게 되는 거지."

사탄이 말을 이었다.

"시기가 된 거야. 그리고 이번에는 인류의 종말이다."

"사탄이시여."

배국정은 30대쯤의 사내로 이번에 사탄으로부터 전달자로 선택받았다. 중학교 체육 교사였던 배국정은 학교에 사직서를 내고 어제부터 사탄을 수행하고 있다.

"지난번 용인 전쟁에서는 실패한 것입니까?"

"어느 정도 성과는 있었지, 한 1만 명쯤 죽었으니까."

"언론 보도에는 7,524명이라고 나왔습니다만."

"실종자 중에 죽은 놈이 많아."

"이번이 인류의 마지막입니까?"

"그렇다."

사탄의 얼굴에 웃음이 떠올랐다.

"1500년 전엔 서기 500년대에 유럽에서 인류를 몰살시키려고 했었지. 그때 1천만쯤 죽여서 인류의 10퍼센트는 감소시켰다."

"왜 다 죽이지 않았습니까?"

"그때는 우리 사탄의 세력도 강하지 못했다."

사탄이 말을 이었다.

"그 후에 800년쯤 지나서 서기 1300년대 중반에 유럽을 시작으로 인류를 몰살시켰다."

"귀신으로 말입니까?"

"귀신이 페스트란 질병을 몰고 온 것이다."

"용인 전쟁과 비슷했습니까?"

"그때는 신의 아들이 처음부터 나타나지 않았어."

"중세기 페스트는 저도 압니다. 역사에 기록되어 있거든요."

"유럽 인구의 3분의 1인 3,500만이 죽었고 중국에서도 1,500만이 죽었지. 중앙아시아, 서남아시아에서도 2,400만, 모두 합쳐서 1억 가깝게 죽었다. 세계 인구의 30퍼센트를 죽였지."

"그때도 귀신 세력이 모자라서 전멸시키지 못한 것입니까?"

사탄이 고개를 끄덕였다.

"그렇다. 나중에 인류가 마녀사냥을 시작해서 귀신이 수만 명 불에 타 죽었다."

"마녀사냥이 귀신 사냥이었군요."

"뒤늦게 귀신의 정체를 알게 된 것이지."

"그러고 나서 600년 후에 다시 인류 말살 작업이 시작되었군요."

"이것이 마지막 전쟁이다."

사탄이 엄숙하게 말했다.

"한국에 지금 강대국 특사단이 와 있는 것은 김동호한테서 브리핑을 듣고 나서 전 세계가 대비책을 세우려는 거야."

고개를 든 사탄이 번들거리는 눈으로 배국정을 보았다.

"하지만 인류가 수천 년에 걸쳐 발명해 낸 문명의 이기들이 얼마나 부질없는가를 실감하게 될 것이다."

밤 11시 반, 김동호가 차에서 내리자 경호대장 최길영이 물었다.

"교주님, 정말 괜찮겠습니까?"

"괜찮다니까 그러네."

따라 내린 최길영이 혀를 찼다.

"그럼 저희들은 이곳에서 기다리지요."

"푹 쉬어."

"두 시간 후에는 오실 거죠?"

"무슨 일 있으면 연락하고."

"알겠습니다."

몸을 돌린 김동호가 산길을 걸어 올라갔다. 이곳은 파주 교외의 전원주택 단지다. 김동호의 집에 온 것이다. 차량 1대가 지날 수 있는 일방통행로 옆에는 잘 닦인 인도가 붙어 있다. 길 주위로 드문드문 전원주택이 세워져 있었지만 산속이다.

어둠에 덮인 인도를 오르면서 김동호가 주위를 둘러보았다. 경호차는 집에서 4백 미터쯤 떨어진 산기슭에 세워 놓고 혼자 올라가는 중이다. 김동호가 깊게 숨을 들이켜자 맑은 공기가 폐 안에 흡입되었다.

"앞으로 세상은 어떻게 될 것인가?"

김동호의 머릿속에 저절로 떠오른 생각이다.

"외계에서 온 외계인이 아니라 공간에서 나온 물체와의 전쟁이라니."

이것이 김동호의 머릿속에서 지금까지 떠돌던 생각이다. 북한산에서 초능력자를 만나 능력을 받고 난 후에 정신없이 지내다 보니 이 '의문'을 깊게 생각할 여유가 없었다. 그래서 집에 다녀온다는 핑계를 대고 여기까지 와서 200미터를 걸어 올라가면서 생각하고 있다.

'역사에도, 전설에도 없는 일이다.'

한 걸음씩 발을 떼면서 생각이 이어졌다.

'이 일이 훗날에는 어떻게 기록될 것인가? 인류의 역사가 기록된 것은 겨우 1만 년도 안 된다. 앞으로 인류 역사가 끊길지도 모르지 않는가. 그리고 귀신의 역사, 귀신이 지배하는 지구가 될지도 모른다. 인류가 너무 방심하고 살아왔어. 귀신이 아니라 '다른 공간'의 존재들이야. 저것들은 우리보다 개화되고 더 문명화된 존재들이 아닌가? 우리는 아직 저것들을 믿을 수 없다느니 영혼이니 귀신이니 하면서 무시하려는 경향이 있어. 이것이 바로 자멸의 원인이 될 거야. 그 증거가 여러 번 인류사(史)에 나오지 않았을까? 우리는 저 존재들을 당연하게 받아들여야 돼. 그것이 저것들과의 전쟁에서 승리할 수 있는 첫 번째 조건이야. 다행히 미, 러, 중, 일 특사들에게 납득을 시켰지만 아직도 그것을 공개하느니 마느니를 결정하지 못하고 있으니 한심하지 않은가? 그렇다면 내가 할 일이 무엇인가?'

생각하는 사이에 산길 모퉁이를 돌았고 멀리 김동호의 집이 보였다. 1백 미터쯤 남았다. 그때 김동호가 숨을 들이켰다, 이 냄새.

김인배와 강한수, 둘은 나무둥치에 딱 붙어 있다. 도로에서 20미터쯤이나 산비탈로 올라간 지점. 높이가 15미터 정도의 소나무가 빽빽하게 심어진 숲 안. 둘은 10미터쯤 높이의 소나무 기둥에 붙어 있었는데, 그곳에서 길과 김동호의 주택이 한눈에 보였기 때문이다. 둘은 고춘만이 보낸 감시원. 김동호가 나타나면 고춘만에게 연락하는 역할이다. 고춘만은 김동호의 가족은 건드리지 말라고 명령했지만 이유는 말해 주지 않았다. 고춘만으로부터 몸의 운동 기능이 극대화되는 변신 능력을 받은 터라 둘의 사기는 충천한 상태. 당연히 둘은 붉은 얼굴이다. 김인배가 고개를 돌려 옆쪽 나무에 붙어 선 강한수에게 말했다.

"오늘도 안 올 모양이다."

"그러게요."

김인배는 35세, 현직 택배 기사고 강한수는 26세, 대졸 실업자다. 둘 다 고춘만의 천지교당에서 붉은 얼굴로 선발된 독실한 신도다. 김인배가 말을 잇는다.

"난 용인에서 12명을 죽였어, 그것도 여자들만 골라서."

"여자들만요?"

놀란 강한수가 목소리를 낮췄다. 바람결에 나뭇가지가 흔들렸고 짙은 풀 냄새가 났다. 습기가 낀 밤바람이다. 둘 사이는 3미터쯤 되었는데 나뭇가지에 몸이 딱 밀착되어서 편한 자세다. 김인배가 목소리에 웃음기를 띠었다.

"그래, 그것도 젊은 여자만."

"왜 그랬는데요?"

"그것들한테 무시당한 생각을 하니까 분해서."

"왜요?"

"내가 돈 없고 못생겼다고."

"그래요?"

"넌 몇 명 죽였어?"

"다섯 명요."

"어때? 죽일수록 재미가 있잖아?"

"형님, 우리 세상이 되면 어떻게 될까요?"

강한수가 화제를 바꿨다.

"살 만한 세상이 될까요?"

"교주님은 우리가 영생을 하고 다 공평하게 사는 세상이 된다고 했지만 난 이놈의 세상만 아니면 좋아. 새 세상에서는 택배 기사 안 할 테니까."

"귀신들하고 사이좋게 살 수 있을까요?"

"귀신들이 인간 몸을 차지하면 우리하고 같은 처지가 될 테니까."

나무 밑에 선 김동호가 처음으로 사탄의 목적을 들었다. 그것은 사탄과 고춘만을 통해 천지교 신도들에게 교육되었을 것이다. 붉은 얼굴은 영생을 약속받았다. 그리고 사탄과 함께 출현한 귀신들과 공존하는 것이다. 귀신들은 인간의 몸체에 들어가 영생한다. 이것이 사탄이 추구하는 새 세상이다. 김동호가 나무 위를 올려다보았다. 그러고는 바람처럼 그곳을 빠져나와 집으로 달려갔다. 나무 위의 두 붉은 얼굴은 김동호의 흔적을 느끼지 못하고 있다. 능력의 차이가 있기 때문이다. 만일 그들을 건드렸다면 전등이 꺼지는 것을 먼 곳에서도 볼 수 있는 것처럼 사탄에게 신호가 갈 것이었다. 김동호도 마찬가지다, 집이나 회사 근처에 귀신이 접근한다면 몸에 전류가 흐르는 느낌을 받았을 테니까. 신(神)처럼 모든 것을 내려다보고 들을 수는 없지만 그 정도는 가능한 것이다.

"세상이 어떻게 될 것 같으냐?"

어머니 박경숙이 묻자 김동호가 빙그레 웃었다.

"괜찮아, 어머니. 잘될 거야."

"귀신 세상이 된다던데, TV에서도 그러지 않아?"

박경숙의 얼굴은 근심으로 가득 덮여 있다. 그렇다. TV에서도 귀신 이야기로 뒤덮여 있다. 정부에서 보도 규제를 하지 않은 사이에 지난번의 용인 참사를 과장 보도하는 매체도 늘어났다.

수십만 명이 죽었는데 정부에서 은폐하고 있다, 정권을 잡기 위해서 반대파를 말살시키려는 의도, 세상의 종말이 다가왔다는 가장 확실한 증거, 이번에야말로 세상의 종말이다 등 자극적인 보도를 쏟아내고 있는 것이다. 더구나 '종말교'가 며칠 사이에 수십 개가 생겨났다. 지구가 멸망한다는 종말교다. 이번에는 '용인 참사'까지 겪은 터라 각 종말교에 수십만 명씩 사람들이 몰려들어 온갖 사기가 판을 치고 있다. 그때 외삼촌 박윤성이 물었다.

"신의 아들이란 사람이 도와주고 있다는데 잘될 것 같으냐?"

"잘될 겁니다."

김동호가 정색하고 대답했다.

"끝까지 믿어야지요. 인류가 이 세상에서 없어지면 되겠습니까?"

"귀신 세상이 되더라도 살기만 하면 되는 거 아냐?"

마침 집에 있던 동생 김윤희가 묻자 김동호가 고개를 저었다.

"귀신은 인간이 아니야. 인간을 죽이고 그 몸만 빼앗아 사는 것이라서 그 몸의 용도가 다 떨어지면 어떤 형태로 이어질지 아무도 모른다."

"오빠는 어떻게 그렇게 잘 알아?"

"내가 능력을 받은 사람한테서 직접 들었거든."

마침내 김동호가 그렇게 대답했다. 지금까지 언론은 신의 아들을 추측만 했지 실체에는 접근하지 못했다. 김동호가 철저히 은폐하고 있었을 뿐만 아니라 능력을 나눠 준 '밝은 세상' 교인이나 특공대한테도 함구토록 지시했기 때문이다. 김동호의 말에 놀란 셋이 긴장했다. 능력자로 불리는 그들은 일반인에게는 신(神)처럼 느껴졌기 때문이다. 능력자를 만난 사람도 드문 상황이어서 소문만 무성했다. TV에서는 능력자를 만난 사람들의 출연이 쏟아졌지만 곧 다 사기라는 것이 드러날 정도였다.

"오빠, 그 능력자가 뭐래?"

김윤희가 서둘러 묻자 김동호는 호흡을 골랐다. 가족을 안심시키려면 능력자를 이용하는 것이 낫겠다. 본인이 신의 아들이라면 셋은 기절부터 할지 모른다.

"이 세상이 바뀔 가능성은 있어. 그것에 대비는 해야 돼."

응접실 안, 김동호는 가족에게 현실을 알려 줘야겠다는 생각으로 오늘 집에 찾아온 것이다. 아무것도 모른 채 당하면 안 된다. 최소한 현 상황은 알고 있어야만 한다. 셋은 숨을 죽였고 김동호의 말이 이어졌다.

"지금까지 지구는 인류의 역사였어. 인간이 주도적으로 이 지구를 지배하고 모든 것을 관리해 온 인간의 역사였는데……."

김동호가 가족을 둘러보았다.

"지구에서 새로운 종족이나 생명체가 자라나고 발전되어서 인간을 몰아내고 주인이 되는 것이 아니라 다른 공간의 존재가 나타난 거야."

그들을 뭐라고 불러야 한단 말인가? 귀신밖에는 없다. 김동호가 말을 이었다.

"다른 공간에서 나타난 그 귀신들에게는 우리도 귀신으로 보이겠지. 변신 속도가 낮은 생명체……."

그때 김윤희가 말했다.

"이젠 귀신이 옛날 귀신이 아냐, 새로운 종족이야."

맞는 말이다. 인류는 새로운 종족과 전쟁을 시작했다.

고춘만은 붉은 귀신의 숙주다. 킹덤호텔이 비스듬히 보이는 식당 창가 좌석에 앉아서 김동호가 점심을 먹고 있다. 오후 12시 40분, 경호 팀도 떼어 놓고 혼자다. 능력을 받은 경호 팀은 보통 인간들보다 10배까지 강해졌지만 고춘만 앞에서는 어린애에 불과하다. 설렁탕을 한 숟갈 떠먹은 김동호가 호텔 현관을 보았다. 거리는 1백 미터 정도. 이곳 식당에서는 호텔 현관의 한쪽만 보여서 관찰에 부적당하지만 그것이 고춘만의 경계심을 피할 수 있을 것이다. 유옥진이 킹덤호텔 지하 매장에 자주 들른다는 소문을 냈으니 고춘만이 안 오고는 못 배긴다. 더구나 유옥진은 고춘만의 아이까지 임신한 몸이다. 아직 인간인 고춘만으로서는 모른 척하기 힘들 것이다. 아이를 떼라고 했지만 관심을 버린 것이 아니다. 김동호가 수저를 내려놓았을 때는 오후 1시 5분. 물그릇을 들었을 때 김동호는 호텔 현관 안으로 들어서는 여자를 보았다. 30대쯤의 산뜻한 미모. 잘 차려입은 여자다. 붉은 얼굴도, 머리 위에 귀신도 떠 있지 않았지만 김동호의 눈에는 다르게 보인다. 오감(五感)이 인간보다 수백 배 발달된 김동호에게는 인간하고 똑같은 피부를 입힌 인형처럼 느껴졌다. 김동호의 얼굴에 쓴웃음이 떠올랐다. 저것은 사탄이다. 고춘만은 저렇게 변신하지 못한다. 변신할 수 있는 능력을 가진 자는 세상에 단 3종. 사탄과 전달자, 신의 아들인 자신뿐이다. 김동호는 한동안 움직이지 않았다. 이 세상은 현재 사탄과 신(神)의 싸움이다. 신(神)의 존재는 아무도 모른다. 김동호조차도 모른다. 그저 능력을 건네받았을 뿐, 그 능력은 시간이 지날수록 커지고 있다, 마치 나무가 굵어지면서 뿌리가 깊고 넓게 번져 가듯이. 귀신은 두 종류다. 다른 세상에서 온 죽음의 안내인들, 그리고 현생에서 암세포처럼 증식해 가는 붉은 귀신들, 그것을 총지휘하는 존재가 바로 사탄이다, 인류를 말살시키려는 존재들. 죽음을 피할 수 없는 숙명이긴 해도 말살시키려고 작정을 하고 덤비는 귀신 무리는 타도해야 되지 않는가?

킹덤호텔의 라운지는 로비 안쪽에 위치하고 있다. 분위기가 아늑하고 항상 잔잔한 재즈를 피아노로 연주하기 때문에 외부 손님들도 많다. 안쪽 기둥 옆에 앉아 있던 30대 여자는 김동호가 다가오자 빙그레 웃었다. 가지런한 이가 드러났고 선홍색 루주를 칠한 입술이 꽃잎처럼 벌어졌다. 고혹적이다.

"왔군."

여자가 맑고 약간 낮은 목소리로 말했다.

"예상한 대로 날 알아보는군."

"고춘만 대신으로 온 거냐?"

앞자리에 앉은 김동호가 여자를 쏘아보았다. 맑은 눈, 갸름한 얼굴형에 이목구비가 뚜렷한 미인. 검은 눈동자가 깊은 바다처럼 느껴졌다. 그때 사탄이 말했다.

"고춘만 능력으로는 너를 감당할 수 없어서 내가 온 거야."

"죽이려고?"

"때가 되면 죽이겠지."

"할 이야기가 있구나."

"네가 이 세상에 집착할 이유가 없어, 김동호."

정색한 사탄이 말을 이었다.

"네가 각국 정부에 경고를 보내고 정보를 준다고 해도 이미 대세는 결정된 거다, 신의 아들."

"흐흐."

짧게 웃은 김동호가 사탄을 보았다.
"신께서 나에게 능력을 주신 이유를 이제야 알았다."
"나를 막으라는 것이냐?"
"그렇다."
고개를 끄덕인 김동호가 말을 이었다.
"고춘만을 기다렸는데 네가 직접 온 이유를 듣자."
"고춘만은 곧 정리될 거다."
사탄의 얼굴이 다시 인형처럼 굳어졌다. 시선을 돌린 사탄이 말을 이었다.
"인간에게 아이를 갖게 하다니, 그놈은 지도자의 자격이 없어."
"내가 그 여자를 데리고 있어."
"알고 있어."
고개를 돌린 사탄이 똑바로 김동호를 보더니 붉은 입술을 벌리고 웃었다.
"유옥진을 내놓으면 네 가족은 건드리지 않겠다. 자, 있는 곳을 말해."
"유옥진 때문에 왔군."
"네 가족이 어디 사는가도 알고 있어, 그러니까 말해."
"내놓지 않으면 어쩔 테냐?"
"넌 막지 못해."
"유옥진을 데려가려는 이유는 뭐냐?"
"넌 알 필요 없어."
"내가 네 협박에 넘어갈 것 같으냐?"
"지금 내놓아라, 김동호."
"못 한다."
"그럼 네 가족이 당한다."
사탄의 얼굴이 다시 인형처럼 변했다.

"네 가족이 지금 귀신들에게 둘러싸여 있단 말이다."

숨을 들이켠 김동호를 향해 사탄이 말을 이었다.

"자, 유옥진을 내놓아라."

"유옥진에게 집착하는 이유는 뭐야?"

"그 뱃속에 있는 자식 때문이지."

사탄이 말을 꺼내기도 싫은 듯이 외면했다.

"사탄은 자식을 만들지 않아."

김동호는 머릿속이 빈 느낌을 받았다.

지금까지 천지교 남녀들은 자식을 만들지 못했구나. 모두 그것을 모르고 있었겠지. 그런데 천지교 교주 고춘만이 자식을 임신시키다니. 그때 사탄이 말했다.

"자, 어서 말해. 어디 있어?"

논현동 시장 근처의 주택가. 골목 안의 허름한 단층 주택 부엌에서 유옥진이 라면을 끓이고 있다. 오후 2시 반, 방 3개에 마루방 겸 응접실, 3평쯤 되는 마당이 있고 벽돌 담장에는 철조망까지 둘러쳐져서 밖에서 보면 감옥 같지만, 안에서는 안락하게 느껴지는 집이다. 수프를 넣고 다시 냄비 뚜껑을 닫았을 때 대문을 두드리는 소리가 났기 때문에 유옥진이 고개를 들었다. 이 집은 그 흔한 벨도 없다. 이 집에 전세로 옮겨 온 지 사흘째 되는 날이다.

"누구세요?"

부엌에서 소리쳐 물었더니 곧 대답이 돌아왔다.

"예, 경찰서에서 왔습니다."

"경찰서에서 왜요?"

되묻자 다시 대답했다.

"세입자 조사입니다."

"알았어요."

유옥진이 부엌을 나와 공장 건물 옆으로 돌아갔다. 그러고는 벽돌담 한쪽을 밀자 담이 무너지는 것처럼 바깥쪽으로 밀렸다. 50센티 정도의 사각형 문이 붙어 있는 것이다. 몸을 숙인 유옥진이 벽돌담 문을 열고 옆쪽의 건물 안으로 들어섰다.

그리고 벽돌담 문을 닫자 담장이 감쪽같이 붙었다.

10분 후, 배국정이 길가에 주차된 차 안의 사탄에게 보고했다.

"도망쳤습니다."

"뭐?"

사탄이 눈을 치켜떴다.

"도망가?"

"예, 건물 옆의 담장에 비밀 문을 만들어 놓았습니다."

그때 사탄이 배국정에게 소리쳤다.

"김동호 가족을 잡아!"

"무슨 일이야?"

6차선 도로로 들어선 박윤성이 묻자 박경숙이 고개를 저었다.

"몰라. 바로 주유소로 오라네."

"아, 저기 있다."

옆자리에 타고 있던 김윤희가 먼저 주유소에 서 있는 김동호를 보았다. 박윤성이 차를 갓길로 옮겼다. 마침 집 안에 있던 식구는 김동호의 연락을 받고 바로 차에 탔다. 그리고 집에서 4킬로쯤 떨어진 주유소로 온 것이다.

오후 6시 반, 의정부 교외의 연립 주택 안. 2층 연립 주택을 김동호 가족과 유옥진이 사용하고 있다. 유옥진은 아래층, 김동호의 세 식구는 이층이다. 각각 방 3개에 응접실, 주방이 딸린 주택이어서 넉넉하지만 모두 불안한 기색이다. 아래층 응접실에 둘러앉은 넷에게 김동호가 말했다.

"당분간이야."

고개를 든 김동호가 박윤성, 박경숙, 김윤희를 차례로 보았다.

"사탄이 우리 위치를 알았어. 그래서 피한 거야."

"할 수 없지."

외삼촌 박윤성이 금방 동의했다.

"너한테 부담 안 주는 것이 우선이다."

"고맙습니다, 외삼촌."

"나도 괜찮아. 걱정 마."

박경숙이 말했을 때 김윤희가 고개를 들었다.

"오빠, 나 외국에 나갈 수 없어?"

"외국?"

"응, 여행. 친구들하고."

힐끗 유옥진에게 시선을 준 김윤희가 말을 이었다.

"알고 있잖아, 한 달 전부터 계획 짜고 있었다는 거."

"그렇지."

박경숙이 고개를 끄덕이더니 김동호를 보았다.

"외국이 더 안전하지 않겠냐?"

"생각해 볼게."

김동호가 길게 숨을 뱉었다.

"미안해."

가족은 보호해야 된다. 그때 유옥진이 말했다.

"제가 미안해요. 이렇게 저 때문에……."

"아니, 천만에."

박윤성이 손부터 흔들었고 박경숙은 고개를 저었다.

"무슨 소리야? 말도 안 돼."

식구들은 유옥진과 교환 조건으로 내놓였다는 사실을 모르는 것이다.

자리에서 일어선 고춘만이 응접실의 유리문을 열었다. 밤 10시 반, 주위는 조용하다. 가끔 동네에서 아이의 울음소리, 개 짖는 소리가 들릴 뿐이다. 봉천동 서민 주택가 안. 찻길이 먼 산기슭의 단독 주택에는 가난한 서민들이 산다. 유리문 밖은 2미터쯤의 공간이 있고 앞쪽이 이웃집 벽이다. 앞쪽을 둘러본 고춘만이 유리문을 닫고 몸을 돌렸을 때다.

"윽!"

놀란 고춘만의 입에서 신음이 터졌다. 소파에 중년 사내가 앉아 있었기 때문이다. 고춘만의 시선을 받은 사내가 빙긋 웃었다. 사탄이다.

"놀랐습니다."

고춘만이 어깨를 올렸다가 내리면서 말했다.

"어떻게 되었습니까?"

"놓쳤어."

사탄이 다시 웃었다.

"전달자를 보냈는데도 놓쳤어. 옆집으로 통하는 담에 비밀 문을 만들어 놓았더구먼."

"그년이 잔꾀가 많지요. 교활한 년입니다."

"김동호의 솜씨야. 전달자도 한참 후에 문을 찾아냈어."

의자에 등을 붙인 사탄이 지그시 고춘만을 보았다.

"이 세상 일은 나한테 맡겨라."

"그럼 제가 용도 폐기되는 것입니까?"

"네가 다른 세상으로 가면 다른 용도로 쓰이겠지."

"다른 세상은 가 본 적이 없어서 불안한데요."

그때 고춘만의 시선을 받은 사탄이 쓴웃음을 지었다.

"반역할 거냐?"

"이왕 떠나는 거 가만히 당할 수만은 없지 않겠습니까?"

"넌 내가 손을 한 번만 휘저어도 불덩이가 된다. 그러고는 재가 되어서 날아가지."

"다른 세상으로 보내려면 어떻게 합니까?"

"그저 사라지는 거야. 고통도 없어."

"그것도 손을 휘젓는 것입니까?"

"그렇지, 다른 방법으로."

고개를 끄덕인 고춘만이 앞쪽 의자에 앉으면서 말했다.

"그럼 같이 가 봅시다."

의자에 앉으면서 고춘만이 팔걸이를 잡았는데, 그 모습이 자연스럽다. 그 순간.

"꽈꽝꽝!"

응접실이 폭발했다. 응접실 전체가 폭발해 버린 것이다.

그것을 봉천동 산동네의 맨 위쪽 주택에 사는 유정식이 보았다. 우연히 골목길로 나와 아래쪽을 내려다보면서 담배를 피우다가 본 것이다.

"꽈꽝꽝!"

폭발음은 1초 반 정도 후에 울렸지만 유정식의 눈에는 붉고 흰 폭발이 먼저 보였다. 엄청난 불기둥. 집집마다 불은 켜져 있었지만 그 폭발은 검은 산에서 갑자기 화산이 폭발한 것 같았다. 불덩이가 수십 미터나 치솟고 불꽃 축제처럼 사방으로 불길이 퍼졌다. 커다란 덩어리에서부터 작은 불똥까지. 오히려 폭죽보다 더 아름답다. 놀라 입을 딱 벌린 유정식은 소리도 뱉지 못했다. 곧 불길이 옆으로 번지기 시작했기 때문에 왁자지껄한 소음과 외침이 이쪽까지 들렸다.

전달자 배국정, 사탄의 전달자이며 대리인. 오늘은 40대의 중후한 신사 차림으로 킹덤호텔 라운지에 앉아 있었는데, 라운지 안쪽의 TV에서는 어젯밤의 봉천동 사건을 보도하는 중이었다. 오전 10시 반, 라운지에는 손님이 드문드문하다.

"저택이 완전히 파괴되어서 시신을 찾지 못했지만 경찰은 피해자가 있을 것으로 보고 병력을 더 투입해서 수색하는 중입니다."

발표와 함께 화면에 포탄 구멍처럼 파인 커다란 웅덩이를 비췄다. 주위의 집 담장도 다 무너졌고 부상자는 13명이나 된다. 그러나 해당 주택은 웅덩이가 되어서 시신도 못 찾은 것이다. 엄청난 폭발이다. 경찰은 군(軍)의 도움을 받아서 폭발물이 TNT 1톤의 위력을 지녔다고 보도했다. 기자가 말을 이었다.

"이 주택은 15일 전에 양주선이라는 사람에게 전세로 임대됐지만 경찰의 확인 결과 위조된 신분증명서를 사용한 것으로 드러났습니다."

그때 옆에서 목소리가 울렸다.

"일어나서 날 따라와라."

고개를 든 배국정이 당황했다. 사람이 보이지 않았기 때문이다.

"주인이십니까?"

배국정이 묻자 목소리가 대답했다.

"그렇다."

사탄이라는 말이다. 자리에서 일어선 배국정에게 목소리가 이어졌다.

"호텔 앞에서 택시를 타고 이곳을 떠나자. 서둘러라."

당황한 배국정의 걸음이 빨라졌다. 도대체 사탄이 모습을 드러내지 않는 것이 불안했기 때문이다.

30분쯤 후, 배국정은 논현동 길가의 오피스텔 방 안에 들어와 있다. 15평형 오피스텔에는 침대와 간단한 생활 집기가 놓여 있을 뿐이다. 의자에 앉은 배국정이 주위를 둘러보았다. 누구를 찾는 시늉이다. 그때 목소리가 울렸다.

"내가 고춘만과 함께 폭발해서 몸체가 증발되었다."

"아니, 어떻게 된 것입니까?"

놀란 배국정이 묻자 사탄이 대답했다.

"고춘만이 나를 끌고 간 것이지."

사탄의 목소리에 웃음기가 비쳤다.

"사탄도 전능한 존재가 아니다. 난 이 세상에서는 육신을 잃어버렸기 때문에 이렇게 목소리만 떠돈다."

"능력은?"

"그래서 널 만나러 온 것이야."

사탄이 말을 이었다.

"난 네 몸에 들어간다."

"그, 그렇다면……."

"네가 지금부터 사탄이 되는 것이지."

사탄이 입맛 다시는 소리를 내었다.

"전달자가 없어지고 사탄이 되는 거야."

"배국정이 없어집니까?"

"내가 배국정이야, 병신아."

사탄의 목소리가 차가워졌다.

"이 세상에서 사탄이 처음으로 호적을 갖게 되는군."

다음 순간 배국정이 온몸을 부르르 떨었다. 눈빛이 강해졌고 드러난 피부가 순식간에 시뻘겋게 변했다. 두 눈에서 섬광이 뻗어 나와 벽에 부딪쳤고 얼굴이 흉악하게 일그러졌다.

"으으으으!"

악문 잇새로 기괴한 신음이 울리더니 두 손이 갈고리처럼 휘었다. 사탄이 배국정의 몸 안에 들어간 것이다. 그러다가 차츰 붉은 기운이 가시면서 일그러진 얼굴이 풀리기 시작했다. 눈빛도 약해졌고 신음도 끊겼다. 자리 잡은 것 같다.

봉천동의 폭발 현장에 선 김동호가 주위를 둘러보았다. 폭발이 일어난 지 사흘째 되는 날 오후 1시 반. 차단막을 치고 경찰들이 군데군데 서서 출입을 통제했지만 주민은 일상으로 돌아가 있다. 그러나 폭발 현장은 끔찍했다. 지금도 경찰 허락을 받고 현장을 취재하는 기자들이 있다. 직경이 12미터, 깊이가 5미터 정도의 구덩이가 파였고 건물 잔해는 사방으로 날아가서 2백 미터 거리의 가옥까지 파괴되고 중상자가 발생했다.

주변 건물 4채가 완파, 반파는 12채, 사망자가 5명, 중상자를 포함한 부상자가 42명으로 늘어났다. 대참사다. 그런데 정작 형체도 없어진 주택에서는 시신이 나오지 않았다. 경찰도 원체 폭발이 강력해서 모두 분해되었다고 발표했다. 세입자는 양주선. 그러나 위조한 신분증을 사용해서 40대쯤의 사내라는 것만 안다. 구덩이 가에 선 김동호는 60대쯤의 사내가 되어 있다. 구경꾼이 수십 명이나 되어서 그 속에 파묻혀 있는 것이다. 그때 김동호의 귀에 사내의 목소리가 울렸다.

"교주가 여기서 승천한 것은 분명한 것 같군. 어쨌든 확인했으니까 그만 가지."

"이렇게 되어서 뭘 어떻게 한다고?"

그러자 다른 사내가 달래듯이 말했다.

"의정부 유정교회에서 모이기로 했으니까 거기서 결정하지."

김동호가 고개를 들고 그쪽을 보았다. 40대쯤의 사내 둘. 그런데 보통 인간이다. 얼굴도 붉은 얼굴이 아니다.

그때 김동호의 의문이 풀렸다. 사내 하나가 제 얼굴을 손바닥으로 쓸면서 말했기 때문이다.

"붉은 기운이 지워지면서 능력도 지워지는 바람에 허전해."

"난 시원해."

옆쪽 사내가 고개를 저으면서 말했다. 김동호는 숨을 들이켰다. 바로 이것 때문에 이틀 동안 이곳을 지키고 있었던 것이다. 이곳이 고춘만의 묘지다. 고춘만이 폭사하자 공황 상태에 빠진 붉은 귀신 무리가 찾아올 줄 예상하고 있었던 것이다.

"믿을 수가 없어."

대통령 트럼프가 어깨를 올렸다가 내렸다. 백악관의 대통령 집무실 안.

"사탄이 돌아다니고 붉은 귀신이 살인을 저지르고 다니다니."

"각하, 자료를 보셨겠지만 사실을 인정해야 됩니다."

이번에 한국에 다녀온 안보보좌관 볼턴이 말했다. 볼턴은 피곤한 표정이다.

“김동호는 신의 아들이라고 불리지만 능력자임에는 분명합니다. 그리고 이번에 사탄의 인류 말살을 저지시키는 데 결정적인 공을 세웠습니다.”

“아직 귀신들, 그러니까 사탄이 미국에 상륙은 하지 않았지?”

“아직 근거는 없습니다, 각하.”

“그렇다면 한국 주도의 ‘인류수비대’ 결성은 당분간 보류하는 것이 어떨까?”

“무슨 말씀입니까?”

“돈이 안 되는 일이라 말이야.”

“돈이 안 되는 것보다도…….”

말을 그친 볼턴이 한숨을 쉬었다. 사업가 출신으로 대통령이 된 트럼프는 외교 관계건 뭐건 모든 것을 이득이 되느냐 돈이 나가느냐 두 가지 기준으로 판단한다. 하나를 덧붙인다면 그것으로 여론이 좋게 나오느냐이다. 그래서 손해가 나더라도 여론이 좋아질 것이라면 오케이다. 그때 트럼프가 말했다.

“인류수비대는 한국과 중국, 일본이 1차로 구성하는 것이 낫겠어. 아직은 국경 감시만 철저히 하도록 하고 말이야.”

“지난번 만났을 때 미국 주도로 인류수비대를 결성하기로 했습니다만.”

“글쎄, 그때 너무 경솔했다니까 그러네.”

트럼프가 혀를 찼다.

“모든 사건을 미국 주도로 한다는 건 우리 국민들 세금만 펑펑 나가는 것이라고. 당장 미국으로 그 귀신들이 넘어올 기미는 없으니까 한국 주도로 하라고 해, 아니면 중국이나 일본 주도로 하든지.”

“알겠습니다.”

볼턴이 외면한 채 대답했다. 안보보좌관으로 장사꾼 대통령 트럼프를 경멸하고 있기는 하지만 어쩌겠는가? 투표로 당선된 대통령인 것이다. 그리고 그 장사꾼 정책 때문에 미국 국내의 여론은 좋다. 세금을 엄청 절약하는 바람에 일자리가 늘어났고 임금이 높아졌다. 더구나 볼턴의 임명권자는 트럼프인 것이다. 트럼프가 안보보좌관에 임명해 준 덕분에 안보 2인자 노릇을 하지 않는가.

배국정의 시선을 받은 노홍철이 입을 열었다.

"핵을 사용하려면 북한으로 가야 합니다."

노홍철의 두 눈이 번들거렸다.

"저희들이 조사한 바에 의하면 원산 북쪽 3킬로 지점에 대륙간탄도탄 발사 기지가 있습니다."

"사정거리는?"

"LA까지는 충분히 닿습니다."

노홍철이 탁자에 펼쳐 놓은 지도에서 LA를 짚었다. 고개를 든 배국정이 노홍철을 보았다.

"원산 북방 발사 기지의 지휘관은?"

"미사일 부대 사령관 한형 중장이 지휘하고 있습니다. 한형은 김정은의 신임을 받는 최측근입니다."

"그곳에 핵탄두가 있나?"

"2개 있습니다. 15킬로톤짜리죠. 한 발이면 LA는 폐허가 됩니다."

배국정이 고개를 끄덕였다. 앞에 앉은 노홍철은 CIA 한국지부 부지부장이다. 40대 중반의 노홍철이 앞에 앉은 배국정을 보았다.

"어떻게 하시렵니까?"

"내가 원산에 가야겠어."

숨을 들이켠 노홍철이 시선만 주었다. 북한에 가다니. 그러나 배국정에게 넋이 빨려든 상태여서 그 이상의 생각은 일어나지 않았다. 그때 배국정이 웃음 띤 얼굴로 말했다.

"핵을 개발해 놓았다면 사용해야 될 것 아닌가?"

"요즘 잠잠한 이유가 뭘까요?"

계엄사령관이었다가 지금은 한국의 인류수비대 사령관이 된 백철 대장이 김동호에게 물었다. 이곳은 국방부의 인류수비대 사령부의 사령관실 안. 배석자는 참모장 유근수와 작전참모 박영만 준장이다. 세 쌍의 시선을 받은 김동호가 입을 열었다.

"붉은 얼굴의 교주인 고춘만이 죽었습니다. 이번 봉천동 폭발 사건으로 고춘만이 증발한 것입니다."

"아니, 누가 죽였는데요?"

놀란 백철이 물었다.

"사탄입니다."

김동호가 똑바로 백철을 보았다.

"사탄이 나한테 고춘만을 제거하겠다고 말했습니다."

"아니, 정말요?"

"킹덤호텔에서 만났지요."

숨을 죽인 백철에게 김동호가 사탄을 만났을 때를 이야기해 주었다. 말이 끝났을 때 백철이 어깨를 늘어뜨렸다.

"그럼 유옥진은 김 사장 가족과 같이 있습니까?"

"그렇습니다."

"우리가 보호해 드리겠습니다."

"그것보다 사탄이 어떻게 움직일지 그것이 불안합니다."

김동호가 말을 이었다.

"사탄은 인류의 멸망을 절대 포기하지 않을 테니까요."

눈을 치켜뜬 김동호가 셋을 둘러보았다.

"사탄은 변신이 가능하고 어느 곳에든 갈 수가 있습니다. 인류 멸망을 위해서는 어떤 일도 할 겁니다."

국방부를 나온 김동호의 차가 도로로 나왔을 때 최길영이 물었다.

"어디로 가십니까?"

오후 5시가 되어 가고 있다.

"의정부."

김동호가 운전사에게 말했다. 차 안에는 보좌관 강필수까지 넷이 타고 있다.

"나 혼자 가려고 했는데 어쩔 수가 없네."

쓴웃음을 지은 김동호가 말을 이었다.

"오늘 봉천동 폭파 현장에 갔다가 붉은 귀신을 보았어."

"붉은 귀신 말입니까?"

놀란 최길영이 몸을 돌려 김동호에게 물었다.

"그곳 교회에 모인다는 거야. 그놈들도 교주가 죽고 나서 공황 상태가 되었어."

"어떻게 말입니까?"

"교주한테서 받은 능력이 다 사라진 것이지 붉은 얼굴과 함께."

김동호가 폭파 현장에서 만난 사내들의 이야기를 해 주자 둘은 감동했다.

"그렇군요. 교주가 죽었으니 능력이 사라진 건 당연하죠."

"그럼 그놈들은 이제 위험하지 않습니까?"

"오늘 가 봐야지."

김동호가 말을 이었다.

"전쟁 후에 머리 위에 뜬 귀신도 요즘 보지 못했어. 고춘만의 천지교가 무력해졌다지만 사탄의 무리가 무슨 짓을 벌일지 불안해."

모두 입을 다물었다. 주적(主敵)은 남아 있는 것이다.

의정부 유정교회는 교외에 세워진 벽돌 건물이다. 도로에서 1백 미터쯤 떨어진 공장 건물을 개조했는데 개척 교회인 데다 주변에 폐공장이 많은 한적한 곳이어서 신자가 30명도 안 되었다.

그런데 오후 7시가 되었을 때 4백 명을 수용할 수 있는 1층 예배당에 3백 명이 넘는 신자가 모였다. 평일인데도 그렇다. 그리고 유정교회 담당 목사는 보이지 않고 낯선 사내가 연단에 서 있다. 50대쯤의 사내가 좌석에 앉은 남녀를 둘러보았다. 모두 조용해서 잡담 소리도 들리지 않는다.

이윽고 사내가 입을 열었다.

"천지교 신자는 모두 지명수배가 된 상황인 데다 우린 능력까지 잃었습니다. 이제 우리 입장을 정리할 때가 된 것 같습니다."

사내의 얼굴에 쓴웃음이 번졌다.

"능력을 잃은 상태에서 수배자가 되다 보니까 억울하다는 생각이 드는구먼요."

객석에서 몇 명이 픽픽 웃었지만 대부분 심각한 분위기다. 그때 사내 하나가 손을 들고 물었다.

"자수를 하면 어떻게 될 것 같소?"

"우리가 용인에서 한 짓이 CCTV에 다 찍혔다니까."

옆쪽에서 사내 하나가 소리쳤다.

"귀신들은 같이 죽었으니 죄 될 것도 없지만 우린 살인이야!"

"뻔한 이야기를 왜 또 하는 거야?"

뒤쪽에서 다른 사내가 소리쳤다. 그렇다. 수용소 CCTV에 다 찍힌 것이다. 귀신들은 머리 위에 떠 있다가 몸체를 죽였지만 모습이 CCTV에 찍히지도 않는다, 일반인들에게는 그냥 픽, 픽 쓰러지는 것만 보였을 테니까.

그러나 붉은 얼굴은 엄연한 인간이다. 그 인간의 모습으로 살인을 한 것이다. 모두 웅성거렸을 때 연단의 사내가 말했다.

"내가 경찰 당국에 알아보았더니 우리가 교주로부터 모르는 사이에 능력을 주입받아 그 짓을 했다고 해도 형은 피할 수가 없다는 거요. 자수를 하면 참작이 되겠지만 살인 장면이 다 찍혀서."

"난 교도소 못 가!"

여자 하나가 날카롭게 소리쳤다.

"난 교주한테 홀렸던 거야! 난 죄가 없어!"

교인들 사이에 끼어 앉아 있던 김동호가 옆에 앉은 최길영에게 말했다.

"보통 사람으로 돌아온 것은 맞군."

그들은 교인들 사이에 끼어서 교회 안으로 들어온 것이다. 제각기 연락을 해서 이곳에 모였지만 교회 정문에 선 경비는 제대로 검문도 하지 않는다. 저희들끼리 하는 말을 들었더니 인원 파악도 안 된 상태이고 몇 명이 남았는지도 모르는 상황이다. 그때 옆쪽에 앉은 강필수가 낮게 말했다.

"이제 붉은 귀신은 정리되었다고 봐야 되겠습니다."

그러나 그들 말대로 처벌은 받아야 할 것 같다.

3장
김정은이 되다

강필수가 내놓은 녹음기에서 유정교회에 모인 남녀들의 목소리가 이어지더니 이윽고 그쳤다. 이곳은 국방부의 인류수비대 사령관실 안. 원탁에는 사령관 백철 대장을 중심으로 참모들이 둘러앉았다. 이윽고 백철이 고개를 들고 참모들을 보았다.

"이것들을 어떻게 하지?"

참모들은 얼굴만 둘러볼 뿐 먼저 입을 열려고 하지 않는다. 백철의 시선이 강필수에게 옮겨졌다.

"김 사장은 뭐라고 했어?"

"예, 사령관님."

부동자세로 선 강필수가 대답했다.

"사령관께서 처리하시는 것이 낫겠다고 했습니다."

"젠장."

투덜거린 백철이 다시 물었다.

"유정교회에 모인 것들이 다음에 모인다는 약속을 하더냐?"

"그중 장로라는 사람이 고춘만 밑에서 간부로 일했는데 그 사람이 다시 연락을 한다고 했습니다."

"그 장로가 대장이란 말이군."

"예, 전번과 거처를 알아 놓았습니다."

김동호가 알아 놓은 것이다.

"됐다."

고개를 끄덕인 백철이 참모들을 보았다.

"CCTV 증거가 있으니까 그놈을 잡으면 고구마 줄기처럼 줄줄이 뽑혀 나오겠구만."

오후 3시, 김동호가 논현동의 로즈호텔 로비에서 앞에 앉은 강필수한테서 사령부에 다녀온 보고를 듣는다.

"사령관께서 처리하겠답니다."

강필수가 그렇게 보고를 마쳤을 때 먼 곳을 보는 시선으로 듣고 있던 김동호가 입을 열었다.

"귀신이 보이지가 않아."

어제도 김동호가 그 걱정을 했다.

"고춘만과 함께 떠난 것이 아닐까요?"

강필수가 건성으로 물었을 때 김동호는 고개를 저었다.

"태풍이 불기 전에 잠깐 동안 바람이 딱 그치고 조용해지는 순간이 있어. 지금이 바로 그때 같다."

"겁이 나는데요."

강필수는 32세, 김동호보다 연상이지만 지금은 완전한 심복이 되어 있다. 심복이라기보다 신(神)처럼 따르는 사이라고 해야 맞다. 김동호의 능력을 보아 왔기 때문이다. 주위를 둘러본 김동호가 쓴웃음을 짓고 말했다.

"전 같으면 5분에 한 명은 꼭 귀신을 보았어. 이런 곳에서도 한 명 보는 건 보통이었는데 길거리에서도 보이지가 않아."

"죽는 사람이 없기 때문이 아닐까요?"

"말도 안 되는 소리."

정색한 김동호가 말을 이었다.

"숨은 거야."

"어디로 말입니까?"

"전에는 머리 위에 떠 있었지만 지금은 숨은 것이라고."

"옷 속에라도 숨었을까요?"

평소에 농담을 잘하는 강필수였지만 지금은 아차 했다. 김동호가 여전히 정색하고 있었기 때문이다. 그때 김동호가 고개를 기울였다.

"그럴 수도 있겠는데."

"사장님, 저는 농담으로……."

당황한 강필수가 말했을 때 김동호가 자리에서 일어섰다.

"알아보러 가야겠어."

성모병원 중환자실 복도는 썰렁하다. 가끔 간호사가 지나갈 뿐 환자 가족은 보이지 않는다. 오후 5시 반, 김동호와 강필수가 복도의 벽에 기대 서 있다. 이쪽은 중환자실이 10여 개나 이어졌고 병실마다 환자 이름, 담당 의사, 병명까지 적힌 팻말이 붙어 있다. 방에는 환자들이 차 있는 것이다.

"내가 방마다 다녀 볼 테니까 당신은 여기서 지키고 있어."

"알겠습니다."

김동호가 몸을 돌려 바로 옆쪽 병실 문을 열었다. 뇌종양 수술을 한 환자, 아직 산소호흡기를 붙인 상태. 환자는 의식을 잃은 상태인지 눈을 감고 있다.

혼자다. 방 안을 둘러본 김동호가 환자에게 다가가 섰다. 없다. 귀신이 보이지 않는다. 강필수 말대로 환자복 속에 숨었나 하고 옷을 살폈지만 이상한 점이 없다. 그렇다면 세상을 떠날 환자가 아닌 모양이다.

몸을 돌린 김동호가 방을 나왔다. 강필수의 시선을 받으면서 김동호가 옆 방 문을 열었다. 이번에는 암 수술 환자, 역시 눈을 감고 있다.

산소호흡기는 안 대었지만 링거와 약병이 3개나 매달려 있다, 여자 환자. 다가간 김동호가 다시 살펴보았을 때 여자가 눈을 떴다. 여자와 시선이 정통으로 마주쳤다. 그때다. 여자가 입을 딱 벌렸다. 그러나 말은 뱉지 않는다. 그 순간 김동호는 여자의 눈 아래쪽이 검은 물체로 덮인 것을 보았다.

"귀신이야?"

"네."

여자가 가는 목소리로 대답했다.

"안에 들어가 있어?"

"네."

"언제부터 들어가 있는 거야?"

"죽기 전에 들어가요."

"그전에는?"

"허공에."

"그렇구나."

"거긴 언제 데려갈 건가요?"

여자가 물었기 때문에 김동호가 쓴웃음을 지었다. 이쪽도 귀신이 들어가 있는 줄로 아는 것이다. 귀신 대 귀신의 대화.

"좀 이따가."

"나도 5분쯤 있다가 가요."

"들어간 지 얼마 되었는데?"

"들어온 지 5분쯤 되었는데 곧 숨이 끊어질 것 같아요."

고개를 끄덕인 김동호는 이른바 저승사자가 방법을 바꿨다는 것을 알 수 있었다. 전처럼 머리 위에 떠서 다니지 않고 죽기 전에 몸속으로 들어와 버리는 것이다. 김동호가 다시 여자를 보았다.

"사탄을 본 적이 있어?"

"악마 말인가요?"

파리한 여자의 얼굴에 희미하게 웃음이 떠올랐다.

"내려오기 전에 사탄과 전쟁이 일어났다는 이야기를 들었는데 당신이 신의 아들인가요?"

"내 소문을 들었어?"

"그래요, 내려오기 전에."

"사탄이 귀신들을 데리고 와서 우주의 법칙을 깨뜨리고 인간을 학살했어."

"들었어요."

여자가 힘들게 말을 이었다.

"그래서 저승사자가 보낸 우리들도 악마하고 한통속으로 취급받았다더군요."

"그 악마의 동향은 모르나? 내려오기 전에 들은 말 없어?"

"모르겠어요."

그러더니 여자가 겨우 말했다.

"미안해요. 갈 때가 되어서……."

여자가 눈을 감더니 곧 숨을 쉬지 않았다. 김동호가 서둘러 방을 나왔을 때 옆쪽 간호사실에서 벨이 울렸다.

"귀신이 몸 안에 들어가 있어."

강필수와 함께 병원을 나오면서 김동호가 말했다.

"죽어가는 사람의 눈을 봐야만 확인할 수 있어. 전에는 머리 위에 떠 있었는데 지금은 숨은 거야."

병원 앞 주차장에 주차시킨 차로 들어간 김동호가 말을 이었다.

"그 귀신들은 악마하고 다른 종류야, 죽을 때가 되어서 데려가는 저승사자지."

"불안합니다."

강필수가 말을 이었다.

"저한테는 귀신이 위에 떠 있어도 보이지 않지만 숨어 버렸다니 이건 안전핀이 뽑힌 수류탄이 어딘가에 있는 것 같네요."

"내 생각도 그래."

김동호가 물끄러미 강필수를 보았다.

"이번에는 지난번과는 다를 것 같아."

"증거가 없어서 인류수비대에 경고만 해서는 먹힐 것 같지가 않습니다."

김동호가 고개를 끄덕였다. 맞는 말이다. 늑대가 왔다고 헛소리만 친다면 긴장이 풀어진다.

배에서 내린 배국정 앞으로 인민군 3명이 다가왔다. 셋 다 AK-47을 앞에총 자세로 쥐었는데 앞에 선 사내가 상급자 같다.

"동무는 어디서 오는 거야?"

"나?"

배국정의 얼굴에 웃음이 떠올랐다. 배국정은 캐주얼 복장으로 선글라스까지 끼었다. 이곳은 강원도 고성, 물론 북한 땅이다. 지금 배국정은 고기잡이를 나갔던 북한 어선에서 내린 것이다.

"나, 남조선에서 왔어."

배국정이 말하자 셋은 긴장했지만 놀란 것 같지는 않다. 앞에 선 인민군이 힐끗 어선을 보았다. 어선은 20톤쯤으로 선원이 6명이다. 그런데 모두 멀뚱하게 서서 이쪽을 볼 뿐이다.

"남조선이라니?"

그렇게 다시 물었던 인민군이 배국정의 눈에서 시선을 떼지 않은 채 바로 대답했다. 앞에 선 상급자다.

"아, 예. 알겠습니다, 동무."

어깨를 늘어뜨린 상급자가 AK-47을 어깨에 둘러메면서 말했다.

"제가 안내해 드리지요, 동무."

뒤에 선 둘은 영문을 모른 채 총을 어깨에 둘러메었고 상급자와 배국정을 따라 발을 떼었다.

배국정은 밤에 간성에서 배를 타고 북방한계선을 넘어간 것이다. 그러고는 북쪽 어장에서 고기를 잡던 북한 어선으로 다가가 옮겨 탔다. 배국정에게 홀려서 북쪽까지 실어 준 남쪽 어선은 바로 돌아갔는데 남하하다가 한국 경비정에 잡혔는지 어쩐지는 알 수 없고 알 필요도 없다. 어선의 선장은 헤어질 때 머릿속 기억이 지워져서 무엇 때문에 올라갔다가 내려왔는지도 모를 것이다. 북한 어선 선원들도 그렇다, 접근해 온 남한 어선에서 배국정을 본 순간에 아버지를 만난 것처럼 반기면서 고성항으로 모셔 왔으니까.

보았다. 본 순간에 숨을 들이켠 김동호가 시선을 떼지 않고 물었다.

"언제 가는 거야?"

"5분쯤 후에."

이곳은 역삼동의 칼튼호텔 앞. 김동호가 택시 정류장 앞에서 30대 사내와 마주 보고 서 있다. 오후 1시 반. 귀신을 찾아서 돌아다니다가 지금 만난 것이다. 30대의 말끔한 양복 차림, 준수한 외모. 그러나 지금 김동호는 귀신하고 대화를 한다. 사내의 몸에 들어간 귀신이 김동호에게 대답한 것이다. 고개를 끄덕인 김동호가 귀신을 보았다.

"너희들이 몸속에 들어간 건 누구 지시야?"

"지시라니?"

사내가 고개를 기울였다.

"그런 지시가 어디 있어? 그냥 들어간 것이지."

그러더니 되물었다.

"너도 지금 들어가 있잖아?"

"네 눈에는 내가 어떻게 보여?"

김동호가 묻자 사내가 풀썩 웃었다.

"귀신으로 보인다. 왜?"

김동호가 고개를 끄덕였다. 귀신이 들어간 몸은 눈을 보면 머릿속을 채운 검은 형체가 보이는 것이다. 머릿속이 검은 연기로 가득 차 있는 것 같다. 사내의 눈에는 김동호도 그렇게 보이는 것 같다. 택시가 다가왔기 때문에 몸을 돌린 사내가 김동호에게 물었다.

"넌 언제 가?"

저세상으로 언제 그 육신을 데리고 가느냐는 것이다.

"나도 5분쯤 후에."

그러자 사내가 택시 안으로 들어서며 웃었다.

"난 시간 됐어."

뒤쪽 문이 닫히고 택시가 1차선에 들어선 순간이다. 반대 차선에서 달려오던 컨테이너 트럭의 앞부분이 갑자기 옆으로 비틀리더니 뒤쪽 컨테이너가 이쪽 차선으로 넘어졌다.

"꽝!"

엄청난 충돌음과 함께 컨테이너가 택시 뒷부분을 덮쳤다. 숨을 들이켠 김동호는 택시 뒷부분이 컨테이너에 깔려 납작해져 있는 것을 보았다. 앞쪽으로 들린 택시 앞부분에서 운전사가 허우적대고 있었다.

배국정은 인민군 대좌 차림이다. 허리에는 권총을 찼고 딱 벌어진 어깨에 다부진 체격, 얼굴은 눈이 작고 코가 이른바 빈대코, 입술은 꾹 닫혀서 아주 불편한 인상이다.

이곳은 원산 북방의 제18전투단. 정문의 부대명은 그렇게 적혀 있지만 동굴 안으로 들어가면 다른 팻말이 붙어 있다. 제5탄도탄 부대다.

이곳이 대륙간탄도탄과 미사일 발사 기지인 것이다. 밖에 드러난 부대 막사는 위장용이고 실제 부대는 뒤쪽 산속에 터널을 파 놓은 광대한 지하 기지다. 배국정이 터널 안으로 5백 미터쯤 지프를 타고 가다가 곧 철문 앞에서 내렸다. 그러자 앞에 선 경비 둘이 경계를 했다.

배국정은 탄도탄 부대 발사통제관 김기철 대좌가 되어 있는 것이다. 사탄이라면 김기철의 몸 안에 들어가 있겠지만 호적이 있는 사탄이 되는 바람에 김기철로 변신을 했다. 대신 김기철은 죽여서 거름 더미 속에 숨겨 놓았다. 철문을 4개나 통과하면서 지문과 눈동자 확인까지 거쳤지만 김기철의 몸으로 솜털까지 바뀐 터라 배국정은 통제실로 들어설 수 있었다. 통제실은 기지의 가장 깊숙한 곳에 위치해 있었고 가장 접근하기 어려운 곳이다. 안으로 들어선 김기철에게 당직 장교 안기태가 보고를 했다.

"이상 없습니다, 통제관 동지."

"사령관 동지는 오늘 밤에 돌아오실 거다."

기지 사령관 윤봉호 중장은 평양에 간 것이다. 자리에 앉은 김기철이 앞쪽 유리벽 안에 있는 발사 장치를 보았다. 발사 버튼의 붉은색이 두드러졌다. 이곳 제5탄도탄 부대에는 3기의 탄도미사일이 발사대 위에 장치되어 있다. 1기는 일반 폭약을 장착한 탄도탄이고 2기가 15킬로톤의 핵탄두를 장착한 탄도탄이다. 벽시계가 오후 3시 20분을 가리키고 있다.

미사일 발사는 3단계를 거쳐야 한다. 첫 번째, 총참모장의 1차 발사 지시와 함께 좌표가 암호로 부대 사령관에게 통보된다. 두 번째로 같은 발사 지시와 좌표가 발사 통제관에게 전해지는데 이번에는 총정치국장이 보내는 것이다. 그래서 2개의 좌표가 맞아야 한다. 그다음에 위대하신 영도자가 기지 사령관과 발사 통제관 둘에게 지시를 내리는 것이다. 둘은 같이 듣고 발사 장치에 키를 꽂고 나서 같이 돌려야 한다. 한 치도 어긋나지 말아야 한다. 총정치국장이 좌표를 잘못 불러 줘도, 총참모장이 암호를 1분 안에 해독하지 못해도, 사령관과 통제관이 같이 지시를 받지 못했을 때도, 발사 키 보관함 금고의 암호를 잊어버렸을 때도 총살된다. 발사 키를 돌렸는데도 발사가 안 되었을 때는 관계자가 모두 총살된다. 그때는 고사기관포에 맞아서 온몸이 분해될 것이다.

지금은 사령관이 평양에 볼일 보러 갔기 때문에 정상적인 발사가 안 된다. 발사할 때는 꼭 둘이 있어야 하기 때문이다.

하지만 예외 규정이 있다. 평양에서 김정은이 직접 지시를 내릴 때다. 그때는 총참모장, 총정치국장 등도 필요 없다. 김정은의 확인만 되면 시키는 대로 쏘면 된다. 좌표 따위도 필요 없다.

"서울을 날리라우!"

그렇게 '한국말'로 해도 된다..

"동해에서 북방한계선을 넘어갔던 어선이 돌아왔습니다."

TV에 비친 기자의 얼굴이 상기되어 있다. 저녁을 먹던 김동호가 고개를 들고 벽에 걸린 TV를 보았다. 식당에서 김동호는 최길영, 강필수와 셋이서 저녁을 먹는 중이다. 다시 김동호가 고개를 숙였을 때 기자의 목소리가 이어졌다.

"선장이 혼자 타고 있습니다. 그런데 선장은 왜 북방한계선을 넘어갔다 왔는지를 밝히지 않고 있습니다. 그래서 경찰은 누구를 싣고 갔다가 왔는지를 추궁하는 중입니다."

그때 다시 고개를 든 김동호가 마침 TV에 비친 선장의 얼굴을 보았다. 50대쯤의 선장이 초점 없는 시선으로 물끄러미 이쪽을 본다. 그 순간 김동호가 숨을 들이켰다.

"일어나지."

아직 반도 안 먹은 순댓국을 놔두고 김동호가 벌떡 일어섰다.

1시간쯤 후에 김동호가 인류수비대 사령관 백철 대장과 마주 보고 앉아 있다. 주위에는 참모장 유근수 등 참모들과 최길영, 강필수까지 둘러앉아 있다. 그때 김동호가 강필수에게 말했다.

"녹화 장면을 켜 보도록."

강필수가 리모콘으로 벽에 걸린 TV를 켰다. 그러자 녹화된 화면이 TV에 나타났다. 김동호가 식당에서 보았던 어선 선장의 모습이다. 선장이 시선을 들어 이쪽을 본다. 그때 김동호가 말했다.

"정지."

강필수가 화면을 정지시키자 김동호가 선장을 손으로 가리키며 말했다.

"저 선장이 악마를 싣고 북한으로 갔습니다."

놀란 백철이 눈을 좁혀 떴고 모두 숨을 죽였다. 백철이 곧 물었다.

"어떻게 압니까?"

"악마가 선장의 머릿속 기억을 지웠기 때문이죠. 악마의 소행이 보인 겁니다."

"그럼 저 배에 악마가 탔단 말입니까?"

"그렇습니다. 저 배를 타고 북으로 넘어간 것이죠."

어깨를 늘어뜨린 백철이 주위의 참모들을 보았다.

"아니, 그렇다면 우리가 마음을 놓아야 되나?"

모두 숨만 쉬었고 백철이 이제는 혼잣소리처럼 말을 잇는다.

"거기 가서 남으로는 돌아오지 않으면 좋겠는데……."

"사령관님."

김동호가 부르자 백철이 고개를 들었다. 백철의 시선을 받은 김동호가 물었다.

"동해안 위쪽으로 올라가면 뭐가 있습니까?"

"뭐 별거 없는데."

눈을 가늘게 뜬 백철이 말을 이었다.

"금강산, 바닷가, 명사십리……."

백철이 고개를 기울였다.

"휴전선 부근에 군부대가 깔렸지만 위쪽으로 올라가면 경치가……."

그때 참모장 유근수가 말했다.

"원산 북쪽에 대륙간탄도탄 미사일 기지가 있지요."

순간 모두 숨을 죽였다. 마치 따듯한 날씨에 우박이 쏟아진 분위기다. 그래서 백철이 유근수를 쏘아보았다가 눈동자를 위로 치켜떴다. 아차 하는 표정 같다. 참모들도 숨을 참고 있었는데 그냥 넘기지도, 신중하게 받아들이지도 못하고 있다. 그때 김동호가 백철을 보았다. 굳어진 표정이다.

"그 기지에 핵이 있어요?"

"아마."

백철의 목소리는 갈라져 있다. 얼굴도 굳어지기 시작했다. 김동호의 입에서 핵이라는 단어가 나온 순간에 방 안의 공기는 급속도로 냉각되고 있다.

10분 후, 이곳은 상황실. 모두 상황실로 옮겨 온 것이다. 조금 전과는 완전히 다른 분위기. 벽에 붙은 대형 전광판에 동해안 지역이 확대되어 비치고 있다, 위성에서 비치는 지도.

그때 참모가 전화기를 백철에게 내밀었다. 위성 전화다.

"사령관님, 윌슨 사령관입니다."

한미연합사 사령관 겸 주한 미군 사령관 윌슨 대장이다. 백철이 서둘러 전화기를 받아 귀에 붙였다.

"예, 윌슨, 잘 들어 봐요."

"갓댐. 긴장되는군. 뭘 잘 들으라는 거요?"

윌슨의 투덜거리는 목소리가 옆에서도 들렸다. 상황실은 숨소리도 나지 않고 있었기 때문이다. 백철이 말을 이었다.

"악마가 북한으로 넘어간 것 같소. 동해안으로 배를 타고 말이오."

"왜? 한국에서 떠났다는 거요? 그거 잘된 것 아닌가?"

"갓댐."

이번에는 백철이 투덜거렸다. 윌슨과는 자주 만나 술을 마시는 사이이다.

"윌슨, 그게 아니라 그놈이 동해안 위쪽의 미사일 기지로 갔을 가능성이 있어."

"미사일 기지?"

윌슨의 목소리가 굳어졌다.

"거기 원산 북방의 탄도탄 기지 말인가?"

"그렇소."

그 순간 숨을 죽인 상황실 안에 잠깐 정적이 덮였다. 윌슨이 입을 열지 않았기 때문이다. 그때 백철이 헛기침을 했다.

"윌슨, 듣고 있소?"

"갓댐. 설마 그놈이……."

윌슨의 목소리가 다른 사람처럼 들렸다.

"백, 거기 15킬로톤짜리가 2개 있어. 히로시마에 떨어진 핵폭탄이 2개 있단 말이야."

"알고 있어, 윌슨."

"악마가 거기에 갔다는 거야?"

"미스터 김이 지금 내 옆에 있어. 김이 그럴 가능성이 있다는 거요."

"갓댐."

"거기서 장난을 친다면 세계가 망해."

"악마가 그럴 수 있어?"

"1퍼센트 가능성이라도 위험하지."

"그렇지."

한숨 소리를 낸 윌슨이 물었다.

"북한 정권에 통보를 하면 어때? 주의하라고 말이야."

"그게 안 된다는 걸 알면서……."

"갓댐."

"원산 탄도탄 기지 자체를 부정하고 있는 인간들이야. 오히려 숨길 거야."

"좋아."

유능한 군인답게 윌슨이 마음을 바꿨다.

"위성을 고정시키겠어, 일본 측 감시망까지 총동원하고. 동해는 일본 감시망이 강하니까."

"부탁해, 윌슨."

백철의 목소리가 절실했다.

"0.1퍼센트 가능성이 터진다고 해도 이건 엄청난 일이 되는 거야."

핵폭탄이 터지는 것이다.

"혼자서 누를 수는 없다."

이것이 발사 통제관 김기철의 몸 안에 들어간 배국정이 내린 결론이다. 악마의 수단을 쓴다고 해도 김기철 혼자의 힘으로는 발사 버튼을 누를 수가 없는 것이다. 기지 사령관 윤봉호 혼자서도 안 된다. 그리고 둘이 함께 합의를 했어도 안 된다. 오직 지도자 김정은의 지시가 있어야만 하는 것이다. 배국정이 자리에서 일어섰다. 이제 탄도탄 발사 요령을 알겠다.

"발사 요령이 이거요."

인류구조대 참모장 유근수가 종이를 내밀었다. 탄도탄 발사 요령이다. 종이를 받아 든 김동호에게 유근수가 물었다.

"어떻게 하시려는 겁니까?"

요령을 읽어 본 김동호가 고개를 들었다.

"탄도탄을 발사하려면 악마라도 김정은을 움직여야 되겠군요."

"그렇습니다. 김정은이 직접 명령해야 됩니다."

유근수가 말을 이었다.

"김정은으로 변신을 해야지요. 목소리도 감정을 해야 되니까요."

"……."

"요령에 적혀 있지만 발사 기지의 김정은 '목소리 감별기'도 통과해야 됩니다."

김동호가 자리에서 일어섰다.

"내가 평양에 가야겠습니다."

놀란 유근수가 따라서 일어섰다.

"어, 어떻게 가시려고……."

"악마하고 같은 방법으로 가는 거죠."

김동호의 얼굴에 웃음이 떠올랐다.

"나는 서해 쪽으로 갑니다. 그곳이 평양에서 가까우니까."

악마도 평양에 올 것이라는 예감도 든다.

오후 5시 반, 이곳은 유엔군 사령부 안. 유엔군 사령관 겸 한미연합사 사령관, 주한 미군 사령관인 제임스 윌슨 대장과의 회의다. 모인 면면을 보면 한국군 육군참모총장 겸 인류구조대 사령관인 백철 대장, 그리고 일본 해상자위대 사령관인 오카모토 대장이 둘러앉았다.

셋의 뒤쪽에는 참모들이 서너 명씩 앉았기 때문에 더 큰 원이 만들어져 있다. 먼저 윌슨이 입을 열었다.

"차라리 우주 전쟁이 일어나는 것이 이보다 더 현실적이겠는데."

어깨를 부풀린 윌슨이 투덜거렸다.

"내가 아무리 긴장을 하고 집중하려고 해도, 지금 영화 촬영을 하는 것 같은 기분이 든단 말이야."

"잠깐."

백철이 손바닥까지 펴고 말을 막았기 때문에 방 안에 모인 20명 가까운 시선이 모였다. 이맛살을 찌푸린 백철이 주위를 둘러보았다.

"한국 국민이, 죄 없는 시민이 1만 명 가깝게 살해당했습니다. 그것이 한 달 전이오. 이래도 실감이 안 납니까?"

"아, 그거야……."

당황한 윌슨이 곧 한숨을 쉬더니 말을 이었다.

"우리가 해 줄 일이 모호하기 때문이오. 그래서……."

윌슨이 정색하고 백철을 보았다.

"만일 원산의 탄도탄 기지 발사구가 열린다면 바로 폭격할 거요."

윌슨의 시선이 오카모토에게 옮아갔다.

"대장, 말씀하시오."

"발사구가 열리는 것은 위성뿐만 아니라 우리 레이더에도 잡힙니다. 그때 바로 연락을 해 드릴 겁니다."

일본 자위대의 레이더를 말한다. 그것이 어느 레이더라고 말해 주지 않는다. 그때 윌슨이 말을 이었다.

"발사구가 열리면 아무리 빨라도 5분 후에 발사체가 올라옵니다. 그 5분 안에 동해에 떠 있는 핵잠수함에서 탄도탄이 발사될 거요."

백철이 물었다.

"핵폭탄이오?"

"당연하지. 10킬로톤을 사용할 것이지만 원산까지 날아갈 겁니다."

"……."

"발사구를 못 열도록 되어 있거든. 국제법, 핵 협정 위반이오."

"……."

"피폭 범위는 5킬로가량이 될 테니까 원산 북부 지역까지 포함해서 10만 명 정도가 폭사할 것이고 직경 30킬로 안은 방사능 피해를 입을 겁니다. 대략

50만 명으로 예상하고 있소."

"빌어먹을."

잇새로 욕설을 뱉은 백철이 눈을 치켜뜨고 윌슨을 보았다.

"그게 최선이겠소?"

"원산에서 15킬로톤짜리 핵이 발사대에서 튀어나오는 순간 그보다 몇 배는 큰 악몽이 펼쳐지는 거요, 대장."

윌슨이 충혈된 눈으로 백철을 보았다.

"설령 그놈이 발사 후에 폭발한다고 해도 그 2배의 피해가 난다니까."

"……."

"그놈이 날아와 서울에 떨어지면 망하는 거지."

"좋습니다."

어깨를 편 백철이 윌슨과 오카모토를 번갈아 보았다.

"우리 장군께서 조금 전 평양으로 출발했습니다. 이 일 때문에요."

모두 숨을 죽였고 백철의 말이 이어졌다.

"발사 요령을 보면 김정은의 직접 음성 지시가 있어야만 하기 때문에 악마도 어쩔 수가 없을 거요. 김정은을 조종하려고 할 테지."

"……."

"그래서 우리 장군이 평양으로 간 겁니다. 거기서 악마를 만나든지, 아니면 김정은을 만나서……."

'장군'은 군에서 김동호를 부르는 별명 겸 암호다. 그때 오카모토가 물었다.

"혼자 갔습니까?"

"당연하지. 누가 그 엄중한 경계를 뚫고 평양에 가겠소?"

백철이 쓸데없는 말을 물어본다는 표정을 짓고 오카모토를 보았다.

"다른 사람은 방해가 될 뿐이오."

"나도 이번에 장군을 만나고 싶었는데."

다소 엉뚱한 기질인 오카모토가 정색하고 백철을 보았다.

"다음에 꼭 좀 소개시켜 주쇼."

그때 짜증이 난 백철이 바로 대답했다.

"돈을 받아야겠는데."

그러고 나서 똑바로 오카모토를 보았다.

"장군이 관람료를 받습니다. 돈을 좋아해요."

평양, 보위부 대좌 계급장을 붙인 제복 차림으로 그 유명한 옥류관으로 들어섰더니 주위 시선이 모였다. 이곳은 승리거리여서 고급 편의시설이 즐비하다. 식당의 손님들도 서울보다 더 부티가 난다. 하긴 서울은 캐주얼 차림으로 밝은 분위기지만 이곳은 정장 차림이 많다.

김동호는 지금 보위부 대좌 김인철로 변신했다. 몸이 싹 바뀌어서 김동호의 DNA가 김인철로 변해 버린 것이다.

김동호가 평양에 도착한 것은 어제 오후 3시경이다. 서해안에서 개성을 통해 육로로 넘어왔는데 김인철을 만나기 전까지 변신은 하지 않고 몸의 능력을 극대화시켜서 움직였다. CCTV 화면을 50배로 느리게 작동시켜야 겨우 흐릿한 형체가 드러날 정도였으니 사람들은 옆으로 바람이 지나간다고 느꼈을 것이다, 미친놈이 아닌 이상 멀쩡한 CCTV 녹화 필름을 50배로 느리게 돌리지는 않을 테니까.

그렇게 지나고 피했지만 평양까지 달음질을 할 수는 없었기 때문에 트럭 짐칸에도 타고 김동호 모습으로 멀뚱하게 버스도 탔다. 한국 같았으면 개성에서 1시간이면 KTX로 도착했을 평양이 7시간이나 걸렸기 때문에 김동호는 지겨워서 죽을 뻔했다.

"왜 연락도 없이 오셨어요?"

자리에 앉은 김동호에게 한복 차림의 종업원이 다가와 물었다. 얼굴에 가득 웃음을 띠고 있다.

"음, 잘 있었어?"

김인철의 몸뿐만 아니라 뇌까지 소유한 터라 김동호가 지그시 안옥희를 보았다. 그렇다, 안옥희, 24세. 이 빼어난 미인과 김인철은 연애하는 사이다. 김인철의 신분쯤 되면 애인 하나 키우는(?) 것이 보통인 것이다.

김인철은 170 정도의 키에 마른 체격인데 안옥희도 비슷한 키에 날씬한 몸매. 옥류관 접대원으로는 아까운 미모다. 대학에서 무용을 전공해서 모란봉 악단에 들어갔지만 반년 만에 퇴출되었다. 남자 무용수하고 연애를 하다가 발각되었기 때문이다.

"나, 냉면하고 불고기 가져오고."

김동호가 목소리를 낮추고 말을 이었다.

"술도 한 병."

"혼자 드세요?"

"응, 오늘 높은 손님들 안 오나?"

"8시에 밀실에서 호위총국장이 무력부장하고 저녁 드세요"

"그렇군, 8시군."

오후 7시가 조금 넘은 시간이다. 호위총국장 오근택은 김정은의 최측근으로 항상 옆에 붙어있는 고위층이다. 안옥희가 돌아갔을 때 핸드폰이 울렸다. 김인철의 보안용 핸드폰이다. 발신자를 보았더니 보위부장 박승태다. 박승태는 현역 육군대장, 당 서열 13위. 호위총국장 오근택은 9위다. 김인철이 응답했다.

"예, 부장 동지."

"너, 지금 어디야?"

"예, 옥류관에서 저녁 먹습니다."

"내일 아침에 보고서 제출하자우. 준비되겠지?"

"예, 부장 동지."

"지도자 동지께서 언제 부르실지 모른다."

그러고는 통화가 끊겼다. 입맛을 다신 김동호가 쓴웃음을 지었다. 군 지휘관들의 동향 보고서다. 서열 13위의 박승태지만 김정은이 불러야 뵙는(?) 것이다. 자주 만나야 서열이 오르기 때문에 고위층들은 부르기를 간절히 기다리고 있다.

호위총국장 오근택이 나타났을 때는 8시 10분이다. 그것을 알려 준 사람이 안옥희다.

"오셨어요."

냉면을 먹고 있던 김동호에게 다가온 안옥희가 낮게 말했다.

"지금 밀실로 들어갔어요."

고위층들은 뒤쪽의 비밀 통로를 이용하는 것이다. 밀실에는 이미 무력부장이 기다리고 있는 중이다. 무력부장 장수영의 서열은 15위. 9위와 15위의 회동이니 식당 주변은 수행원들이 바글거릴 것이다. 이곳은 당이나 군의 고위층만 오는 곳이어서 옆쪽 테이블도 알 만한 인사들이 앉아 있다. 당 비서국의 간부들이다. 다가선 안옥희의 두 눈이 반짝였다.

"언제 오실 건데요?"

몸을 조금 비트는 것이다. 교태다. 유혹하는 몸짓이다. 안옥희를 이곳에서 일하도록 해 준 것이 김인철이다. 악단에서 쫓겨난 안옥희가 연줄을 통해 일자리를 부탁해 왔기 때문이다.

옥류관 종업원이 되려면 사상검증, 가족전력, 학력과 미모, 몸매 등을 철저히 심사받아야 한다. 월급이 미화로 100불 정도지만 상위 수준이었고 종업원의 대부분이 뒷백이 있었기 때문이다. 뒷백이란 보호자, 스폰서, 또는 애인을 말한다.

부탁을 받은 날 밤에 김인철은 안옥희를 데리고 잤고 그다음 날에 옥류관 종업원으로 취업이 되었다. 그리고 한 달에 두어 번 정도 안옥희의 집에 가서 자고 나온다. 물론 자고 나올 때마다 미화로 5백 불씩 주기 때문에 안옥희는 부자다. 천거민 1호 거리의 30평짜리 아파트도 김인철이 얻어 준 것이다.

"며칠 있다가 갈게."

대동강 속에 처넣은 김인철을 떠올리면서 김동호가 말했다.

"기다리고 있어."

총정치국장 고명호 대장이 방으로 들어선 부관 조근수 대좌를 보았다.

"무슨 일이냐?"

"예, 보고 드릴 일이 있습니다."

조근수가 부동자세로 서서 말했다.

"잠깐이면 됩니다, 국장 동지."

"이런."

입맛을 다신 고명호가 자리에서 일어섰다. 이곳은 창광거리의 한정식 요정 평양관 안의 밀실. 고명호는 부국장 양찬우 소장, 감찰부장 백동기 소장과 함께 술을 마시는 중이다. 조근수를 따라 나온 고명호가 복도에 섰다.

"뭐야?"

고명호가 똑바로 조근수를 보았다. 조근수는 고명호의 집사나 같다. 온갖 심부름은 다 하는 인물이다. 여자 문제, 집안 문제, 돈 심부름, 정치국 내부 간부들의 뒷조사까지 맡긴 심복인 것이다. 복도에는 그들 둘뿐이다. 그때 조근수가 힐끗 옆쪽으로 시선을 주었다. 천장에 CCTV가 있는 것이다.

"저쪽으로 가시지요."

"이런."

무슨 말인지 눈치를 챈 고명호가 투덜거리면서 조근수를 따라 발을 떼었다. 앞장서서 화장실로 들어선 조근수가 벽에 등을 붙이고 섰다. 이곳은 CCTV가 없다. 그때 다가선 고명호가 시선을 주었다. 말하라는 시늉이다. 고명호의 시선을 받은 조근수가 빙그레 웃었다.

"병신."

잠시 후에 화장실에서 고명호가 나왔다. 조근수는 따라 나오지 않았다.

다시 방으로 들어선 고명호가 자리에 앉아서 양찬우와 백동기를 번갈아 보았다.

"자, 어디까지 이야기했지?"

옷도, 장식도, 차고 있는 권총도, 다 원소다. 원소 아닌 것이 없다. 변신은 몸만 되는 것이 아니다. 고정관념에서 벗어나야 한다. 옷도, 장식도, 몸도 다 원소로 구성되었다는 말을 했을 때 그리고 변신이라는 화두를 이었을 때 눈치를 챘겠지.

고명호는 배국정이다. 조근수의 몸으로 접근했다가 고명호로 변신한 것이다. 옷도, 장식도, 배꼽 밑의 점까지 똑같게. 그럼 조근수는? 배국정도 '등록'된 육체가 되어 있는 터라 그 '등록인'이 있어야 한다. 그래서 그 '호적' 격인 조근수는 1시간쯤 전에 화력발전소의 불구덩이 속에 던져 넣었다. 조근수가 화력발전소에 들른 것을 이용한 것이다.

이제 총정치국장 고명호가 된 배국정이 앞에 놓인 위스키 잔을 들었을 때 백동기가 보고를 이었다.

"김영철은 근무 성적이 좋지 않습니다."

옥류관 밀실은 방음 장치가 되어 있는 데다 비상 탈출구가 밖으로 이어져 있다. 고급 식당의 밀실 대부분에 비상 탈출로가 만들어져 있는 것이다. 그래서 위쪽 비밀 통로로 들어와서 비상출입구로 나가면 왔다 간 흔적도 없어진다. 다만 지배인과 담당 종업원만 알 뿐이다. 물론 김인철도 안다.

오후 10시 반, 거나하게 취한 호위총국장 오근택이 비밀 통로로 나온다. 오근택은 여자의 부축을 받고 있었는데 옥류관 종업원 양송심이다. 양송심이 오근택의 애인인 것이다. 비밀통로는 주방 옆을 돌아서 옆쪽 건물로 이어져 있었는데 복도 끝의 문을 열었을 때 오근택이 숨을 들이켰다. 앞에 대좌 복장의 사내가 서 있었기 때문이다. 오근택은 보위부 대좌 김인철과는 안면이 있다. 그래서 눈살을 찌푸리고 물었다.

"무슨 일이냐?"

이곳은 옆쪽 건물 안이다. 오른쪽으로 돌면 주차장이 나오고 그곳에 오근택의 차가 기다리고 있을 것이었다. 그때다. 같이 놀랐던 양송심은 앞에 선 대좌가 홀연히 사라졌기 때문에 머리를 흔들었다. 술기운으로 헛것이 보인 것 같았기 때문이다. 그때 옆에 서 있던 오근택이 양송심의 허리를 감아 안고 말했다.

"가자, 뭐 하냐?"

"총국장 동지."

양송심이 오근택을 보았다. 눈을 크게 뜨고 있다.

"방금 대좌 못 보았어요?"

"보긴 뭘 본단 말이냐?"

"총국장 동지께서도 무슨 일이냐고 물으셨잖아요?"

"내가 언제? 이년이 미쳤나 보군."

오근택이 발을 떼면서 나무랐다.

"내가 술 많이 마시지 말라고 했지? 이년이 주는 대로 막 처먹더니 헛것을 보았구만. 너 오늘 안 되겠다. 돌아가."

김동호가 오근택의 몸이 되었다. 김기철에서 오근택으로 옮겨간 것이지.

인민군 총정치국장 고명호의 당 서열은 18위, 53세, 대장. 중장에서 대장으로 승진한 지 반년밖에 안 된다. 정치국 차장이었다가 전(前) 정치국장 이인근을 고발해서 총살당하게 만들고 그 자리를 꿰찬 인물. 이곳에선 그런 일이 비일비재해서 이야깃거리도 안 된다.

집으로 돌아가는 차 안에서 고명호가 휴대폰을 꺼내 버튼을 누른다. 밤 11시. 곧 휴대폰에서 응답 소리가 울렸다.

"예, 비서실입니다. 총정치국장이십니까?"

"그렇소. 수고 많으십니다."

상대는 국무위원장실의 당직 비서관이다. 국무위원장실은 24시간 연락이 가능한데 접촉자는 제한이 있다. 전국에서 100명가량이 직보 허락을 받았는데 고명호도 그중에 끼어 있는 것이다. 그러나 직보라고 해서 바로 허락이 안 된다. 일단 신청을 하고 나서 직보 내용을 비서실에서 요약해서 국무위원장의 허가를 받아야 직보 시간이 정해지는 것이다.

"직보 면담을 신청합니다."

정색한 고명호가 말을 이었다.

"제3군단의 반역 음모에 대해서 보고할 사항이 있습니다."

"알았습니다. 보고를 드리지요."

"감사합니다."

"기다리고 계시지요."

"예, 수고하십시오."

상대가 서열에도 끼지 못하는 비서지만 측근인 것이다. 통치자 주변의 '개'도 멀리 떨어진 '대신'보다 위세가 높은 것이다.

비서실의 당직은 윤철 소장. 계급은 별 하나짜리 소장이지만 위세는 별 3개짜리 상장과 버금간다. 전화기를 내려놓은 윤철이 쓴웃음을 짓고 말했다.

"또 누구 뒤통수를 치고 진급할 모양이군."

고명호가 상급자 등에 칼을 박고 그 자리에 올랐을 때도 비서실을 통해 직보를 했던 것이다. 그때 다시 전화벨이 울렸기 때문에 옆쪽 부관이 발신자를 보았다.

"호위총국장이십니다."

"응? 호위총국장?"

놀란 윤철이 발신자를 보고는 전화기를 들었다. 호위총국장은 당직실을 통하지 않아도 되는 것이다. 비서실장한테 통보만 하면 된다.

"예, 비서실 당직 윤철 소장입니다."

이번에는 예의 바르게 관등까지 붙였다. 그때 호위총국장 오근택이 물었다.

"난데, 위원장 동지께 직보 신청한 동무가 있나? 내가 일정 잡으려고 한다."

"예, 총국장 동지. 있습니다."

"누군데?"

호위총국장은 위원장의 스케줄을 확인할 책임이 있다. 이런 경우가 많았기 때문에 윤철이 술술 대답했다.

"조금 전에 총정치국장이 직보 신청을 했습니다. 그래서 내일 아침에 비서실장한테 보고할 예정입니다."

"음, 총정치국장이 말이지?"

"예, 총국장 동지."

내용은 말해줄 필요가 없는 것이다. 그때 오근택이 말했다.

"알았어, 내가 오전에 위원장 동지를 뵐 예정이니까 그다음에 만나겠군."

"예, 총국장 동지."

위원장 면담 스케줄은 호위총국장이 우선권이 있는 것이다.

핸드폰을 귀에서 뗀 김동호의 두 눈이 번들거렸다. 지금 김동호는 오근택의 모습이 되어 있다. 밤 11시 반, 차는 대동강 변을 달려가고 있다. 의자에 등을 붙인 김동호가 운전사에게 말했다.

"2번 숙소로 가자."

2번 숙소는 대동강 변에 위치한 2번 별장이다. 그곳에는 기쁨조 출신의 양세영이 기다리고 있는 것이다. 총정치국장 고명호의 얼굴을 떠올린 오근택이 고개를 기울였다. 직보는 바로 누구를 고발하는 것을 의미한다.

따라서 직보를 들을 때 위원장은 호위총국장인 자신을 부르거나 선전선동부장을 부를 때도 있다. 총정치국장의 고발이라면 상대가 거물일 가능성이 커서 더욱 그렇다. 그때 오근택이 이 사이로 말했다.

"혹시 그놈이……."

악마가 북한으로 넘어왔다면 '핵'이다. 그리고 그 '핵'을 움직이려면 김정은이 움직여야만 한다. 그 가정하에서 자신이 이곳으로 온 것 아닌가? 지금 오근택으로 변신한 이유도 그것 때문이다, 김정은에게 접근하는 악마를 막으려고.

"어, 동무 왔나?"

김정은, 최고 지도자. 30대 중반이지만 58세의 오근택을 향해 거침없이 반말을 해도 전혀 어색하지가 않다. 오히려 잘 어울린다. 오전 10시, 이곳은 주석궁 안 회의실. 대리석 바닥에 대리석 벽, 뒤쪽 벽에는 백두산 밑에서 백마를 타고 달리는 김정은의 대형 그림이 그려져 있다. 대리석 위에 그린 그림, 장관이다. 벽은 길이 30미터, 높이 10미터다. 어마어마하다.

마호가니 책상 앞쪽 소파에 앉은 김정은이 오근택을 보았다. 오근택은 부동자세로 서 있다. 좌우 벽에는 수행 장군이 하나씩 부동자세로 서 있었는데 모두 별 하나짜리 소장. 허리에 찬 권총이 눈에 띈다.

김정은의 수행 장군은 누구라도 이상한 행동을 하면 그 자리에서 사살할 수 있다. 호위총국 소속이지만 김정은 수행 장군은 예외다. 호위총국장도 사살할 수 있다. 그때 김정은이 말했다.

"앉으라우."

"감사합니다, 지도자 동지."

정중하게 인사를 한 오근택이 그때서야 앞쪽 자리에 앉는다. 소파지만 엉덩이 반쯤만 걸친 자세, 상체는 바로 세우고. 방 안에 잠깐 정적.

김동호가 지그시 김정은을 보았다. 오근택이 바로 김동호다. 그때 김정은이 입을 열었다.

"무슨 일이야? 급한 일인가?"

"예, 지도자 동지."

대답한 김동호의 얼굴에 웃음이 떠올랐다.

"왜 웃어?"

김정은이 물은 순간이다. 김정은의 시선을 잡은 김동호가 옮겨 갔다. 김정은이 입을 딱 벌렸지만 이미 끝난 일. 김동호는 김정은이 되었다.

소파에 깊숙이 등을 묻었지만 몸이 거북했기 때문에 김동호가 숨을 들이켰다. 그 순간 허리에 통증이 오더니 곧 발목이 시큰거렸다. 심장 박동이 거칠어지면서 머리에는 열이 났다. 김정은의 몸이 되었기 때문이다. 배가 튀어나와서 제대로 숨을 들이켜기가 힘들다. 정상이 아니다. 뒷골이 땅겼기 때문에 혈압이 터지지 않을까 겁이 덜컥 났다. 그래서 앞에 앉은 오근택을 보았다. 여차하면 오근택의 몸으로 다시 옮겨 갈 생각을 한 것이다.

아, 김정은의 몸이 이렇구나. 몸이 되어 봐야 알겠다.

오근택이 김정은의 시선을 받고는 호흡을 골랐다. 왜 여기 와서 앉아 있는지 기억이 나지 않았기 때문에 조금 전부터 머리에서 쥐가 날 지경이었다.

지도자 동지께 보고할 일이 있다고 비서실에 연락한 것까지 다 기억이 났지만 도무지 이유를 모르겠다. 나이 60도 안 되었는데 치매가 왔단 말인가? 이마에서 진땀이 배어나왔고 이제는 온몸에서 소름이 돋아났다. 지도자 동지가 이유를 물어보면 뭐라고 대답해야 된단 말인가?

손등으로 이마의 땀을 닦은 오근택은 어제 총정치국장 고명호가 지도자 동지 면담을 신청했다는 것을 떠올렸다. 그놈이 누구를 또 밀고할 모양이다. 견제할 필요가 있다.

앞에 앉은 오근택이 눈에 띄게 당황한 태도를 보이고 있다. 그럼 당연하지. 오근택은 김동호가 싹 빠져나간 순간부터 김동호가 안에서 생각했던 내용만을 빼놓고 다 기억하고 있기 때문이다. 김동호가 주관해서 끌고 나간 행동을 제가 한 짓인 줄로만 안다. 그래서 이렇게 앉아 있는 이유가 생각나지 않아서 황당하겠지. 내가 뭘 물어보면 뭐라고 해야 하나? 머릿속에 그 생각뿐일 것이다.

자, 그런데 오후에 총정치국장이 보고할 것이 있다고 했지, 3군단 문제로. 김정은의 뇌까지 소유한 터라 오근택한테는 말하지 않은 비서실의 보고 내용을 김동호가 떠올렸다. 김정은의 뇌에 박혀 있는 것이다. 김정은의 눈빛이 강해졌다. 핵을 움직이는 키는 김정은이다. 악마 배국정이 핵을 사용할 작정이라면 김정은한테 접근할 것이다. 그래서 원산의 핵 발사 기지에 가서 상황 체크를 한 다음에 이곳으로 온 것이다.

그런데 배국정의 접근 방법은 나하고 같을 것인가? 아마 이것이 최선, 최단의 수단이겠지. 그렇다면 막을 방법은? 김정은이 고개를 들었다.

"총정치국장이 보고할 것이 있다고 했는데."

김정은이 입을 떼었을 때 오근택이 몸을 굳혔다.

"예, 지도자 동지."

"3군단의 반역 음모를 보고한다는 거야."

"예?"

놀란 오근택의 목소리가 떨렸다. 반역 음모라니. 살벌한 세상을 살아왔지만 이런 직설적인 표현은 처음 듣는다. 그때 김정은이 눈을 가늘게 뜨고 오근택을 보았다.

"어떻게 생각하나?"

"예, 심각한 일인 것 같습니다."

"고명호는 고발로 진급을 한 지 두 달밖에 안 되었어."

"예, 지도자 동지."

"이상하다는 생각이 안 드나?"

"예, 지도자 동지."

대답한 오근택이 시선을 들었다. 김정은이 똑바로 이쪽을 바라보고 있다.

"비서 동지, 오랜만에 만납니다."

총정치국장 고명호가 웃음 띤 얼굴로 말했다. 주석궁 비서실 안. 고명호가 안면이 있는 비서 박청에게 먼저 인사를 했다.

"아, 기다리고 있었습니다."

박청이 자리에서 일어나 고명호를 맞는다. 오전 11시 반, 오후 3시로 위원장 면담이 잡혀 있지만 3시간쯤 먼저 와서 대기하는 것이 규칙이다. 지난번에 총정치국장 이인근을 고발했을 때는 5시간쯤 기다렸다.

"이쪽으로."

박청이 앞장서 가면서 고명호에게 말했다. 대기실로 가는 것이다.

평양에서는 못 보았다. 귀신을 아직 보지 않았다는 말이다. 한국에서는 귀신이 머리 위에 떠 있다가 몸속으로 들어갔지만 이곳에서도 그럴 것인가? 이곳에 천지교 같은 악마 집단이 있을 리는 없다, 당국이 철저히 통제할 테니까.

"위원장 동지, 총정치국장이 왔습니다."

비서실장 최철이 보고했다. 최철은 52세, 비서였다가 김정은의 눈에 띄어 벼락출세를 한 인물. 빈틈이 없고 김정은의 말 한 마디도 잊어버리지 않으며 눈치가 비상하다. 상대를 응시하는 김정은의 눈빛만 봐도 그자가 죽일 놈인지 출세할 놈인지 아는 것이다.

그래서 어떻게 하냐고? 죽일 놈에게는 죽이는 방법을 제시하고 출세할 놈에게는 적당한 벼슬자리를 제안한다. 입 안의 혀 같은 놈이다. 이런 놈을 진즉 만나지 못했던 것이 안타까울 정도다. 그런데 지금, '뉴' 김정은이 되어 있는 김동호의 눈빛을 보고 최철이 당황하고 있다.

왜? 눈빛을 못 읽으니까. 이런 일은 처음이다. 당연하지. 제가 누구라고 들어앉아 있는 김동호를 읽겠는가? 그때 김정은이 똑바로 최철을 보았다.

"나를 똑바로 봐라."

"예, 위원장 동지."

그 순간 최철이 부르르 몸을 떨더니 똑바로 섰다.

"알겠습니다."

김정은을 응시한 채 최철이 말을 잇는다.

"당장 지시하지요."

대기실은 사방 10미터 면적으로 안에 소파와 탁자가 놓였고 벽에는 금강산 그림이 붙어 있다. 소파에 앉았지만 고명호는 상반신을 반듯이 세우고 앞쪽만 보았다. 방 안에 CCTV 장치가 있기 때문이다. 오전 11시 50분. 방 안에는 혼자다. 그때 방문이 열리더니 비서실장 최철이 들어섰다.

"자, 가시지요."

벌떡 일어선 고명호에게 최철이 웃음 띤 얼굴로 말했다.

"시간이 당겨졌습니다."

"알겠습니다, 실장 동지."

고명호는 배국정이다. 최철과 시선을 마주치려고 했지만 이미 몸을 돌린 후여서 배국정이 잠자코 뒤를 따른다. 복도를 걸어 끝 쪽의 접견실로 다가간 최철이 문을 열었다.

"들어가서 기다리시지요. 모시고 오겠습니다."

"예, 감사합니다."

고개를 숙여 보인 배국정이 주춤거리다가 방 안으로 들어섰다. 뒤쪽 문이 닫혔기 때문에 배국정이 방 안을 둘러보았다. 화려한 방이다. 배국정이 들어간 고명호도 이곳이 처음이다.

사방 20미터 면적의 접견실은 안쪽에 문이 하나 더 있을 뿐이다. 벽에는 벽화가 없지만 가구는 품위가 있고 최고급품이다. 조심스럽게 소파로 다가간 배국정이 자리에 앉았다. 탁자에는 음료수가 가득 놓여 있지만 배국정은 손을 내밀지도 않았다. 그 순간이다.

"덜컹."

갑자기 천장에서 금속성 소리가 울렸기 때문에 배국정이 고개를 들었다. 그 순간 배국정이 숨을 들이켰다. 고명호의 몸이 되어 있기 때문에 놀라며 인간처럼 숨을 들이켰다. 천장에 손바닥만 한 구멍이 3개나 뚫려 있는 것이다. 구멍들은 철망으로 막혀 있다. 다음 순간이다. 구멍에서 흰 연기가 쏟아져 내려왔다.

"이런!"

벌떡 일어선 배국정이 눈을 부릅떴다. 의도를 알았기 때문이다. 독가스다.

"이런, 빌어먹을!"

배국정이 몸을 날려 문으로 다가가 몸을 부딪쳤다. 그러나 문은 철문이다. 어깨가 부딪친 것처럼 고통이 왔다. 변신? 안 된다. 상대가 있어야 하지.

몸을 원소로 만들어도 밖으로 뛰쳐나갈 구멍도 없다. 이제 방 안은 독가스로 가득 차서 앞으로 내민 손도 보이지 않는다.

"으윽!"

그동안 숨을 참고 있었지만 코 안으로 미량의 독가스가 들어갔기 때문에 배국정은 신음했다. 청산가리다. 한 모금만 마시면 죽는다.

"이런."

배국정은 눈을 부릅떴다. 악마라고 해도 능력이 무한대인 것이 아니다. 배국정은 이것이 김동호의 수작인 것을 알았다. 김동호가 이곳에 와서 선수를 친 것이다. 함정으로 이끌었다. 당했다. 배국정이 이를 악물었다.

배국정으로 육신을 시작했으니 인간의 육신으로 옮겨야만 산다. 그런데 지금은 전달체가 없는 것이다. 이것으로 배국정은 끝인가? 마침내 견디지 못한 배국정이 입을 딱 벌렸다. 그 순간 독가스가 폐로 잔뜩 흡입되었고 2초도 안 되어서 고명호는 사지를 비틀면서 쓰러졌다.

"기다려라."

독가스로 가득찬 방 안이 CCTV 화면에 가득 펼쳐져 있다. 김정은은 소파에 등을 묻은 채 앞쪽의 대형 화면을 응시하고 있다. 방 안에는 고명호가 들어가 있는 것이다. 고명호는 방바닥에 쓰러져서 보이지 않는다. 옆에 선 최철이 숨을 죽인 채 김정은의 명령을 기다리고 있다. 김정은이 담배를 꺼내 입에 물었다. 최철이 재빠르게 불을 켜 담배 끝에 대었다.

"기다려."

담배 연기를 길게 내뿜은 김정은의 얼굴에 웃음이 떠올랐다.

"저놈은 보통 인간이 아니다."

최철은 부동자세로 선 채 기다리고 있다. 조금 전에 김정은은 최철의 머릿속을 비워 놓았다. 그리고 고명호와 시선을 마주치지 말 것까지 머릿속에 기억시켜 놓은 것이다. 그래서 만일의 경우에 배국정이 최철의 몸으로 변신할 것을 막았다.

"이것 참 황당하네."

김동호의 입에서 터진 말. 그러나 김정은이 말한 것이다. 그래서 앞으로 김정은이라고만 쓴다. 김정은이 앞에 펼쳐진 요리를 보았다. 수십 가지 요리, 엄청난 양, 진수성찬이다. 이것이 김정은의 점심상이다. 그러나 김정은의 몸이지만 생각은 김동호의 몫이었기 때문에 기가 질린 것이다.

그때 옆으로 요리장이 다가왔다, 겁먹은 표정. 옆에 다가선 요리장이 몸을 웅크린 채 입도 열지 못한다. 그때 김정은이 말했다.

"내가 다이어트 해야겠어."

요리장은 숨을 죽였고 김정은이 말을 이었다.

"모두 맛이 있어 보인다. 하지만 내 몸무게가 얼마인지 아나?"

극비다. 만일 그것을 말한다면 총살이다. 그때 김정은이 쓴웃음을 지었다.

"160킬로야, 젠장."

"지금 북한에 갔단 말이오?"

대통령 임홍원이 묻자 백철이 한숨부터 쉬었다.

"예, 대통령님."

"가서 핵폭발을 막으려고?"

"대통령님, 핵폭발이 아니라……."

이곳은 청와대 대통령 집무실 안. 소파에는 임홍원과 비서실장 정인규, 국무총리 장진영, 백철과 참모장 유근수까지 다섯 명이 둘러앉아 있다. 백철이 김동호의 방북을 보고한 것이다.

백철이 말을 이었다.

"핵 발사를 막으려는 것입니다."

"그럼 악마가 핵을 발사하려고 한다는 겁니까?"

"예, 그럴 가능성이 있어서……."

"아니, 그렇다면……."

임홍원이 이맛살을 찌푸렸다.

"국민들이 알면 큰일 나겠는데."

"그것보다도 실제로 그렇게 된다면……."

"핵이 실제로 말이오?"

"예, 대통령님."

"그건 생각하기도 싫은데."

임홍원이 고개를 절레절레 흔들었다.

"실체도 보이지 않는 악마가 어떻게……."

한숨을 쉰 임홍원이 백철을 보았다.

"왜 이런 일이 내 임기 때 일어나는지 모르겠네. 내가 무슨 죄를 지었는지……."

"죄송합니다."

할 말이 없었기 때문에 백철이 그렇게만 말했다. 지금 상황으로는 기다릴 수밖에 없는 것이다. 그래서 이런 한탄이 나오는 것이겠지.

그때 정신을 차린 임홍원이 묻는다.

"그, 김 사장이 지금 어디 있습니까?"

"평양에 간다고 했습니다."

"평양에?"

"예, 어차피 평양에서 핵 통제를 하기 때문에……."

"누가 말이오?"

"김정은 아닙니까?"

"그럼 김정은을 만나러……."

"만나 주겠습니까?"

조금 짜증이 난 백철이 건방지게 대답했다.

"갈 때도 숨어서 갔는데요."

"악마를 따라서 갔다고 했지요?"

"예, 대통령님."

"참 황당하네."

실제로 1만 명 가까운 시민이 참혹하게 살해를 당했어도 악마와의 전쟁은 황당하게 느껴지는 법이다. 그렇지만 인류수비대 사령관을 맡고 있는 백철 입장에서는 이런 말을 들으면 화가 난다. 그러나 어쩌겠는가? 그때 임홍원이 한숨을 쉬고 나서 말했다.

"장군, 수시로 보고해 주세요. 내가 황당하다고 투덜대더라도 이해하시고."

임홍원도 상대방의 반응을 아는 것이다.

이맛살을 찌푸린 김정은이 관에 들어가 있는 고명호를 보았다. 고명호는 제복 차림으로 자는 듯이 누워 있다. 이윽고 김정은이 고개를 끄덕이자 군관들이 육중한 뚜껑을 덮더니 못질을 했다. 그러고는 떠메고 옆쪽 화장대로 다가갔다.

이곳은 화장터다. 김정은이 고명호의 화장식까지 참석한 것이다. 그래서 고위층 수행원이 수백 명 따라왔고 고명호의 장례식은 성대했다. 화장대까지 따라간 김정은이 유리문을 통해 관이 불에 타는 것까지 확인한 후에 몸을 돌렸다. 위원장이 화장 현장까지 확인한 '극진한' 장례식이었으니 고명호 가족은 평생 특전을 받을 것이었다.

돌아가는 차 안에서 옆자리에 탄 김여정이 김정은에게 물었다.

"오빠, 트럼프가 오빠하고는 말이 잘 통한다고 어제 트위터에 썼던데요. 뭐라고 한마디 해 줄까요?"

"그 새끼 미친놈이야. 놔둬."

김정은이 의자에 등을 붙였다.

"그놈 말에 놀아나면 안 돼. 아직 철들려면 멀었어."

"알았습니다."

김여정의 얼굴에 웃음이 떠올랐다.

“하지만 노는 것이 귀여워요.”

“그놈은 강한 자 앞에서는 약해, 약한 놈 앞에서는 강하고.”

그 순간 김동호가 입을 다물었다. 이것은 김정은의 본심이다. 본심이 말을 내놓도록 놔둔 것이다. 하지만 제법인데.

“위원장 동지, 미사일 한 방 쏴도 상관없을 것 같습니다.”

김영철이 은근한 표정을 짓고 김동호를 보았다. 주석궁의 회의실 안, 소파에 앉아 있던 김동호가 고개를 들었다. 오후 3시 반, 회의실에는 선전선동부장 겸 통일전선부장 김영철과 외교부장 최선희, 미사일 부대 사령관 유춘택까지 넷이 모여 있다. 물론 벽에는 호위장군 둘이 붙어 서 있고, 잠깐 3초 정도의 정적이었지만 무시무시한 분위기가 덮인다. 항상 그렇다. 언제 어떤 벼락이 떨어질지 모른다. 그때 김동호가 물었다.

“동무, 나이가 몇이야?”

“예, 위원장 동지.”

김영철의 검은 얼굴이 누렇게 굳어졌다.

“예, 69살입니다!”

김영철의 목소리가 떨렸다. 그때 김동호가 초점 없는 시선으로 김영철을 보았다. 마치 앞에 있는 무생물을 보는 것 같다.

“미사일 한 발에 얼마나 되는지 말해보라우.”

“예, 위원장 동지.”

김영철의 눈동자가 흔들렸다. 입 안이 바짝 말랐고 순식간에 입술이 말라 오그라졌기 때문에 혀가 나와서 핥고 들어갔다. 그러나 머릿속은 분주하게 돌아간다. 미사일이 얼마더라? 빨리 대답하지 않으면 총살을 당할지도 모른다. 저 표정 좀 봐라. 김영철의 입이 열렸다.

"예, 달러로 계산하면 방사포 20인치 한 발에 120만 불이 됩니다!"

"금방 미사일이라고 했잖아?"

"예! 노동 미사일은 1천만 불입니다!"

"그런데 그놈을 쏴서 1천만 불을 날리자고?"

김영철이 숨도 안 쉬었고 방 안에는 머리카락 떨어지는 소리도 안 들렸다. 그때 김동호가 말했다.

"인민들은 아직도 이밥에 고깃국 먹는 것이 소원인데 1발에 1천만 불짜리 미사일을 날려?"

김영철의 눈동자에 초점이 없어졌다. 죽은 생선의 눈 같다. 김동호의 목소리가 방을 울렸다.

"정신 나간 인간 아냐, 당신?"

"잘못했습니다, 위원장 동지."

그때 벌떡 일어선 김영철이 방바닥에 무릎을 꿇었다. 그러고는 두 손을 모으고 김동호를 보았다.

"용서해주십시오, 위원장 동지."

김동호가 잠자코 시선을 주었다. 이것은 마치 어린 자식이 부모한테 용서를 비는 자세다. 아니, 요즘 세상에는 이런 자식도 없다. 이윽고 김동호가 고개를 끄덕였다.

"좋아, 오늘 회의는 이것으로 끝."

오늘은 트럼프와의 정상회담에 대비한 예비 회의다. 회담이 열흘 남았다.

식겁을 한 김영철 등이 방을 나갔을 때 김동호가 소파에 등을 붙이고 앉아 벽에 붙은 대형 초상화를 보았다. 김일성과 김정일의 초상화다. 그 둘을 보면서 김동호는 얼른 여기를 떠나고 싶은 충동이 일어났다. 이곳은 궁전이다. 주석궁이라고 하지 않는가? 대리석이 깔린 바닥, 웅장한 건물, 세계 최고의 시설, 그리고 나는 누구인가? 위대하신 위원장 동지다. 보라, 69세의 김영철도 내 한마디면 바지에 오줌을 질질 흘리면서 무릎을 꿇고 빌지 않는가, 잘못한 것도 없으면서 말이다. 그런데 싫다.

외교부장 최선희가 들어섰을 때는 1시간쯤 후인 오후 5시, 트럼프와의 정상회담에 대비한 설명을 듣기로 했기 때문이다. 며칠 전부터 약속이 되어 있었기 때문에 어쩔 수 없다. 아까는 간부회의였고 지금은 외교전문가인 최선희와 손발을 맞춰야만 한다. 트럼프와의 회담에서는 경제 제재 완화와 핵 포기를 세부 단계로 나눠서 합의하자는 것이 최선희가 중심이 된 외교파의 주장이다. 지금 김동호는 최선희와 전략을 짜려는 것이다. 외교파 주장은 온건파라고 불린다. 1시간 전에 식겁을 하고 나간 김영철은 강경파의 수장이다. 김영철은 온갖 거짓말로 시간을 때우면서 남한에 겁을 주고 선거가 눈앞에 닥친 트럼프를 구슬리든지 협상을 해서 끝까지 핵을 갖자는 것이다. 최선희가 두 손을 무릎 위에 단정히 얹은 자세로 앞쪽에 앉았을 때 김동호가 물었다.

"동무, 이번이 세 번째 정상회담인데 트럼프가 우리 페이스에 말려들 것 같나?"

그때 최선희가 숨부터 들이켰다.

"힘들 것 같습니다, 지도자 동지."

"그럼 이번에는 어떻게 나올 것 같나?"

"이번에는 확실한 조치를 요구할 것 같습니다. 지금까지 속았다고 생각하고 있거든요."

"뭘 내놓아야 한단 말인가?"

"예, 그래서 영변의 핵 시설을……."

최선희가 주저하는 표정으로 말을 멈췄다. 이때쯤 되면 김정은의 언성이 높아져야 정상이다. 그러나 김동호는 눈만 끔벅였다. 영변의 핵 시설도 허당이다. 없애버려도 되는 것이다. 그러나 그것도 안 내놓아야 한다. 낭떠러지 작전. 낭떠러지 위에서 엉켜있을 때 '악질이 이긴다'는 작전이다. 그때 김동호가 입을 열었다.

"저놈들이 영변의 핵 시설이 위장되어 있다는 걸 모를까?"

"알 겁니다."

"그런데도 넘어가?"

"그럴 가능성이 좀 있습니다."

"선거 때문에?"

"예, 트럼프가 급하거든요."

최선희가 열심히 말을 이었다.

"이번에 성과를 내야 하기 때문에요. 그래야 선거에서 이깁니다."

"그래서 영변 핵 시설이 진짜라고 트럼프가 선전한단 말인가?"

"예, 그래서 영변에 쓰다 버린 핵 시설을 가득 채워놓고 있습니다."

"CIA가 다 알고 있을 거야."

"하지만 트럼프가 입을 막을……."

"가능성이 있단 말이지?"

"예, 위원장 동지."

김동호가 지그시 최선희를 보았다. 노련한 외교관이다. 어쨌든 애국자다, 북한의.

백철이 유근수에게 물었다.

"연락 없지?"

"없습니다."

한숨을 쉰 유근수가 말을 이었다.

"조마조마합니다. 그렇다고 누구한테 말할 수도 없고……."

백철이 고개를 끄덕였다. 만일 언론에서 한 줄이라도 보도하면 난리가 날 것이다. 악마가 핵을 쏘려고 북한으로 갔을지도 모른다는 뉴스가 났을 때 어떻게 되겠는가? 미국, 일본 등 동맹국과 주변 국가들도 그 정보를 알고는 있지만 모두 입을 다물고 있다. 만일 그 뉴스를 터뜨리면 세계 각국의 공적이 될 것이기 때문이다. 한국에서 수백만 명의 피난민이 도망쳐 나가고 한국에 와 있는 외국인, 외국 투자기업 등이 쏟아져 나가는 데다 주가는 바닥으로 떨어진다. 핵이 폭발하지 않아도 한국은 15일 안에 망한다는 계산이 나온다. 그때 백철이 말했다.

"9일 후에 미국과 북한의 정상회담이 열리는데 별일 없을지 모르겠군."

정상회담은 하와이에서 열린다. 본래 제주도에서 열기로 했다가 미국이 하와이로 바꿔버렸다. 그것은 악마가 한국에서 대살육을 일으켰기 때문이다. 북한의 김정은은 악마를 무서워하지 않는지 괜찮다는 입장이었지만 미국 측이 극력 주장해서 하와이로 옮긴 것이다. 유근수가 혼잣말처럼 말했다.

"무소식이 희소식이라지만 괜찮다는 한마디라도 연락이 왔으면 좋겠는데……."

"지금 며칠 되었나?"

불쑥 백철이 묻자 유근수가 바로 대답했다.

"예, 5일 되었습니다."

"젠장. 내가 요즘 악몽을 꾼다."

이번에는 백철이 혼잣소리처럼 말했다.

"핵폭발 꿈."

"……."

"내가 핵폭발로 날아가서 북한 김정은이 옆에 떨어지는 거야."

"……."

"그 꿈을 두 번이나 꿨어."

유근수가 개꿈이라고 말하려다가 상관에게 개 자가 들어간 말을 쓰면 안 될 것 같아서 입을 다물었다.

도날드 트럼프가 문득 고개를 돌려 옆에 선 볼턴을 보았다.

"이봐, 볼턴, 이번에 그 시발놈이 뭘 내놓을 것 같나?"

"아뇨."

간단하게 대답한 볼턴의 얼굴에 쓴웃음이 번졌다.

"아마 영변의 가짜 핵 시설을 폐기하는 쇼를 할 가능성이 있습니다."

둘은 대통령 집무실인 오벌룸에서 마주 보고 앉아 있다. 볼턴이 말을 이었다.

"그자들은 각하가 선거를 앞두고 한 건 올리려고 하는 줄로 압니다."

"갓댐."

"이번 회담에서 우리가 얻을 것이 없을 것 같습니다."

볼턴이 똑바로 트럼프를 보았다.

"각하, 만일 영변 핵 시설 폐기와 우리의 경제 제재 해제를 바꾼다면 후유증이 클 것입니다."

"……."

"CIA 보고서 읽어보셨지요? 놈들은 영변에다 폐기된 자재, 시설을 들여놓고 있습니다. 진짜로 중요한 핵 시설처럼 위장하는 것이지요. 그놈들은 한 번 폐기시켰던 영변 핵 공장을 다시 위장하고 있는 것입니다."

"볼턴, 자네는 너무 부정적이야."

"국가를 위해서 말씀드리는 겁니다."

"알았어."

트럼프가 고개를 끄덕였기 때문에 볼턴이 자리에서 일어섰다.

백악관 복도를 걸으면서 볼턴이 보좌관 에리슨에게 말했다.

"트럼프가 쇼를 할 것 같다."

"그럼 영변을 진짜 핵 시설로 받아들이고 경제 제재를 푸는 겁니까?"

"성과를 보이려는 거지. 그게 재선에 도움이 될 것이거든."

"CIA 자료가 있는데도요?"

"그것이 오픈되었을 때는 선거가 끝났을 때야. 트럼프가 재선이 된 후라고."

볼턴이 찌푸린 얼굴로 에리슨을 보았다.

"재선이 되고 나서 CIA 국장을 갈아치우면 돼. 그 자료를 덮으라고 지시하면서 말야."

에리슨이 걸음을 늦췄다.

"어떻게 그럴 수가 있습니까? 미국의 안보가……."

"미국 안보는 걱정 없어. 한국이 위험하지."

"한국은 동맹국 아닙니까?"

"동맹국은 개뿔이야, 트럼프한테는."

어깨를 추켜올린 볼턴이 말을 이었다.

"한국이 없어도 돼. 일본으로 중국을 막으면 충분해."

"……."

"한국은 돈만 축내는 못난 아들이나 같아."

"그래도 한국은 70년이나……, 더구나 우리 미군이 4만 7천 명이나 전사하면서 지켜준 나라 아닙니까?"

"개뿔."

볼턴이 다시 고개를 저었다.

"트럼프한테는 동맹국이고 우방이고 전통이고, 의리 따위는 없어. 오직 돈, 손해 안 보는 거야. 나한테 현재 이득이냐 손해냐는 것뿐이고. 그런 트럼프한테 박수 치는 놈들이 대통령으로 뽑아준 거야."

에리슨은 입을 다물었다.

"이봐, 제이크."

볼턴이 나가고 비서실장 제이크 모간이 들어와 앉았을 때 트럼프가 불렀다.

"예, 각하."

제이크는 트럼프가 사업할 때 비서로 데리고 다니던 인물이다. 백악관에 들어와서 정치 감각이 있는 비서실장을 곁에 두었지만 다 나가고 제이크가 3번째다. 트럼프 성격을 가장 많이 아는 터라 입 안의 혀 같은 인물이지만 정치판에는 맞지 않는다. 그저 시키는 대로만 하는 집사형이다. 트럼프가 말을 이었다.

"회담 전에 볼턴을 갈아치워야겠어. 볼턴 후임으로 누가 좋겠나?"

"어떤 유형으로 할까요?"

"선거에 도움이 될 놈이면 강아지도 좋아."

"알겠습니다. 언제까지 고를까요?"

"내일까지."

"셋을 추천하겠습니다. 그런데 볼턴한테는 언제 통고합니까?"

"새 안보보좌관을 선정하고 나서."

"볼턴한테 통고는 제가 합니까?"

"아니, 트위터로 내가 하면 돼."

이것으로 볼턴의 안보보좌관 자리는 날아갔다.

국무회의, 주석궁의 회의실에 20여 명의 당 고위직이 둘러앉았다. 서열 2위인 김영남 상임위 의장부터 3위 공산당 위원장 오국진, 4위 국토 통일 위원장 박병권 등이 둘러앉았는데 모두 숨도 쉬지 않는 것 같다. 그중에 김동호가 몸에 들어가 있던 9위의 호위총국장 오근택도 긴장한 표정으로 앉아 있다. 오후 8시 반, 오늘 회의 주제는 북·미 정상회담에 대비한 준비태세 강화다. 김동호가 상반신을 조금 일으키면서 입을 열었다.

"자, 말해보라우."

"예, 위원장 동지."

먼저 입을 연 것이 이번에 김동호를 수행한 평화회담 대표 조천수다. 서열 11위, 조천수는 서열 22위로 오른 외교부장 최선희와 둘이 김동호를 보좌하고 있다.

"전쟁 준비는 철저히 해야 됩니다. 우리가 만반의 준비를 갖추고 있는 것이 가장 중요합니다."

조천수는 제2군사령관 출신으로 현역 육군 대장이다. 58세, 아직 젊은 나이에 강성(强性)으로 김정은의 신임을 받고 있다. 붉은 얼굴을 든 조천수가 말을 이었다.

"그렇게 되면 미국은 긴장할 것입니다, 일단 남한에 있는 미국인 신변이 위험할 테니까요."

모두 입을 다물고 있다. 조천수가 곧 김정은의 대리인인 것이다. 조천수의 말을 김정은의 말씀으로 이해하고 있다. 그때 무력부장 장수영이 입을 열었다.

"그렇습니다. 위대하신 위원장 동지께서 영도하신 조선 인민군은 철통같은 준비 태세를 완비하고 있습니다."

어깨를 부풀린 장수영이 목소리를 높였다.

"미국 놈들이 어떻게 도전하건 간에 초전에 박살낼 자신이 있습니다!"

그때 김동호가 고개를 들고 조천수를 보았다.

"영변은 어떻게 처리하고 있나?"

"예, 위원장 동지."

지도자의 지명을 받은 조천수가 어깨를 폈다.

"시설을 모두 채워놓았습니다. 직접 가서 본다고 해도 믿을 것입니다."

"회담 준비는 다 되었나?"

"예, 위원장 동지."

"이번에 미국의 경제 제재를 풀어야 한다."

"예, 위원장 동지."

"못 풀면 책임을 지도록."

순간 조천수의 얼굴이 누렇게 굳어졌다. 회의실 안은 순식간에 숨소리도 들리지 않는다. 책임을 지라는 말은 무슨 말인가? 죽음으로 책임을 진다는 말이다. 그때 김동호가 물었다.

"책임지겠는가?"

"예, 위원장 동지."

조천수의 목소리가 떨렸다. 이마에서 땀방울이 솟아났고 눈동자가 흐려졌다. 김정은이 이렇게 나올 줄은 몰랐던 것이다. 책임을 지라니, 이제 죽은 목숨이다. 지금까지 정상회담에 대비해서 2인자 노릇을 톡톡히 해왔던 조천수다. 큰일 났다.

악마는 사라졌다고 봐야 된다. 총정치국장 고명호의 몸 안에 들어갔던 악마는 일단 재가 되어서 사라졌다. 그러나 영영 없어진 것은 아니다. 악마 없는 세상은 없다. 그렇다면 이곳 북한에 나타날 것인가? 김동호가 둘러앉은 북한의 지도자들을 바라보면서 생각하고 있다. 그때 말석에 앉아 있던 사내가 손을 들었다. 발언권을 신청한 것이다. 시선을 든 김동호는 그것이 서열 29위의 오동철인 것을 보았다. 북남교류위원장인 그는 지난번에 남한과 경제협의를 했다가 미국의 경제 제재 때문에 무산이 되었다. 김동호가 고개를 끄덕이자 오동철이 자리에서 일어섰다.

"위원장 동지, 저도 책임을 지겠습니다."

모두의 시선을 받은 오동철이 소리치듯 말을 이었다.

"정상회담 수행원으로서 이번 회담을 성공시키지 못한다면 저도 목숨을 내놓겠습니다."

오동철은 이번 정상회담의 수행원으로 하와이로 같이 갈 예정인 것이다. 김동호가 물끄러미 오동철을 보았다. 현역 해군중장, 천안함을 어뢰로 쏜 잠수함 함장이 오동철이었다. 그때 대좌였다가 지금은 중장이다. 오동철에게서 시선을 뗀 김동호가 결심했다. 당분간 북한에서 지도자로 있어야겠다, 정상회담도 하고.

4장
엑소더스

김동호가 침실로 들어서자 기다리고 있던 여자 둘이 일어섰다.

"누구냐?"

놀란 김동호가 물었다가 곧 김정은의 기억이 되살아났다. 지금 김동호는 김정은의 몸으로 양쪽 기억을 다 보유한 상태다. 여자들은 기쁨조, 김정일 시대부터 이어져 오는 기쁨조 체제는 왕을 모시는 후궁이나 시녀들 같다. 김동호가 묻는 바람에 당황한 여자들이 대답도 못 하고 몸을 굳혔을 때 김동호가 곧 수습했다.

"아, 됐다. 내가 오늘은 혼자 있고 싶으니까 돌아가."

여자들을 내보낸 김동호가 이곳이 마치 감옥 같다는 생각이 들었다. 이곳은 화려한 감옥이다, 극락으로 위장한 감옥. 침대에 앉은 김동호가 방 안을 둘러보았다. 대리석 벽에 백마를 탄 사진이 걸려 있다. 백두산 밑이다. 도무지 사방에 이런 그림, 사진이 걸려 있는 것이 몇 장인지 모르겠다. 방 안의 불을 끈 김동호가 침대에 누우면서 길게 숨을 뱉었다. 우선 다이어트부터 해야겠다. 누워서도 몸이 거북하구나.

다음 날 오전 9시 반, 김동호가 주석궁 지하 1층의 전용 식당에 앉아 있다. 아침 식사 시간이다. 눈앞의 식탁에는 수십 가지의 요리가 놓여 있었는데 대부분이 기름진 요리다. 식탁 주위에 둘러선 요리장과 종업원들은 잔뜩 긴장하고 있다. 지난번에도 김동호가 요리에 거의 손을 대지 않았기 때문이다. 김동호가 어깨를 부풀렸다가 내리고는 옆에 선 요리장을 보았다. 요리장 권성은 지금 12년째 주석궁 요리장이다.

"요리장."

"예, 위원장 동지."

"오늘부터 내 식단은 다이어트 식단으로 꾸려라."

"예, 위원장 동지."

"이거 다 치우고 채소, 과일 위주로 가져와라."

"예, 위원장 동지."

"내가 이제 12일 후에는 트럼프를 만나."

"예, 위원장 동지."

"그놈 만나기 전에 30킬로쯤 몸무게를 줄여야겠어."

"예?"

놀란 권성이 숨을 들이켰다. 권성은 62세, 김정일 시대에도 주방장으로 모셨던 인물이다. 그래서 온갖 억지소리도 다 들었지만 이럴 수는……, 권성이 입 안의 침을 삼키고는 두 손을 모았다.

"위원장 동지, 12일 안에 30킬로는 도, 도저히……."

"얼마 정도가 가능하겠는가?"

"저, 저는……."

"그럼 20킬로로 하지."

김동호가 눈을 부릅뜨고 권성을 보았다.

"나도 적극 협조할 테니까, 알았나?"

"예? 예."

"지금부터 실시다."

김동호가 엄숙하게 선언했다.

"12일간 20킬로다."

미사일 부대 사령관 유춘택 대장과 원산 북방 탄도탄 기지 사령관 윤봉호 중장이 대기실에서 기다린 지 두 시간이 지났을 때 문이 열렸다. 오전 11시 반, 오늘 김정은과의 면담이 예정되어 있는 것이다. 김정은의 지시를 받아야 한다. 마지막 지시. 오늘 지시를 듣고 원산 기지에서 탄도탄 1발을 발사해야 한다. 물론 '핵'탄은 아니다. 일반 폭약이 든 탄도탄이다. 좌표는 연평도 위쪽의 무인도. 그 무인도를 날려버리려는 것이다. 한반도를 동에서 서로 횡단하는 대륙간 탄도탄이다. 이것을 목격한 일본, 미국은 식겁을 하게 될 것이다. 한국은 무신경한 상태라 오히려 일본, 미국이 더 긴장하게 된다. 그것이 트럼프와의 협상에 도움이 되지 않겠는가? 김동호가 수행 장군들의 호위를 받으며 들어서자 둘은 벌떡 일어섰다. 고개를 끄덕인 김동호가 상석에 앉더니 눈으로 의자를 가리켰다.

"앉으라우."

"옛, 위원장 동지."

둘이 엉덩이의 삼분의 일만 의자에 걸치고는 상체를 직각으로 세우고 앉았다. 눈을 부릅뜨고 깜박이지도 않는다. 김동호가 입을 열었다.

"발사는 내일 정오다, 12시. 알았나?"

"예, 위원장 동지."

둘이 동시에 대답했다.

"목표는 틀림없이 맞히겠지?"

"예, 위원장 동지!"

이번 대답은 원산 기지 사령관 윤봉호만 했기 때문에 김동호가 유춘택을 보았다.

"동무는 왜 대답 안 해?"

"예! 위원장 동지!"

놀란 유춘택이 벽력같이 대답했다.

"자신 있습니다!"

"둘 다 책임져."

"예, 위원장 동지!"

이번에는 둘이 동시에 대답했다.

"내일 12시 정각, 내가 별도 지시를 하지 않더라도 발사한다."

"예, 위원장 동지!"

둘의 표정은 굳어져 있다.

대기실을 나온 김동호가 복도를 걷는다. 뒤에 수행 장군 둘이 3미터쯤 떨어져서 따르고 있다. 내일 오전 12시 정각에 원산 북방의 미사일 기지에서 쏜 탄도탄이 한반도를 동서로 횡단하여 연평도 북측 3킬로 지점인 무인도 안학도를 폭파시킬 것이다. 안학도는 면적이 직경 1백 미터가량의 바위섬인데 이번 탄도탄 폭격으로 섬이 통째로 없어질 것이었다. 핵은 아니지만 엄청난 위력의 폭탄이다. 이것을 본 세계 언론이 대서특필을 할 것이다. 미국 방송에서도 난리가 나겠지. 트럼프와의 협상용이다. 사건을 크게 벌여놓아야 수습할 때 더 큰 생색이 나는 법이다. 트럼프에게도 나쁜 일이 아니다. 장사꾼인 트럼프도 이쪽의 의중을 짐작하고 있을 것이다, 그자의 머릿속에는 재선뿐이니까. 한국의 안위 따위는 1달러 가치도 없다.

6·25 때 4만 7천 명의 미군 전사자를 낸 의리? 지금 트럼프의 심정으로는 그 전사자 4만 7천 명에게 각각 1백만 불쯤의 위자료를 한국정부로부터 받아 내고 싶을 것이다. 그러면 얼마냐? 470억 불이다. 김동호가 김정은과 함께 생각하면서 주석궁 복도를 걷고 있다.

검은 공간, 이곳은 우주도 아니고 천국도, 지옥도 아니다. 눈에 보이는 별자리가 떠 있는 공간 그 위쪽에, 겹치고 겹친 차원을 넘어서 검은 공간이 있다. 이곳이 창조주의 공간이다. '펑' 하고 우주가 터지면서 지금도 계속 팽창되어 간다는 우주 탄생의 원리는 믿거나 말거나다. 인간 수명은 1백 년, 인공지능, 기계, 생명공학 등의 발달로 몇백 년씩 수명이 연장되겠지. 그러나 시간이 늘어날수록 인간과 기계의 구분이 모호해진다. 인간과 닮은 기계를 만들어내려고 노력하다가 결국은 기계가 지배하는 세상이 된다. 그러고 나서 기계가 인간을 닮으려고 연구에 연구를 거듭할 것이고 수만 년이 지나면 마침내 원소가 되어 검은 공간으로 들어간다. 그곳에서 생성된 악마와 신이 또 내려오는 것이다. 무수한 반복, 이것이 우주 생성의 원리다.

"여기."

악마가 지구 한 귀퉁이를 손을 짚으며 말한다.

"이곳이 비었다."

"곧 내려 보내지요."

악마의 제자가 바로 대답했다. 악마도, 제자도 형체가 없다. 그저 검은 공간 속에서 목소리만 들릴 뿐이다. 제자가 말을 잇는다.

"신(神)의 아들과 싸우다가 소멸된 것입니다."

"이기고 지는 건 관심 없어. 균형이 맞지 않는다는 말이야."

"예, 형체가 소멸되었기 때문에 제가 직접 내려가서 만들어 놓고 오겠습니다."

바쁘다, 악마의 사업이 지구에만 국한된 것이 아니니까. 수만 개의 행성에 존재하는 생명체를 신(神)과 악마의 구도로 나눠서 정리해줘야 된다, 그래야 궁극적으로 각 행성이 발전할 수 있으니까. 뭐? 악화가 양화를 구축하고, 도태되고 따위의 표현은 진부하다. 그것이 우주 생성의 원리라니까. 그렇지 않으면 다 멸망한다. 진즉, 이래야 길게 존속된다니까 그러네.

볼턴이 핸드폰에 뜬 SNS 문자를 보았다. 트럼프가 보낸 문자다.

"귀하는 오늘 자로 국가안보보좌관 직에서 해임되었음을 통보합니다. 그동안 헌신적으로 노력해준 것을 잊지 않겠습니다. 도날드 트럼프."

"이런."

오전 10시 반, 11시에 공화당 하원 원내총무 마크 이스턴을 만나러 가는 차 안이다. 저도 모르게 탄성을 뱉은 볼턴의 얼굴에 쓴웃음이 띠어졌다.

"선 오브 비치."

운전사 조지가 백미러를 보았기 때문에 그곳에서 시선을 마주친 볼턴이 말했다.

"조지, 혼자 한 소리야."

"예, 보좌관님."

"나 지금 해임되었어. 트럼프가 날 해임시켰다고 문자를 보냈군."

"미친놈이죠."

50대 중반의 조지는 흑인으로 볼턴과 10년이 넘게 관계를 이어 왔다. 조지가 말을 이었다.

"보스, 좀 쉬시죠. 차라리 잘되었습니다."

"12일 후에 미·북 정상회담인데 트럼프가 어떻게 나올지 뻔하구나."

"보스가 거추장스럽겠죠."

조지가 이제는 대놓고 말했다. 지금까지 차 안에서 다 듣고만 있었기 때문에 내막을 누구보다도 잘 안다.

"선거에 이기려고 다 내줄 겁니다. 아마 김정은하고 비밀거래도 할지 모릅니다."

볼턴이 의자에 등을 붙였다. 보좌관에서 해임된 것은 전혀 서운하지 않다. 다만 그것이 걱정이다.

"어떻게 저런 인간이 미국 대통령이 되었지?"

볼턴이 혼잣소리처럼 말했을 때 조지가 대답했다.

"처칠이 그랬지 않습니까? 그 국민이 그 대통령을 뽑는다고 말입니다. 어쩔 수 없지요."

말문이 막힌 볼턴이 쓴웃음을 지었을 때, 조지가 백미러를 보았다.

"보스, 이스턴 씨 만나러 가실 겁니까?"

새 보좌관으로 추천을 받은 인사는 공화당 안보연구회의 커크 매디슨 의원, 45세, 부친 알렉산더 매디슨의 지역구를 이어받은 2세 정치인. 욕심이 많아서 제이크 모간의 연락을 받더니 대번에 충성을 맹세했다. 무슨 일이건 목숨을 바쳐서 따르겠다는 것이다. 그런 인간인 줄 알았기 때문에 트럼프가 골랐다. 모간의 보고를 받은 트럼프가 이제는 친히 커크에게 전화를 시도.

"커크, 나 도날드요."

"예, 각하. 안녕하십니까?"

커크가 사근사근한 목소리로 대답했다.

"기다리고 있었습니다."

"어때요, 해보겠소?"

"영광입니다, 각하. 각하의 지시를 충실히 따르겠습니다."

"이제 미·북 정상회담이 7일 남았어요. 커크, 이런 때 안보보좌관을 교체하게 되어서 황당합니다."

멀쩡한 볼턴을 이유 없이 잘랐으면서 트럼프가 남의 탓처럼 말했다.

"이번 정상회담은 지금까지의 회담보다 중요해요. 그래서 보좌관이 잘해줘야겠어."

"알겠습니다, 각하."

"그럼 지명했다는 발표를 하겠소."

이렇게 안보보좌관이 교체되었다.

다음 날 오전 11시 35분, 일본 해상자위대 상황실 안, 당직 장교 마쓰다 대좌가 전화를 받는다. 직통보고 전화. 상대는 동해상에서 작전 중인 제2함대 소속 순양함 '산시치호' 함장 요리나가 대좌.

"무슨 일이야?"

마쓰다가 소리치듯 물었다. 요리나가와 마쓰다는 해군병학교 동기다. 그때 요리나가가 말했다.

"원산 북방 북한 대륙간 탄도탄 기지의 발사구가 열렸어, 젠장."

"아니, 그 자식들은 이틀쯤에 한 번씩 오줌 싸는 것처럼 열고 닫잖아?"

마쓰다가 소리쳤지만 긴장했다. 요리나가가 직보한 것이 꺼림칙했기 때문이다. 그때 요리나가가 소리쳤다.

"이번에는 25분 동안 열어놓고 있단 말이야! 다른 때는 10분간쯤 열고 닫았거든!"

"환기하려는 것이겠지, 놔둬."

"발사 준비를 하려면 1시간 동안 열어놓아야 돼."

"12시까지 기다려 봐. 그때 비상 걸어도 늦지 않아."

"갓댐."

"열어놓고 쏜다고 해도 일본해로 건너오기 전에 우리가 요격할 수 있어."

일본해는 동해다. 맞다. 동해에 지금 이지스함 2척, 구축함 4척이 떠 있다. 모두 요격 미사일을 갖추고 있어서 고공으로 치솟지 않는다면 백 퍼센트 요격한다. 한국 이지스함도 1척 떠 있었으니까 동해상이나 일본 본토를 겨냥한 탄도탄은 다 맞힌다. 그때 마쓰다가 입을 열었다.

"이봐, 요리나가. 만일, 만일 말인데."

"그 탄도탄이 서쪽으로 날아가면 어떻게 할 것이냐구?"

요리나가가 불쑥 되물었다. 서로 같은 생각을 하고 있었다는 증거다. 그때 마쓰다가 대답했다.

"그래, 그럴 가능성도 있지 않겠어?"

"남쪽으로 쏠 리는 없고 그럴 가능성은 있지."

"그때 한국군이 어떻게 반응할까?"

"어떻긴, 뻔하지."

이미 여러 번 작전 회의석상에서 논의된 일이었기 때문에 마쓰다가 말을 이었다.

"탄도탄이 북한 영내를 가로질러 갈 것이기 때문에 한국군은 쳐다만 볼 수밖에 없어."

그리고 서해상에 떨어질 것이다. 그것만 하더라도 한국 측에는 무시무시한 위협이다. 미국도 긴장해야만 한다. 왜냐하면 미국과 한국은 동맹국이며 주한 미군까지 주둔하고 있다. 일본? 일본은 한국의 동맹국이 아니다. 일본의 동맹국은 미국이다. 미국을 중심으로 일본과 한국이 얽혀 있는 셈이지. 그때 옆에서 부관이 전화기를 들고 다가왔다.

"사령님, 미사카호에서 연락이 왔습니다."

이것도 원산 탄도탄 기지 발사구가 열렸다는 보고일 것이다.

같은 시간 한국군 합참의장 최기만 대장이 모니터에 대고 말했다.

"전군 경계태세 강화 지시를 내릴 것."

상대는 3군 참모총장이다. 지금 최기만은 3명과 동시에 화상통화 중이다.

"장교는 모두 영내 대기, 명령을 기다릴 것."

11시 45분이다. 모니터를 끈 최기만이 옆에 앉아 있는 백철을 보았다. 이곳은 합참의장실 안, 인류수비대 사령관인 백철이 와 있는 것이다.

"요즘 자주 탄도탄 기지 발사구를 열고 닫는 것이 긴장을 완화시키려는 수작 같군. 오늘은 좀 길어."

백철과 최기만은 육사 동기다. 20분 전, 최기만은 한국 상공에 떠 있는 조기 경보기로부터 원산 북방의 탄도탄 기지 발사구가 열렸다는 보고를 받은 것이다. 최기만이 말하자 백철이 고개를 끄덕였다. 발사구는 이틀 전에도 열렸다가 20분 만에 닫혔다. 작동 시험을 하는 것이다. 1달 평균 12회에서 15회 정도 열렸다가 닫히지만 그때마다 긴장을 해야만 한다. 상황이 좋지 않을 때는 경계경보에서 격상시킨 비상경보를 내릴 수도 있지만 그때는 대통령에게 보고를 해야만 한다. 그때 최기만이 백철에게 물었다.

"지금 김동호가 북한에 가 있다고?"

"응, 그래서 내가 오늘 여기 온 거야."

백철이 갑자기 찾아온 이유를 밝혔다. 원산 북방의 탄도탄 기지 발사구가 열렸다는 보고를 받자 백철이 바로 이곳에 온 것이다. 백철의 지휘실과 합참의장 상황실은 아래위층이다. 백철이 말을 이었다.

"지금 연락이 끊겨서 내가 간이 타는 심정이야."

그때 최기만이 무심코 벽시계를 보았다. 벽시계가 11시 59분을 가리키고 있다.

"구내식당에서 점심이나 먹지."

최기만이 책상 위를 정리하면서 말했다.

"후딱 먹고 돌아와서 그놈의 발사구가 닫히는 걸 봐야지."

고개를 끄덕인 백철이 시계를 보면서 자리에서 일어섰을 때다. 문을 박차고 부관이 뛰어 들어왔다. 눈을 치켜뜬 표정을 본 둘이 숨을 들이켰다. 그때 부관이 어깨를 추켜올리면서 보고했다.

"탄도탄이 발사되었습니다!"

"갓댐."

워싱턴, 백악관의 침실에서 전화기를 귀에 붙인 트럼프가 버럭 소리쳤다.

"쏘았어?"

"예, 각하."

대답한 사람은 이번에 안보보좌관이 된 커크 매디슨.

"12시 정각에 쐈습니다. 대륙간 탄도탄입니다."

"어디로? 일본 쪽으로?"

"아닙니다. 서쪽으로, 3,500킬로 사정거리 '무수단'입니다."

"그럼 중국?"

트럼프의 목소리가 커졌다. 침실 밖으로 나온 트럼프에게 매디슨이 말을 이었다.

"아닙니다. 거기까지는 날아갈 고도가 아니라고 합니다."

"음, 그렇다면……."

"한반도 서해상에 떨어진다고 합니다."

"그 교활한 놈."

이미 주한 미군, 태평양 사령부 등에서 여러 번 그 가능성을 보고했기 때문에 트럼프는 놀라지는 않았다. 그러나 김정은의 담대함과 승부사적 기질에 감동한다.

"그놈, 참."

트럼프의 얼굴에 쓴웃음이 떠올랐다. 문득 김정은이 동업자처럼 느껴졌기 때문이다.

아베 수상 관저, 이곳 상황실에는 상황판에 탄도탄의 궤적이 나타나 있다. 탄도탄은 이미 한국 정부 전선 위쪽 고공에 떠 있다. 한반도를 가로질러 날아가는 것이다.

"탄착 지점은 이곳입니다."

방위성 미사일 부대장 아카모토 소장이 레이저건으로 상황판의 한 곳을 비췄다. 연평도 옆쪽 섬.

"앞으로 12분 후에 도착합니다."

12시 7분, 상황실에는 아베와 방위성 장관, 관방장관, 그리고 담당 군 간부들이 모여 있다. 아카모토가 말을 이었다.

"이 탄도탄은 사정거리 3,500킬로급의 '무수단'형으로 핵 탑재가 가능합니다."

"핵 탑재 가능성은?"

아베가 묻자 모두의 시선이 모였다. 대답이 없는 것은 그럴 리가 없다는 표시일 것이다. 그때 아카모토가 말을 이었다.

"탄도탄의 탄착점은 이곳 안학도라고 불리는 무인도입니다."

한국 대통령 임홍원이 합참의장 최기만에게 물었다.

"확실해요?"

"예, 대통령님."

화면에 비친 최기만의 얼굴은 굳어 있다. 청와대 지하 비상상황실 안, 오후 12시 10분, 북한의 원산 기지에서 ICBM이 발사된 지 10분. 지금 대통령은 비상상황실로 들어와 합참의장, 미사일 방어 사령관, 3군 참모총장, 인류수비대 사령관까지 군 지휘부를 모두 화상으로 소집시켜 비상작전회의 중이다. 미국, 일본에 비교해서 가장 효율적 체제다. 물론 미군사령부와 한미연합사 사령부도 비상 상태로 돌입하여 작전 중이겠지. 그때 임홍원이 다시 물었다.

"탄착 지점이 연평도 옆쪽 안학도라면 연평도에 피해는 없겠소?"

"거리가 4킬로 떨어져 있기 때문에……."

"그 폭탄에 핵이 없다고 보장합니까?"

"대통령님, 그것은……."

"그 탄도탄이 북한 영공을 날아온다고 해도 요격시킬 수는 없는 거요?"

"예, 곤란합니다. 방금 연합사 사령관 윌슨하고도 상의했지만 그럴 수 없다는군요."

"요격이 불가능해요?"

"요격은 가능합니다. 그런데 북한 상공이라서……."

"탄착점이 연평도 옆이라고 했잖소?"

"예, 무인도인 데다 NLL 선상에 있어서 우리 영토에 속한다고 볼 수도 없기 때문에……."

"국민들이 놀랄 것 아니오!"

임홍원이 버럭 소리쳤기 때문에 옆에 앉아 있던 안보수석이 깜짝 놀랐다. 벽에 붙은 12개의 대형화면에 떠 있던 10명의 군 고위층, 당국자 얼굴도 일제히 굳어졌다. 그중에 국무총리 얼굴도 있다. 그때 임홍원이 눈을 치켜뜨고 말했다.

"전국에 비상공습경보를 내리고 북한의 ICBM이 연평도 옆 안학도에 떨어진다고 보도하시오. 지금 당장!"

"예!"

모두 엉겁결에 대답했고 임홍원이 주먹으로 테이블을 쳤다.

"국민들이 갑자기 놀라게 할 수는 없소! 어서 보도하시오!"

12시 11분, 예상 폭발시간 11분 전이다.

주석궁의 상황실에서 김동호가 남한의 방송을 듣는다.

"국민 여러분, 북한의 원산 탄도탄 기지에서 발사된 무수단급 탄도탄이 12시 정각에 서해상 쪽으로 발사되었습니다. 탄도탄의 탄착 지점은 연평도 우측 NLL상 35킬로 지점인 안학도이며 앞으로 10분 후인 12시 24분에 도착할 것입니다."

김동호는 의자에 등을 붙였고 아나운서가 말을 잇는다.

"국민 여러분은 놀라지 마시고 군의 방공훈련에 적극 협조하여 주시기 바랍니다."

김동호가 손짓을 하자 옆에 선 비서가 리모컨으로 음소거를 시켰다. 고개를 돌린 김동호가 옆에 선 미사일부대 사령관 유춘택을 보았다.

"아마 한국, 미국 TV가 안학도를 겨누고 있을 텐데 제대로 맞히는 거지?"

"예, 위원장 동지."

부동자세로 선 유춘택이 말을 이었다.

“제대로 맞힐 것입니다.”

“폭발은 하나?”

“예, 위원장 동지.”

“폭발 안 하면 그거 개망신이야.”

“예, 위원장 동지.”

김동호가 고개를 돌려 벽에 붙은 상황판을 보았다. 이곳은 주석궁 지하 8층의 전쟁 상황실 안, 미국의 원자폭탄이 터져도, 벙커부스터 폭탄이 꽂혀도 끄떡없는 곳이다. 벽에 붙은 상황 스크린에는 원산에서 발사한 무수단 2호의 궤적이 그려져 있다. 무수단 2호는 사정거리 3,500킬로급이었기 때문에 베이징, 도쿄까지 너끈히 사정거리 안에 들어간다. 김동호의 시선이 말석에 앉은 최선희에게 옮겨졌다.

“이봐, 최 부장.”

“예, 위원장 동지.”

“트럼프가 새 안보보좌관을 임명했지?”

“예, 그렇습니다.”

“그놈한테 연락해서 하와이 회담을 성공적으로 끝내자는 메시지를 보내. 무슨 말인지 알겠나?”

“예, 알겠습니다.”

최선희가 허리를 굽혔고 그 옆에 앉은 김영철은 반듯이 몸을 세웠다. 김영철은 아직 정상회담 멤버에서 빠지지 않았다.

TV를 보던 강한철이 술잔을 내려놓았다. 점심을 먹다가 식당에서 북의 미사일 발사 보도를 보는 중이다.

“지기미, 지금 우리 머리 위를 날아가는 거야?”

서교동 골목의 순대국밥집 안, 강한철이 눈으로 천장을 가리키자 앞에 앉은 배성기가 고개를 끄덕였다. 둘은 옷가게 직원이다.

"응, 8분 전이니까 지금쯤 위에 있겠다."

"가다가 여기로 뚝 떨어지면 어쩌지?"

"핵은 안 들었대."

"그래도 빈 통은 아닐 거 아냐?"

"폭탄은 들었겠지, 일반 폭탄."

"안학도는 확실하대?"

"요즘은 탄도를 봐서 탄착 지점도 계산해내."

"넌 어떻게 그걸 아냐?"

"그건 기본이야, 인마. 너 군대 안 갔어?"

"3년 되었어, 제대한 지."

"난 4년 되었어도 그쯤은 안다."

"난 통신병과라니까."

"난 취사병이었어도 안다."

"이거 7분 30초 남았는데."

그때 TV 화면이 바뀌었다. 어느새 연평도에서 비추는 안학도가 화면에 나타났다. 방송사들이 재빠르게 현지인의 핸드폰 카메라를 이용해서 비추는 것 같다. 그러나 제법 화질이 선명했다. 날씨도 맑다.

"어, 나왔다."

둘뿐만 아니라 식당 안의 시선이 모두 구석 쪽 천장에 붙은 TV 화면에 모였다.

"7분."

마치 카운트를 하는 것처럼 배성기가 시계를 보면서 말했다.

"갓댐."

트럼프가 오벌룸에서 소리쳤다. 엉성하게 셔츠에 바지 차림. 오벌룸 TV에 안학도가 드러났다. 이것은 위성으로 보내진 화면이라 섬이 위쪽에서 통째로 드러났다. 삼각형, 나무가 우거졌지만 작다. 파도가 바위에 부딪치는 것도 보인다.

"6분 전입니다."

당직 비서 유리스가 손목시계를 들여다보고 나서 말했다. 그때 안보실 중령이 보고했다.

"각하, 탄도탄은 방금 서해상으로 나왔습니다."

중령이 벽에 붙은 지도의 한국 서해상을 손으로 가리켰다. 보고를 받은 지 20분도 안 되어서 트럼프는 오벌룸으로 나왔을 뿐이다. 국가 안보 회의를 소집했기 때문에 지금 안보보좌관 커크와 합참의장은 이곳으로 달려오고 있는 중이다. 국무장관, 국방장관과 부통령도 올 것이다. 오후 10시 13분, 트럼프가 다시 투덜거렸다.

"한국에서 난리가 났겠군, 젠장."

이제 트럼프의 두 눈은 번들거리고 있다. 사건이 클수록 미·북회담의 성과도 커질 것이다.

"앗!"

대통령 임홍원이 외친 순간, '번쩍' 섬광이 오르면서 구름이 솟았다. 버섯 기둥 같은 구름이 섬 복판에서 50미터쯤 오르더니 와락 옆으로 기둥이 넓어졌다. 버섯 대가리 같다. 그 순간 그 기둥이 붉은색으로 변했다. 폭음은 들리지 않는다. 그다음 순간 붉은 불덩어리가 섬을 덮었기 때문에 섬은 붉은 불길로 덮였다.

"아앗!"

이번 외침은 둘러앉은 안보실장과 홍보수석의 입에서 터졌다. 이곳은 청와대의 지하 상황실 안, 합참의장과 인류수비대장, 총리와 국방장관까지 화상화면에 나와 있는 중이다. 불길로 덮인 섬은 자취를 감추고 오직 불덩이만 보인다. 불덩이가 바다 위에 떠 있다. 조금 전까지만 해도 푸른 나무에 덮인 숲이 불길과 검은 연기에 덮여 있다.

"이럴 수가."

임홍원의 입에서 겨우 터진 외침 같은 말이다.

"악!"

강한철이 입을 딱 벌리고 TV를 보았다. 폭발 화염이 가시면서 검은 연기가 가득 덮인 바다가 드러났다. 그래서 섬이 보이지 않는다. 엄청난 폭발이다. 처음에 불기둥이 50미터쯤 오르더니 곧 섬이 보이지 않았던 것이다. 그러고 나서 불덩이에 덮였다가 5분쯤이나 지나서야 검은 연기로 바뀌었다. 식당 안은 그 5분 동안 탄식과 신음, 비명 같은 외침만 일어났을 뿐 대화가 일어나지 않았다.

"아앗!"

옆자리에서 누가 비명을 질렀기 때문에 강한철이 눈동자의 초점을 잡았다.

"어이구."

앞쪽에 앉은 배성기가 소리쳤다. 강한철은 숨을 들이켰다. 섬이 드러났다. 아니, 섬이 있던 자리다. 그런데 연기가 가시면서 바다가 드러난다. 바다, 바다. 섬이 보이지 않는다. 검은 연기가 바람에 쓸려 더 비켜났다. 그런데 바다, 바다. 섬이 사라졌다.

"으음."

섬이 사라진 흔적은 있다. 돌무더기, 나뭇가지, 떠다니는 나무둥치, 물속에서 솟은 듯한 나무, 돌무더기, 잔뜩 흩어진 나무가 파도에 흩어지고 있다. 사라졌다. 트럼프가 신음했다. 그때는 먼저 합참의장 벤자민 프로스트 대장이 와 있었기 때문에 트럼프가 신음을 뱉다가 물었다.

"저거, 진짜 핵폭탄 아니오?"

벤자민도 폭발 장면을 봤던 것이다.

"아닙니다, 각하."

벤자민이 고개를 흔들었다.

"5킬로톤쯤 되는 폭탄입니다."

"저 개아들 놈들이 우리한테 쇼를 한 거요. 그렇지 않소?"

"남한에 시위를 한 것이지요."

"이번 회담에 나오기 전에 위세를 보인 거요, 그렇지?"

"전 세계에 다 방영이 되었을 테니까요."

벤자민의 얼굴에 쓴웃음이 번졌다.

"크게 흥정을 하자는 것 아닙니까?"

그것을 세계의 지구인들이 다 보았을 것이었다.

임홍원이 화면 속의 장관, 장군들에게 말했다.

"이번 하와이 회담에 참가하지도 못한 우리한테 발길질을 한 셈이군."

모두 입을 다물었고 임홍원의 말이 이어졌다.

"우리야 어떻게 되건 상관없다는 표시야."

"……."

"미국과 둘이 알아서 할 테니까 너희들은 따르기만 하라는 것이지."

다 알고 있는 사실을 말하는 것이어서 모두 외면하거나 딴전을 부리고 있다. 그렇다. 북한은 남한을 무시한 지 오래되었다. 남한이 아무리 배려를 해줘도 마찬가지다. 오히려 더 무시하는 경향이 있다. 그때 백철이 임홍원을 보았다.

"대통령님, 국민들의 충격이 클 것입니다."

임홍원의 시선을 받은 백철이 말을 이었다.

"북한에 엄중한 항의를 하셔야 될 것 같습니다."

"그래야지."

고개를 끄덕인 임홍원이 홍보수석을 보았다. 이미 준비를 시킨 것이다.

"준비되었나?"

주석궁, 12시 42분, 안학도 폭파 후 20분이 지났다. 상황실에 앉은 김동호가 TV에 나온 남한 대통령 임홍원을 보고 있다.

"놀란 것 같군."

김동호가 혼잣소리처럼 말하자 뒷열에 나란히 앉은 고위층들이 웅성거렸다. 김동호가 한마디만 더 하면 웃음소리를 낼 것이다. 그때 임홍원이 굳어진 얼굴로 입을 열었다.

"국민 여러분, 조금 전 안학도 폭파 사건으로 놀라셨을 것입니다. 이에 대해 대통령으로서 대단히 죄송스럽게 생각합니다."

김동호는 쳐다만 보았고 조용해진 상황실에 임홍원의 목소리가 울렸다.

"저는 이번 북한의 미사일 발사에 대해 북한 측에 엄중한 경고를 하는 바입니다. 이것은 국제법 위반 행위이며 한국에 대한 명백한 도전입니다. 따라서 대한민국 정부는 즉각 이 사건을 유엔 안보리에 제소하여 국제법에 의해 처리하기를 촉구할 예정입니다."

어깨를 부풀린 임홍원이 똑바로 김동호를 보았다.

"대한민국 정부는 이 사건에 대해 끝까지 북한 측의 책임을 물을 것입니다, 또한."

숨을 고른 임홍원이 말을 이었다.

"다시 한 번 이런 일이 발생했을 때는 대한민국 정부도 이에 상응하는 조치를 할 것이라는 것을 북한 측에 경고하는 바입니다."

그때 뒤쪽에서 웅성거렸지만 김동호가 가만있었기 때문에 곧 그쳤다. 김동호가 한마디만 했다면 벌떼처럼 들고일어났을 것이다.

역삼동의 커피숍 안, 오후 12시 55분. 작은 커피숍 안에도 손님이 가득 찼고 벽에 붙은 TV에서는 아직도 뉴스가 방영 중이다. 섬은 없어지고 바위만 비죽비죽 솟아있는 안학도가 계속 화면에 비쳐지고 있는 것이다. 의자에 등을 붙이고 앉은 최종래는 TV에서 시선을 떼었다. 앞에 놓인 커피는 이미 식어 있었다.

"배가 고프구나."

쓴웃음을 지은 최종래가 혼잣소리로 말하고는 자리에서 일어섰다. 세상에 내려온 지 20분밖에 안 되었지만 최종래의 몸을 가졌으니 28년의 지식과 경험은 그의 것이 되었다. 이제 대기업인 세운상사 사원 최종래가 된 악마는 지구의 균형을 맞추기 위해서 악의 씨를 뿌려야 될 것이다. 전(前)에 활동했던 악마는 소기의 성과는 내었지만 너무 서둘렀다. 그래서 자칭 신의 아들을 만나 제거된 것이다. 커피숍을 나온 최종래가 주위를 둘러보았다. 탄도탄이 날아가 서해상의 섬 하나를 없애버렸는데도 오가는 행인들은 여전하다. 차도에는 차가 가득 찼고 바로 앞에는 남녀가 딱 붙어서 간다. 세계가 내일 멸망하더라도 오늘은 연애를 한다인가? 최종래는 불끈 치밀어 오르는 시기를 느졌다.

“다 데리고 갈 것이다.”

발을 뗀 최종래가 시험적으로 앞에서 걷는 두 남녀 중 남자의 뒷모습을 지그시 보았다. 테스트다. 최종래의 시선은 남자의 뒤통수에 박혀 있다. 1초, 2초, 3초, 4초, 그때다. 사내가 몸을 홱 돌리더니 차도로 뛰어 들어갔다. 한 발짝, 두 발짝, 세 발짝을 달려 뛰어 들어갔을 때다.

“꽝!”

달려오던 승합차와 정면충돌한 사내의 몸이 허공으로 솟아오르더니 5미터나 날아가 땅바닥에 떨어졌다.

깜짝 놀란 최종래가 주춤 멈춰 섰다. 오후 3시 반, 최종래는 소공동의 조선호텔 현관 앞에 서 있다. 현관으로 다가오는 사내는 양복 차림에 30대의 건장한 체격, 사내와 시선이 마주친 순간 몸이 굳어져 버린 것이다. 눈 밑에 철판이 깔린 느낌. 고개를 돌린 최종래의 온몸에 서늘한 기운이 덮였다. 저놈은 전염이 안 된다. 몸을 돌린 최종래의 옆으로 사내가 지나갔다. 그렇다. 저놈은 면역이 된 놈이다. 신의 아들로부터 예방접종을 받은 놈, 그놈들은 전염이 안 된다.

최종래, 28세, 대기업인 세운상사의 사원. 건장한 체격, 잘생긴 용모, 물론 부모와 형제가 있다. 지금 김동호처럼 최종래의 몸체 안에 악마가 들어간 것이다. 조선호텔 건너편 골목 안의 커피숍에 들어간 최종래가 커피를 시키고는 혼잣말을 했다.

“서둘지 말자. 시간은 내 편이다.”

그렇다. 고인 물은 썩는다. 이것이 악마의 지혜다. 그때 커피숍 안으로 사내 하나가 들어와 앞자리에 앉는다.

"왜 장소를 변경했습니까?"

40대쯤의 중년, 천지교의 장로, 사라진 고춘만의 간부였다.

"내가 신의 아들 종자를 만났어."

최종래가 거침없이 반말을 내놓는다. 놀란 사내가 물었다.

"신의 아들 종자라니요?"

"능력을 받은 놈이지."

"그놈을 피했단 말입니까?"

"죽일 수는 있지만 주위가 시끄러워질 것 같아서."

"오늘 낮에 안학도 폭파사건을 보셨지요?"

"봤어."

최종래의 얼굴에 쓴웃음이 번졌다.

"그쪽으로 관심이 쏠린 틈을 타서 우리가 일을 벌여야 돼."

"그렇습니다."

고개를 끄덕인 사내 이름은 박기철, 천지교 장로로 영등포 시장에서 건어물을 파는 상인이다. 48세, 붉은 얼굴의 능력은 다 사라졌다. 얼굴도 멀쩡하게 돌아와서 붉은 기운도 떠오르지 않는다. 그때 최종래가 말했다.

"지난번 용인지역 청소는 마무리가 잘못되었어. 이번에는 끝장을 내야 돼."

"제가 어떻게 도와드릴까요?"

박기철의 두 눈이 번들거리고 있다. 능력은 사라졌지만 머릿속에 주입된 악마의 혼은 남아 있는 것이다. 그것은 인류의 제거다. 잡초를 제거하는 것처럼 뜯어내면 된다.

"내가 능력을 주지."

최종래가 똑바로 박기철을 보았다.

"내가 조금 전에 신의 아들놈 종자를 보고 나도 종자를 키워야겠다는 생각이 들었어."

박기철은 자신이 종자로 취급되었지만 눈을 크게 뜨고 반겼다.

"따르겠습니다."

사라진 전(前) 사탄하고는 업무 인계를 받지 않은 상태여서 최종래는 전(前) 사탄의 이름도, 추진했던 작업도 모른다. 다만 현실로 내려온 후에 한국에서 일을 벌였던 결과를 보고 상황을 짐작했을 뿐이다. 천지교와 합작해서 대량 살상을 했다는 것, 그러다가 천지교주와 전임자가 증발된 것이다. 그리고 천지교가 지원 세력이라는 것도 분명하다. 천지교주는 사라졌지만 그 간부들을 찾아내는 건 어렵지 않은 일이었다. 자, 이제 박기철을 중심으로 새 조직이 조성되고 있다.

"연락이 왔습니다."

서둘러 오벌룸으로 들어선 커크 매디슨이 트럼프에게 말했다. 오전 9시 반, 오전 8시부터 안보회의를 마치고 막 집무실로 돌아온 참이다.

"북한 외교부장 최선희가 유엔 주재 대사를 통해 보내온 전문입니다."

"누구한테?"

"저한테 왔습니다."

커크가 쥐고 있던 쪽지를 펴고 선 채로 읽었다.

"금번 남한의 섬 폭파가 미·북 정상회담에 영향을 끼치지 않기를 기대합니다. 북한이 미사일을 쏜 이유는 지금까지 모든 갈등의 원인은 북·남간의 마찰 때문이었다는 것을 남한 인민들에게 보여주기 위해서였습니다. 절대로 미국과의 유대나 정상회담에 지장을 주려는 의도가 아닙니다."

읽기를 마친 커크가 고개를 들었을 때 트럼프가 코웃음을 쳤다.

"흥, 여우 같은 계집."

"김정은이 이 여자의 말은 잘 듣는 것 같습니다."

"같이 잤나?"

"그, 글쎄요."

"김정은 스타일이 아닌 것 같은데."

말대답을 하려던 커크가 입을 다물었고 트럼프가 입맛을 다셨다.

"어쨌든 정상회담이 깨질까 봐 조바심을 내는 건 확실하군."

눈을 가늘게 뜬 트럼프가 커크를 보았다.

"그렇다면 우리도 경고 메시지를 보내."

"예, 각하."

"국무부에서도 성명을 발표했지만 백악관에서도 한 방 쳐."

"예, 각하."

"그놈들이 정상회담이 무산될까 봐 조바심을 치게 만들라고."

커크가 몸을 돌렸을 때 등에 대고 트럼프가 덧붙였다.

"경제도, 정치도, 외교 관계도 다 비즈니스야. 약점을 보이면 가차 없이 뜯어내는 것이 다 통용된다고. 국가 간 의리, 체면 따질 것 없어. 이득만 보면 돼."

그 뒷말은 잇지 않아도 안다. 그것이 국민들의 표를 얻게 만든다.

"아직 연락이 없지?"

정영복이 묻자 서수민이 되물었다.

"회사는 가보셨어요?"

"아, 그럼. 해외출장이라고 하더군, 비서가."

정영복이 김동호의 회사도 찾아가 본 것이다. 이곳은 밝은 세상 교회의 목사실 안, 목사 정영복과 집사 서수민이 소파에 앉아 있다. 둘이 밝은 세상 교인을 중심으로 편성된 이른바 '신의 부대'에서 김동호의 최측근 역할이다.

"이거 연락이 뚝 끊긴 지가 벌써 일주일이네."

정영복이 고개를 기울이며 탄식했다.

"용인 사건처럼 대량살상은 일어나지 않지만 요즘의 사고가 모두 악마의 소행인 것 같단 말야."

"저도 그래요."

"무슨 일이 난 건 아니겠지?"

"그럴 리가 있어요?"

"자신할 수가 없는 일이야."

정영복이 한숨을 쉬었다.

"우리가 노상 이긴다는 보장이 없다고. 용인 대학살은 결국 악마가 승리한 전쟁이었어."

"그런가요?"

"우리는 겨우 막았을 뿐이야."

맞는 말이다. 신(神)의 세력은 방어 위주로 전쟁을 했고 겨우 중지시켰을 뿐이다. 그때 서수민이 말했다.

"우리한테 붉은 얼굴이 보이지 않는 것은 왜 그럴까요? 다 없어졌기 때문일까요?"

정영복이 고개만 기울였고 서수민이 다시 물었다.

"불안해요. 악마가 용인 사건 이후로 사라진 것이 사실일까요?"

"모르겠어."

"교인들한테 뭐라고 말하지요?"

"기다릴 수밖에."

정영복이 길게 숨을 뱉었다.

"이건 평상으로 돌아간 것이 아냐. 첫째로 악마가 가만있을 리가 없어."

같은 생각이었기 때문에 서수민도 입을 다물었다. 이건 평화로운 상태의 고요함이 아니다. 태풍의 중심은 고요해서 나뭇잎 하나 흔들리지 않는다. 그러나 태풍이 움직이면 그 중심은 소용돌이에 말려 갈기갈기 찢어진다.

"저기군."

최종래가 눈으로 앞쪽을 가리켰다. '밝은 세상 교회', 2층 계단 입구의 작은 플라스틱 간판. 아래쪽만 보이는 낡은 계단. 그리고 2층 유리창에 십자가와 '박은 세상'이라고 종이를 오려 붙여 놓았다. 밝 자에서 ㄹ 받침이 떨어졌다. 고개를 돌린 박기철이 최종래를 보았다.

"그럼 들어갈까요?"

"들어가 봐."

최종래가 교회를 응시하며 말했다. 둘은 50미터쯤 떨어진 길가에 서 있다. 오후 4시 40분, 1차선 도로에는 행인이 많다. 차도 드문드문 다니고 있다. 최종래가 박기철의 등을 손바닥으로 밀었다.

"저곳이 김동호가 제자들을 길러낸 곳이야. 네가 들어가서 헌금을 하라구. 그럼 그놈들의 능력이나 김동호 향방을 알 수 있겠지."

박기철을 밝은 세상 안으로 침투시켜 보려는 것이다. 고개를 끄덕인 박기철이 발을 떼었다. 막중한 사명을 띠고 있었지만 겁이 나지는 않는다, 이것이 악마의 본색이니까. 그리고 사탄인 최종래에게서 능력을 받았기도 했다.

백악관 대변인 아담스의 성명.

"이번 북한의 탄도탄 발사는 미국의 우방인 남한을 위협하여 공포 분위기를 조성하고 국민을 분열시키려는 행태로 유엔과 국제법을 어긴 것입니다. 이것을 미국 정부는 엄중히 경고하고 추후 대처할 것입니다."

"야, 꺼라."

김동호가 말하자 최선희가 서둘러 리모컨으로 TV를 껐다. 더 이상 들을 것도 없는 것이다. 주석궁의 주석 집무실에는 최선희와 김영철 등 강·온 양측의 정상회담 참가자들이 둘러앉아 있다. 고개를 든 김동호가 최선희를 보았다.

"안보보좌관 커크가 트럼프의 메시지를 보냈다고?"

"예, 위원장 동지."

"읽어 봐."

"예, 위원장 동지."

자리에서 일어선 최선희가 메모지를 들고 읽는다. 물론 한국말, 영문을 번역한 것이다.

"금번 사고에 대해서 본인은 매우 유감을 표명하는 바임. 이 사고가 미·북 정상회담에 막대한 영향을 끼칠 것임. 따라서 본인은 이번 정상회담의 개최에 대해서도 심각한 우려를 하는 중임. 이상."

최선희가 메모지를 내렸을 때 김동호가 웃음을 지었다.

"지랄하네."

옆쪽에 앉은 김영철이 어깨를 부풀렸다. 사기가 와락 오른 시늉이다. 그러나 김동호의 시선을 받더니 숨 쉬는 것을 멈췄다. 김동호가 말을 이었다.

"그놈은 정상회담 취소 못 해."

"그렇습니다, 위원장 동지."

지난번 무릎 꿇고 빈 것을 만회하려는 듯이 김영철이 열심히 말했다.

"절대로 취소 못 합니다, 위원장 동지."

"취소하면 동무가 책임져."

불쑥 김동호가 말하자 김영철이 다시 숨을 끊었다. 김동호는 문득 김영철이 제명에 못 살 것 같다는 생각이 들었다.

"동무는 누구야?"

식당에서 저녁을 먹던 김동호가 음식 접시를 내려놓은 여자에게 물었다. 오후 7시 반, 대동강변의 제4호 별장 안. 오늘도 혼자 채식 위주로 식사를 하는 중이다. 김동호의 시선을 받은 여자의 얼굴이 순식간에 새빨개졌다. 김동호의 시선이 바로 김정은의 시선. 여자는 반팔 제복에 짧은 치마를 입어서 허벅지까지 드러났다. 날씬한 몸매, 큰 키, 짧게 파마한 머리, 흰 목이 사슴의 목 같다. 얼굴? 이런 미인이 있을까 싶은 얼굴이다. 여자가 시선을 내린 채 대답했다.

"네, 정미연입니다, 위원장 동지."

"어디 소속이야?"

"네, 평양 제1어학원 영어반 4학년입니다."

"음."

고개를 끄덕인 김동호가 야채 절임을 집어 우걱우걱 씹었다. 식탁 위에는 야채 요리뿐이다. 다이어트 계획을 실시한 지 5일 만에 김정은의 몸은 8킬로가 줄어들었다. 옷을 매일 다시 맞춰 입는 것이다. 고개를 든 김동호가 여자를 보았다.

"이름이 정미연이야?"

"예, 위원장 동지."

"몇 살이냐?"

"스물셋입니다."

"아버지는 뭘 하셔?"

"예, 용강군 제5돼지공장 지배인이십니다."

"용강군에 사나?"

"아닙니다. 천리마거리 제27아파트에서 살고 있습니다."

"그렇구나. 여긴 어떻게 왔나?"

"예, 호위총국 감사반에서 선발되었습니다."

김동호가 고개를 끄덕였다. 평양 제1어학원은 수재만 가는 대학교다. 그것도 여자는 미모를 겸비해야만 한다. 왜냐하면 그곳이 간첩 양성소이기 때문이다. 간첩은 남파 간첩만이 아니다. 남한에서 방문한 유명인사의 성 상납도 담당한다. 그야말로 '뿅' 가도록 교육을 받는 곳이다. 다시 야채 절임을 씹고 난 김동호가 다시 물었다.

"너, 여기 온 지 얼마나 되지?"

"한 달 되었습니다."

"날 만났을 때 어떻게 하라고 교육받았나?"

"예, 그것은……."

정미연의 얼굴이 다시 빨개졌다. 그건 듣지 않아도 안다. 지난번에 제8별장의 응접실에서 만난 접대원한테서 들었다.

북한이 이번에는 조선노동당 명의로 평양방송에서 성명을 발표했다.

"우리는 조·미 정상회담에 연연하지 않는다. 우리는 위대한 지도자 동지의 영도하에 꿋꿋하게 우리만의 길을 갈 것이다. 미국은 오판하지 말기 바란다. 우리의 입장에 어긋나면 가차 없이 우리가 먼저 정상회담을 폐기할 것이다."

이것을 밑의 자막으로 읽은 트럼프가 의자에 등을 붙이고 말했다.

"선 오브 비치."

그러나 얼굴은 쓴웃음을 띠고 있다.

"잘 오셨어요."

정영복이 웃음 띤 얼굴로 박기철에게 말했다.

"우리는 형제 같은 분이 필요합니다."

"감사합니다."

고개를 숙여 보인 박기철이 주위를 둘러보았다. 교당 안이다. 천지교 교당의 백분의 1밖에 안 되는 규모였지만 아늑하다. 교당 안에는 10여 명의 교인이 모여 있었는데 모두 활기찬 모습이다.

"우리가 지난번 용인전쟁 때 신의 전사로 싸웠지요. 모두 목숨을 걸고 싸운 겁니다."

정영복이 말하자 박기철이 감동한 얼굴로 대답했다.

"저도 교회 나간 지 20년이 되었습니다. 이번에 아주 큰일을 하셨네요."

박기철의 신분은 확실하다. 가게가 영등포여서 '밝은 세상'에서 멀지도 않다. 명성을 듣고 찾아와 교인이 되는 사람도 많은 상황이라 이상한 일도 아니다. 박기철의 시선이 구석에서 이야기를 나누고 있는 서수민을 스치고 지나갔다. 교당에 모인 인물 중 에너지가 강한 인물이 서너 명이다. 그중 서수민이 가장 강하다. 그다음이 목사 정영복, 그리고 두 명이 더 있군. 그런데 그 능력의 실체는? 사탄 최종래한테서 능력을 떼어 받은 박기철이다. 박기철이 고개를 끄덕이며 말했다.

"제가 다시 들르지요, 우선."

박기철이 주머니에서 미리 준비한 봉투를 꺼내 정영복에게 내밀었다. 50만 원을 넣었다.

"이건 제 성의올시다. 세(勢)를 늘리는 데 써 주십시오."

"염력이 보였습니다."

커피숍에서 마주 앉았을 때 박기철이 말했다.

"몸에서 열기가 뻗치는 것이 눈에 보였는데 어떤 여자는 강해서 이글거렸습니다."

박기철이 어깨를 올렸다가 내렸다.

"보통 사람들한테는 보이지 않겠지요."

"나도 네 눈을 통해서 보았다.

최종래가 말을 이었다.

"그 여자가 집사고 네 정체도 파악했을 거다."

"저를 말입니까?"

놀란 박기철이 숨을 들이켰다.

"그렇다면……."

"서로 탐색하는 거지."

쓴웃음을 지은 최종래가 턱으로 출입구 쪽을 가리켰다.

"밖에 미행이 따라왔다."

"아니, 그러면……."

"놔둬라, 내가 처리하지."

최종래가 말을 이었다.

"파이는 키웠다가 먹는 거다."

"악마였어요."

서수민이 정영복에게 말했다.

"붉은 얼굴은 아니었지만 머리 주변에 열기가 떠 있었어요."

"아, 나는 못 느꼈는데."

정영복이 탄식했다.

"난 신심이 부족해서 보이지 않은 모양이야."

"그럴 리는 없죠, 각자의 능력이 다르니까요."

고개를 저은 서수민이 정색했다.

"조심해야겠어요. 악마가 정탐하려고 온 것 같습니다."

그래서 서수민이 박기철을 커피숍까지 미행했다가 놓친 것이다. 기다려도 나오지 않길래 안에 들어가 보았더니 사라져 버렸다.

"사탄일까?"

정영복의 표정은 어둡다. 불안한 것이다.

"붉은 얼굴의 일당일 수도 있지요."

능력은 몸과 머리까지 응용이 된다. 서수민이 추측했다.

"우리한테 붉은 얼굴이 드러난다는 것을 알았을 테니까 그것을 지웠는지도."

"그럴까?"

"우리 교회에 온 것은 정탐하려는 목적인 것 같습니다."

"그렇다면 준비를 해야겠다. 간부들을 다 모아서 방비를 해야지."

정영복이 서둘렀다.

"당하면 안 되지, 대비를 해야겠다."

용인 전쟁에 참가했던 정영복이다. 사탄의 행태를 아는 터라 얼굴이 굳어져 있다.

"최선의 방어는 공격이야. 공격적으로 방어해야 된다고."

박기철이 데려온 권인숙도 천지교 장로 출신으로 열성적인 고춘만의 추종자다. 44세, 유아원 원장. 붉은 얼굴로 용인 수용소에서 살인을 저질렀지만

CCTV에서 찾지 못했기 때문에 피해 간 인물. 지난번 용인 참사 때 수용소 안에서 귀신들과 함께 주민을 학살했던 붉은 얼굴 중 CCTV에 찍힌 인물이 400여 명에 달했던 것이다. 그리고 전쟁이 끝나고 나서 붉은 얼굴의 능력이 사라졌기 때문에 신의 전사들에게 보이지 않는다. 이곳은 영등포의 오피스텔 안, 최종래가 임시 거처로 사용하는 곳이다.

"능력이 아무것도 없구나."

한눈에 권인숙을 보고 나서 최종래가 말했다.

"너희들 교주는 능력 전수에 한계가 있겠지."

박기철한테서 전(前)의 능력을 들었던 터라 최종래가 말을 이었다.

"너한테 영구적 능력을 주마."

"감사합니다."

이미 박기철의 소개를 받은 권인숙이 방바닥에 무릎을 꿇고 앉았다. 다가선 최종래의 두 눈이 번들거렸다.

"너는 반인반신(半人半神)의 존재가 되는 것이다."

"주님이시여."

"난 네 주인이다."

"주인이시여."

두 손을 모은 권인숙의 머리 위에 손바닥을 얹은 최종래가 말을 이었다.

"넌 몸이 죽더라도 네 혼은 살아서 다시 돌아온다."

"주인이시여."

그 순간 권인숙은 온몸에 뜨거운 불덩이가 가득 찬 느낌을 받고는 입을 딱 벌렸다. 그러자 입에서 불길이 뿜어졌다. 놀란 권인숙이 입을 다물었더니 불이 꺼졌다. 그때 최종래가 말했다.

"이제부터 넌 마음만 먹으면 몸의 능력이 수십 배 증가될 것이다."

고춘만한테서 받은 능력이다. 그때 최종래가 말을 이었다.

"너는 심장과 머리만 없어지지 않으면 살아서 움직인다. 명심해라. 네 생명력은 보통 인간의 수십 배로 늘어난 것이다."

최종래가 손을 떼었을 때 권인숙이 몸서리를 치면서 일어섰다. 아직 실감이 나지 않은 것 같다.

"네 아버지가 돼지 공장에서 일한다구?"

김동호가 묻자 정미연이 고개를 들었다. 이곳은 7호 별장의 침실 안, 침대 옆 탁자의 붉은색 탁상 등만 켜 놓았지만 정미연의 얼굴이 선명하게 드러났다.

"네, 위원장 동지."

"이름이 뭐냐?"

"정춘성입니다, 위원장 동지."

"그, 위원장 동지라는 말 빼라."

"네, 위……."

입을 꾹 다문 정미연이 숨을 들이켰다. 밤 12시 반, 둘은 침대에 나란히 누워 있다. 자세히 표현하면 김동호가 한 팔로 정미연을 껴안고 누워 있는 것이다. 김동호가 말을 이었다.

"돼지 공장에서 몇 년 일했냐?"

"네, 15년입니다, 위……."

"또."

"네, 죄송합니다."

정미연이 몸을 움츠렸기 때문에 김동호가 어깨를 당겨 안았다. 정미연의 알몸 상반신이 불빛에 드러났다.

"돼지 공장 전에는 무슨 일 했어?"

"네, 군당 사무소 과장이었는데 비판을 받고 돼지 공장에……."

"그렇군."

김동호가 정미연의 상체를 부드럽게 쓸었다.

"내일 아침에 네 아버지 이름과 직책을 적어서 나한테 줘라."

"네, 위……."

"한 번만 위 자를 쓴다면 네 아버지를 총살시킬 거다, 알았나?"

"네, ……."

정미연의 몸이 나무토막처럼 굳어졌기 때문에 김동호가 쓴웃음을 지었다.

"농담이다."

"네."

"네 아버지를 내일 용강군 당비서로 임명해주마."

숨을 들이켠 김동호가 정미연의 볼에 입을 맞췄다. 그렇게 되면 10계단쯤 특진하는 건가?

잠이 든 정미연의 얼굴을 내려다보면서 김동호가 숨을 골랐다. 오전 2시 반, 주위는 조용하다. 그래서 정미연의 고른 숨소리도 들린다. 붉은 탁자 등이 방 안을 비추고 있다. 핵폭발을 막으려고 북한으로 온 것인데 이제 북한의 통치자가 되어서 호사를 누리고 있다. 그러나 이것이 호사인가? 아니다. 악마를 제거한 후에 대책 없이 돌아갈 수가 없었던 것이다. 언제 터질지 모르는 핵을 머리 위에 놓고 남북한이 평화공존할 수는 없지 않은가? 또 그것을 이용하려는 트럼프와의 북·미 정상회담도 일정이 잡혀 있다. 그것이 김정은 노릇을 하면서 남게 된 이유다. 김동호가 심호흡을 했다. 예상하지는 않았지만 이것이 더 큰일 아니겠는가? 그렇지, 신의 섭리다.

다음 날 오전, 주석궁으로 출근한 김동호가 선전선동부장 김영철을 호출했더니 30분 만에 달려왔다. 김동호가 앞에 선 김영철에게 말했다.

"용강군 제5돼지공장 지배인 정춘성을 용강군 당비서로 승진시켜."

"예, 위원장 동지."

걱정스러운 표정이었던 김영철의 얼굴이 대번에 밝아졌다.

"즉시 시행하겠습니다."

"아파트도 옮겨야겠지?"

"물론입니다! 위원장 동지!"

이만하면 충분하다, 나머지는 알아서 길 테니까. 김영철은 정춘성이 누구인지, 왜 갑자기 벼락출세를 하게 되었는지 금세 알게 될 것이다.

30분 후에 김동호는 최용해를 불러들였다. 최용해가 누구인가? 김정일 시대부터 2인자 노릇을 하다가 김정은 시대에 와서 추방과 복귀를 반복한 인물. 지금이 세 번째인가? 함경도 통조림공장으로 추방되었다가 복귀한 지 한 달밖에 되지 않는다. 지금은 당비서란 애매한 직책을 받고 사무실도, 하는 일도 없이 주석궁 대기실을 사무실로 삼아서 매일 출근하고 있다. 김동호가, 아니 김정은이 부르기를 기다리면서 말이지. 김동호가 앞에 선 최용해를 보았다.

"어, 동무, 거기 앉아."

"예, 위원장 동지."

최용해가 앞쪽에 앉았을 때 김동호는 지그시 시선을 주었다.

"요즘 어때?"

"예, 요즘 아위셨습니다, 위원장 동지."

최용해가 대번에 말했기 때문에 김동호는 풀썩 웃었다. 이렇게 말하는 상대는 처음이다. 최용해니까 그럴 만하다.

"그래? 내가 다이어트를 하거든."

김동호가 웃음 띤 얼굴로 말을 잇는다.

"6일째인데 10킬로가 빠졌어."

"급격히 체중을 빼시면 몸에 좋지 않으십니다."

"오늘 아침에 의사들이 괜찮다고 했어."

"다행입니다, 위원장 동지."

접견실 안에는 둘뿐이다. 벽에 붙어 선 수행장군 둘은 사람이 아니고 김동호의 개다, 김동호가 시킨 대로만 하니까. 김동호의 말만 듣고 딴 사람의 말은 '못' 듣는다. 그때 김동호가 물었다.

"어때? 함경도 인민들 사는 것이?"

"예, 모두 위원장 동지의 위대하신 통치 덕분에 세계에서 가장 축복받는 인민으로 살고 있습니다!"

"거짓말 말고."

"예?"

숨을 들이켠 최용해가 김동호를 보았다. 눈동자가 흔들리고 있다. 김동호가 말을 이었다.

"내 욕 하는 놈들 많지?"

"아닙니다, 위원장 동지."

"밀 무역을 금지시키니까 내 욕을 박살나게 한다는군."

"……."

"조금 풀어주면 인기가 좋고, 그렇지?"

최용해가 숨만 쉬었을 때 김동호가 말을 이었다.

"내가 인기 때문에 이러는 거 아냐."

"……"

"이제 곧 조·미 정상회담을 해야 할 텐데 회담 후에 우리도 좀 변해야 돼."

김동호가 번들거리는 눈으로 최용해를 보았다.

"그때 동무 역할이 필요해."

"예, 위원장 동지."

이마의 땀을 손등으로 닦은 최용해가 김동호를 보았다.

"목숨을 바쳐 충성하겠습니다."

"우선 동무를 조직 담당 당비서로 임명하지."

최용해가 몸을 굳혔다. 조직 담당 당비서는 당의 조직을 관리하는 요직이다. 당장에 서열 8위로 뛰어오른다. 서열 8위가 아니다. 김동호가 신임을 하면 2위가 되는 것이다. 그 생리를 누구보다도 잘 아는 최용해다.

"출국자가 폭증하고 있습니다."

비서실장 정인규가 임홍원에게 보고했다.

"아예 가방 몇 개만 들고 가족들이 나갑니다."

임홍원이 쳐다만 보았고 정인규가 말을 이었다.

"가까운 일본, 미국령 괌, 동남아로 쏟아져 나가는데 막을 수가 없습니다."

"……"

"이틀 동안 55만이 출국했습니다."

이미 방송에서도 보도되었기 때문에 임홍원이 입맛만 다셨다. 언론에서는 엑소더스라고 표현하고 있다. 고개를 든 임홍원이 정인규를 보았다.

"국가가 위기에 처했는데 도망가는 건가?"

정인규는 대답하지 않았다. 이것은 모두 북한이 이번에 발사한 '무수단' 탄도탄 때문이다. 이것은 처음에는 놀라기만 한 일이었는데 시간이 지나면서 엄청난 후폭풍이 몰아친 것이다. 대통령 임홍원도 예상하지 못했던 후폭풍이다. 정부 각료, 국방부 쪽에서도 대비할 여유도 없었던 사태다. 정인규가 입을 열었다.

"출국자는 더 늘어날 것 같습니다."

"……."

"이것을 막는다면 분위기는 더 나빠질 것 같고요."

"……."

"그때는 온갖 수단과 방법을 써서 탈출할 테니까요."

임홍원이 외면했다. 안학도가 폭파되어 사라진 지 사흘째 되는 날이다.

"빌어먹을."

임홍원의 입에서 욕설이 터졌다. 이런 말은 처음 들었기 때문에 정인규는 입을 다물었다. 그러나 지금 당장 손을 쓸 대책이 없다, 비상각료회의를 소집하면 국민은 더 동요할 테니까.

"도망치는 거야?"

최종래가 묻자 박기철이 웃기부터 했다.

"예, 소문으로는 앞으로 더 늘어날 것이랍니다."

"북·미 정상회담이 곧 열린다면서. 나흘 남았나?"

"회담이 열려도 별거 없을 거라는 소문이니까요."

박기철이 덧붙였다.

"북·미가 서로 짜고 남한을 엿 먹일 거랍니다."

"그렇군."

최종래의 몸 안으로 들어온 지 얼마 되지 않았기 때문에 사탄은 그전의 과정을 모른다.

"어떻게 엿을 먹일 건가?"

최종래가 다시 묻자 박기철이 쓴웃음부터 지었다.

"트럼프는 곧 재선에 도전합니다. 이번에 김정은을 꼬셔서 한 건 크게 올리는 것에 목을 걸고 있지요."

"어떤 한 건인데?"

"핵 폐기지요, 완벽한 핵 폐기."

"으음."

"그런데 김정은이 내놓지 않고 또 속일 가능성이 큽니다."

"그런가?"

"소문은 둘이 짜고 핵을 폐기했다는 쇼를 할 가능성도 있다고 합니다."

"설마."

"두 놈 다 그럴 가능성이 있는 인물이거든요."

영등포의 카페 안, 오후 4시 반. 둘은 커피 잔을 앞에 놓고 마주 보며 앉아 있다. 박기철이 말을 이었다.

"마누라도 동남아로 도망가자고 난리입니다. 북한이 안학도를 폭파시키고 나서 민심이 폭발하고 있어요."

"……."

"이미 시장, 마켓에서 식료품 사재기가 일어나서 이젠 라면, 생수까지 동났습니다."

최종래도 제 눈으로 본 터라 눈만 끔벅였다. 쌀값이 사흘 만에 두 배로 폭등했다. 라면은 부르는 게 값이고 동남아행 비행기 요금이 3배로 뛰었다고 했다. 미국행은 5배, 일본행은 6배까지 오른 상황이다. 민심에 불을 지른 것은 외국계 회사와 외국인이다. 미국은 체면상 가만있었지만 일본, 프랑스, 영국은 자국 국민들을 출국시키려고 전세 비행기를 수십 대씩 보낸 것이다. 마치 전쟁 직전의 상황이었기 때문에 그것이 불씨에 기름을 부은 꼴이 되었다. 그때 최종래가 말했다.

"이것이 나한테는 기회가 되겠군."

최종래의 두 눈이 번들거리고 있다.

시진핑이 웃음 띤 얼굴로 왕우에게 물었다.

"북·미 정상회담에 대한 국민들의 기대는 있나?"

"조금 있었는지는 모르지만 지금은 거의 없는 것 같습니다."

왕우가 말을 이었다.

"북한과 미국 양측의 이득을 위해서 만나는 쇼라고 믿습니다."

"회담이 잘되면 남한한테 이득이 될 것이라는 생각은 안 하나?"

"이번에 탄도탄이 날아가 서해의 섬을 폭파시킨 후에는 그런 생각을 했던 사람들도 기대를 접은 것 같습니다."

"트럼프와 김정은 둘이 남한을 갈라 먹을 작정 아니야?"

"트럼프가 장사꾼이긴 하지만 그렇게 통 큰 인간은 아닙니다."

왕우는 당주석 시진핑이 신임하는 측근 중의 하나로 외교부장 겸 당서기다. 당 서열 12위, 그러나 시진핑 측근에 머무는 시간이 많아서 서열보다 더 높게 대접 받는다. 베이징 이화원 근처의 영빈관 안, 오후 5시, 정원을 바라보면서 시진핑이 말을 이었다.

"트럼프가 김정은이하고 가까워지는 것이 꺼림칙해. 예전의 관계가 더 나았는데."

"김 위원장이 영변 핵 공장에 폐자재를 채우고 있습니다. 그것으로 핵시설 폐기 쇼를 할 계획인 것 같은데요."

"……."

"트럼프는 그것을 알면서도 받아들일 가능성이 큽니다. 그것을 업적으로 삼는 것이지요."

그때 시진핑이 고개를 들었다.

"언론에다 흘려보도록 해."

"예, 주석 동지."

"한국 언론은 정신없을 테니까 일본이나 미국, 또는 유럽 언론사도 좋아."

"예, 주석 동지."

"사진까지 첨부해서, 미국 위성이 찍은 것으로 해서 말야."

"알겠습니다."

"이번에 두 놈이 성과를 내면 안 돼. 트럼프는 재선에 떨어져야 되고 북한이 더 나아지면 안 돼."

"예, 주석 동지."

이것이 세상이다.

체중이 12킬로 빠졌다. 다이어트 9일째, 정상회담 D-3일. 정상회담까지는 20킬로가 안 될 것 같다. 그러나 앞으로 5킬로는 더 뺄 예정, 그럼 17킬로가 되나? 대단혀. 그때 TV에서 앵커가 나왔다. 남한의 KBC 방송, 아래쪽에 '북한 핵 시설 특보'라고 적혀 있다. 김동호가 눈짓을 하자 최선희가 리모컨으로 음소거 해제 버튼을 눌렀다. 주석궁의 회의실 안, 오후 3시, 남한이 '북한 핵 시설에 대한 특종 보도'를 한다고 해서 모두 기다리는 중이다. 그때 앵커가 말했다.

"북한 영변의 핵 시설이 모두 정상가동 되고 있다고 하지만 실제로는 폐기된 시설임이 밝혀졌습니다."

김동호가 시선만 주었고 앵커의 목소리가 회의실을 울리고 있다.

"그러나 사진에서 보시다시피 북한은 이 시설에 설비를 채우고 있습니다."

그러고는 사진을 확대했는데 기계 부품이 부서져 있거나 찌그러졌다. 원통 안에 쓰레기가 가득 찬 것도 비쳤다.

"그래서 영변 핵 시설이 설비로 가득 차서 가동되는 것처럼 보이고 흰 가운을 입은 근무자들이 분주하게 돌아다니는 시늉을 하고 있습니다."

이번에는 가운과 안전모를 쓴 기술진들이 왔다 갔다 하는 것을 비추고 있다. 앵커의 말이 이어졌다.

"이것은 북한이 영변의 핵 시설을 정상 가동하는 것으로 만들고 미국과의 협상에서 내놓을 조건으로 사용하려는 의도로 보입니다. 만일 이 계획이 성공한다면 미국은 쓰레기를 경제 제재 해제나 다른 조건으로 바꾸는 셈이 될 것입니다."

"저런."

뒤쪽에서 으르렁거리는 소리가 울렸다가 그쳤는데 김동호가 입을 다물고 있었기 때문이다. 다시 앵커의 목소리가 울린다.

"이 장면은 이미 미국과 세계 전역에 방영되었습니다. 따라서 3일 후의 북·미 정상회담에서 트럼프 대통령이 북한의 속임수에 넘어가지 않기를 바라는 것입니다."

그때 고개를 든 김동호가 둘러선 고위층을 보았다.

"누가 이 정보를 흘린 거야?"

"CIA입니다."

김영철이 바로 대답했다.

"CIA가 트럼프를 견제하고 있습니다."

"CIA가 저 필름을 방송사에 넘겼단 말인가?"

"그렇습니다. 국익을 위한 일이니까요. 트럼프도 할 말이 없을 것입니다."

“동무도 국익을 위해서 나를 배신할 수도 있겠나?”

“아닙니다!”

버럭 소리친 김영철이 벌떡 자리에서 일어섰다.

“우리 공화국은 국가가 곧 위대하신 위원장 동지입니다! 절대로 그럴 일은 없습니다!”

울부짖듯이 김영철이 말했을 때 모두 자리를 박차고 일어섰다.

“그렇습니다!”

최선희의 목소리도 섞여 있다.

“오빠.”

다가온 김여정이 김동호를 불렀다. 물론 김정은을 부른 것이지.

“응? 왜?”

주석궁의 복도에서 둘은 마주 보고 섰다. 오후 4시, 채식만 하는 바람에 배가 고파서 다시 배추라도 먹으려고 식당으로 가는 중에 김여정이 부른 것이다. 바짝 다가선 김여정이 김동호를 올려다보았다.

“오빠, 여위었네.”

“응, 다이어트 하는 바람에 배고파 죽겠다.”

“12킬로나 빠졌다면서? 9일 동안?”

“응, 배고파서 너도 잡아먹고 싶다.”

“참, 나.”

보조개를 만들면서 웃은 김여정이 말을 이었다.

“남조선이 어떻게 돌아가고 있는지 알고 있지?”

“응.”

고개를 끄덕인 김동호가 쓴웃음을 지었다.

"탄도탄을 한 발만 더 쏘면 남조선 인민들은 다 도망갈 것 같다."

"내 생각도 그래."

정색한 김여정이 말을 이었다.

"이스라엘은 전쟁이 나니까 세계 각국에서 이스라엘로 다 몰려 왔다고 하던데 남조선은 탄도탄 한 발을 쏘니까 다 도망가네."

"더구나 옆에다 쐈는데도 말이다."

"오빠, 트럼프한테 뭐 받아내지 않아도 되겠어."

"너, 그 말 하려고 온 거냐?"

김동호가 부드러운 시선으로 김여정을 보았다. 김여정도 TV를 보고 나서 김동호를 위로해 주려고 온 것이다. 김여정이 고개를 끄덕였다.

"오빠 기운 내라고 왔어."

"걱정 마라, 내가 잘할 테니까."

"남조선은 가만두면 저절로 우리한테 넘어올 것 같아."

"그렇게 될까?"

"탄도탄 한 발 더 쏘라고 해."

김동호는 웃기만 했다. 김여정도 영리하다. 분위기를 가볍게 만들려고 이런 말을 한다. D-3일에 또 탄도탄을 쏘았다가는 남한이 가만있지 않을 것이다.

오전 1시 반, 워싱턴 시간. 백악관 오벌룸에서 트럼프가 안보보좌관 커크 매디슨, 비서실장 제이크 모간하고 셋이 둘러앉아 있다. 미·북 회담 준비 회의를 마치고 다시 셋만 모인 것이다. 커크와 제이크는 트럼프의 입 안의 혀와 같은 존재다. 속에 있는 말을 다 털어놓을 수 있는 심복이다. 트럼프가 헝클어진 머리칼을 쓸어 올리면서 커크를 보았다.

"영변의 필름을 방송사에 준 놈이 CIA 맞지?"

"CIA는 절대 아니라고 오리발을 내미는데 감찰을 해야 될 것 같습니다."

"놔둬, 이미 끝났어."

이맛살을 찌푸린 트럼프가 제이크에게 물었다.

"내 지지율이 어떻게 되었지?"

"아직 변동은 없습니다. 37퍼센트 정도."

"갓댐."

"브라운도 35퍼센트에서 올라가지 않습니다."

"브라운 그 개새끼는 클럽에서 제 파트너 팁도 안 주는 놈이야."

둘은 입을 다물었고 트럼프가 말을 이었다.

"내가 말했던가? 10년쯤 전에 나하고 마이애미 클럽에서 놀았는데, 물론 콜걸들 불러서 홀랑 벗고 말야. 그때 술도 좀 마셨고, 애들도 괜찮았지."

"……."

"방에 들어가 찐하게 사랑도 했어. 그런데 다음 날 아침에 브라운 파트너가 나한테 손을 내미는 거야."

"……."

"브라운이 '잠자리값'을 안 내고 도망갔다는 거야. 그 개 아들놈. 그래서 내가 대신 내줬지."

트럼프가 둘을 번갈아 보았다.

"그거 폭로하면 브라운의 여자들 표가 우수수 떨어지지 않을까?"

둘이 입을 다물고 있었기 때문에 트럼프가 화제를 바꿨다.

"영변 핵 시설이 쓰레기라면 어떻게 하지?"

아까 전체 회의 때는 언급하지 않았던 말이다. 모두 TV 뉴스로 영변 핵 시설이 쓰레기로 채워지고 있다는 것을 보았지만 트럼프 앞에서 그 이야기를 하지 않았던 것이다. 그때 커크가 입을 열었다.

“김정은도 TV를 봤을 테니까 영변 이야기는 꺼내지 않겠지요.”

“그 개 아들놈이 기름 바른 뱀장어처럼 이번에도 빠져나가기만 한다면 난 끝장이야.”

마침내 트럼프가 탄식하듯 말했다.

“국민들한테 너무 기대를 심어주었어. 이번에 성과를 못 올리면 망한다고.”

트럼프도 김정은이 핵을 내놓지 않는다는 것을 진즉부터 알고 있었던 것이다. 그것을 알면서도 쇼를 해왔다, 어떤 때는 김정은과 공동으로, 손발을 맞춰서. 그런데 지금 한계가 온 것 같다. 둘이 입을 다물었을 때 트럼프가 어깨를 올렸다가 내렸다. 두 눈이 번들거리고 있다.

“내가 역대 대통령과 다른 점이 하나 있지.”

둘의 시선을 받은 트럼프가 얼굴을 일그러뜨리며 웃었다.

“대통령 체면 따위는 생각하지 않는다는 것.”

트럼프의 어깨가 올라갔다가 내려왔다.

“의리고 지랄이고 따지지 않고 철저한 장사꾼이라는 것.”

그러고는 트럼프가 길게 숨을 뱉었다.

“난 미국인을 배불리 먹이고 부자 만들어 주면 돼. 그럼 표가 모일 것이라고.”

악마, 또는 사탄, 또는 귀신, 또는 사신(死神)이라고 불릴 수도 있겠구나. 그것을 뜻으로 묶으면 ‘인류멸망세력’이라고 하는 게 낫겠다. 왜냐하면 이들은 순리에 역행해서 자연스럽게 찾아오는 죽음의 사자를 이용하고 인류말살을 목적으로 출현했기 때문이다. 그래서 신의 아들인 김동호가 선(善)으로 취급되고 상대는 악(惡)이 되었다. 다시 등장한 사탄 최종래의 인류말살 준비는 착착 진행되는 중이다. 지난번에는 천지교 교주 고춘만과 결탁하여 붉은 얼굴과 사탄 직속 연합세력이 인류를 숙청했지만 큰 성과를 올리지는 못했다. 그렇다고 실패한 것은 아니다. 고춘만과 사탄이 실종되었지만 사탄은 끊임없이 생성이 되어 왔으니까.

“사회가 혼란상태가 되면 우리들의 활동영역이 넓어지는 법이지.”

최종래가 TV를 응시하면서 말을 잇는다.

“저것 봐, 우리가 활동하기에 가장 적당한 분위기가 되어가는군.”

영등포역 안의 식당에서 최종래와 박기철이 TV를 보고 있다. 오후 6시 반, 식당 안은 손님들로 가득 차 있었는데 퇴근 시간이기 때문이다. 그리고 TV 화면에는 지금도 주차장이 되어버린 고속도로 하행선과 공항, 항구가 비치고 있다. 대탈출이다. 안학도가 폭파된 지 사흘째, 대탈출은 점점 가속도가 붙고 있다. 최종래가 번들거리는 눈으로 박기철을 보았다.

“오늘이 D-3이지?”

“예, 주인님.”

의자에 등을 붙인 최종래가 쓴웃음을 지었다.

“시간이 되었군.”

기관사 유건철이 앞쪽을 응시한 채 레버를 쥐었다. KTX는 용산을 떠나 속력을 내기 시작했다. 시속 280, 285, 290, KTX는 영등포를 출발한 지 10분도 되지 않는다.

“유 형.”

옆에 앉은 부기관사 오명수가 유건철을 보았다. 유건철이 과속하고 있는 것이다. 유건철이 대답하지 않았기 때문에 오명수가 말을 이었다.

“유 형, 속력이 좀.”

그러나 유건철은 시선도 주지 않는다. KTX 속력이 295, 300이 되었다. 이

구간은 280이 정상이다. 유건철이 긴장한 것처럼 보였기 때문에 오명수가 목소리를 낮췄다.

"유 형, 여수에서 오늘 술 한잔합시다."

그때 KTX 속력이 305로 올라갔다.

손목시계를 본 최종래가 웃음 띤 얼굴로 말했다.

"1분 남았군."

"주인님, 무엇이 말씀입니까?"

박기철이 조심스럽게 묻자 최종래가 이를 드러내며 소리 없이 웃었다.

"KTX."

"KTX라니요?"

"내가 여기서 만나자고 한 이유가 있어."

"뭡니까?"

"내가 KTX 기관사 하나를 만났어."

"아아, 예."

박기철의 시선을 받은 최종래가 말을 이었다.

"테러단은 자살특공대를 힘들게 만들어서 내보내지만 난 그럴 필요가 없지."

"그러믄요."

"아까 여수행 KTX 조종사를 만나 정신을 개조해주었어."

"아, 위대하신 주인님."

"그 조종사 유건철은 내 충실한 사도가 된 거야."

"오, 주인이시여."

"30초 남았구나."

손목시계를 본 최종래가 의자에 다시 등을 붙였다.

"기다리자."

"유 형! 왜 이러시오!"

속력이 310이 되었을 때 마침내 오명수가 앞에 놓인 브레이크 레버를 쥐었다. 속력을 줄이려는 것이다. 그때다. 유건철이 손에 감춰 쥐고 있던 멍키스패너를 번쩍 들더니 오명수의 머리를 내려쳤다.

"으악!"

머리 위를 정통으로 맞은 오명수가 신음을 뱉더니 앞으로 쓰러지면서 가속레버 위로 엎어졌다. 가속레버가 끝까지 붙으면서 KTX는 시속 330으로 올라갔다.

"으 으악!"

고통으로 신음하면서 몸을 일으키려던 오명수가 옆으로 다가온 유건철의 얼굴을 보았다.

"예, 주인님!"

유건철이 눈을 부릅뜨고 오명수를 응시하면서 소리쳤다. 눈동자는 번들거리고 있었지만 초점이 멀다.

"으아아!"

오명수가 비명을 질렀다. KTX가 무섭게 흔들리기 시작한 것이다. 속도가 350 이상이다.

"앗핫하!"

유건철의 웃음소리가 들렸을 때 오명수의 의식은 흐려져 있었다. 레버 위에 엎어진 채 오명수는 온몸을 떨었다.

"주인이시여!"

유건철이 고함을 친 순간 오명수는 의식이 끊겼고 동시에 KTX는 터널 입구에 부딪쳐 산산조각이 났다. 앞쪽이 부딪치면서 뒤쪽 25량의 객차가 장난감처럼 공중으로 솟아올랐다.

"꽝 꽝 꽝 꽝!"

객차끼리 서로 부딪치면서 25량이 터널 앞에 산산조각이 나더니 곧 불길에 휩싸였다.

"대참사입니다."

보고자는 인류수비대장 백철 대장, 지금도 인류수비대가 가동하고 있었기 때문이다. 북한 탄도탄이 터지고 엑소더스가 시작된 상황이어서 대통령은 아예 인류수비대를 통해 국내 상황을 보고받는다. 그것이 효율적이기 때문이다. 용인 전쟁에서 조직된 인류수비대 체제가 위급한 상황에서 보고, 조처에 최선인 것이다. 화상 보고다. 화면에 나온 백철의 얼굴은 심각하다.

"하행선이 증차된 상황이라 25량, 탑승객이 1,367명이었는데 대부분이 사망했습니다. 부상자는 모두 중상이고 사망자가 더 늘어날 것입니다."

"아니, 도대체……."

"부상자 이야기를 들으면 열차가 350이 넘는 속도를 올렸다는 것입니다. 그래서 터널 앞에서 궤도를 이탈하여 충돌한 것 같습니다."

"……."

"조종실의 CCTV를 회수하면 곧 원인을 알 수 있을 것입니다."

"아이구!"

마침내 임홍원의 입에서 비명 같은 신음이 터졌다. 하행선은 요즘 서울을 비롯한 북쪽 지역에서 탈출하는 사람들 때문에 객차를 대폭 증편하고 있었던 것이다. 그것이 대참사를 불렀다.

돌아가는 차 안에서 최종래가 웃음 띤 얼굴로 말했다.

“지난번 전쟁은 어떻게 치렀는지 모르지만 이 방법이 효율적이다.”

“예, 주인님.”

감동한 박기철이 핸들을 쥐고 백미러를 보았다.

“그렇습니다, 주인. 단숨에 1천 명이 넘는 인류를 제거했습니다.”

“이것이 시작이지.”

백미러에서 시선을 맞춘 최종래가 얼굴을 펴고 웃었다.

“무더기로 몰려 도망가는 인간들을 보아라. 벌레 떼 같지 않느냐?”

“그렇습니다, 주인님.”

박기철이 차량 왕래가 평소보다 절반 이하로 줄어든 도로를 속력을 내어 달리면서 대답했다.

“난파선에서 무더기로 도망가는 쥐 떼들 같습니다.”

“내일 또 한 건의 사고가 일어날 거다.”

최종래가 창밖을 내다보며 말을 잇는다.

“이번에는 더 큰 사고지.”

“모두 가득 싣고 있어서 터지면 대형사고가 되겠습니다.”

박기철이 말하자 최종래가 고개를 끄덕였다.

“우리한테는 축제지.”

5장
D-day

TV에 시선을 준 채 김동호가 상반신을 일으켰다. 오늘이 D-2일. 북·미 정상회담에 대한 긴장감은 없다. 그러나 TV를 보라. 남한에서 또 대형 사고가 터졌다. 음소거를 했지만 TV에 나온 장면은 끔찍했다. 25량의 객차가 부서진 성냥개비 뭉치처럼 멀리서 보였다가 접근해서 찍은 사진은 눈 뜨고 볼 수 없을 정도다. 현재까지 사망자는 1,078명, 중상자 127명, 그중에서 사망자가 더 나올 것이라고 한다. KTX의 과속 충돌. 지금 경찰은 CCTV를 수거, 원인을 조사 중이다. 오전 7시 10분, 대동강 변의 제8초대소 안, 오늘은 김동호가 침대에 혼자 있다. 침대에 기대어 앉은 채로 탁자 위의 인터폰을 눌렀더니 바로 응답 소리가 울렸다.

"네, 위원장 동지."

초대소 안내양도 눈이 번쩍 뜨이는 미인이다. 사근사근한 목소리를 들으면 긴장이 풀린다. 김동호가 지시했다.

"김영철 동지를 바꿔."

"네, 위원장 동지."

"전화 끝나면 조천수 동지를 연결하고."

"예, 위원장 동지."

인터폰 버튼을 눌러 통신을 끈 김동호가 다시 TV를 보았다. 마침 앵커가 화면에 떠 있었지만 머릿속에서 읽을 만한 정보는 보이지 않는다.

"예, 위원장 동지, 김영철입니다."

5분도 안 되어서 김영철의 전화가 걸려 왔다. 기쁨에 가득 찬 목소리, 선택받은 자의 목소리다.

"동무, 남조선의 열차사고 보도를 보았지?"

대뜸 김동호가 묻자 김영철이 대답했다.

"예, 보았습니다."

"그거, 자세히 조사해서 이따 간부회의 때 보고하라우."

"예, 위원장 동지."

"우리가 테러한 건 아니지?"

"제, 제가 보고는 못 받았습니다."

"알겠어."

전화기를 내려놓았을 때 바로 벨이 울렸다. 이번에는 조천수, 북·미 정상회담 준비위원장이다.

"위원장 동지, 부르셨습니까?"

"어제 남조선 열차사고가 정상회담에 영향을 끼치겠나?"

"그럴 가능성은 없습니다, 위원장 동지."

"영변이 저렇게 되었으니 내놓을 카드는?"

"곧 말씀드리겠습니다."

"머리를 짜내 보라우."

"예, 위원장 동지."

"이번에 우리가 뭔가를 얻어내야 돼. 마지막 정상회담이라고."

"예, 위원장 동지."

"트럼프도 마지막이야. 절박하다고, 무슨 말인지 알지?"

"예, 위원장 동지."

전화기를 내려놓은 김동호가 침대에서 일어섰다.

오전 10시, 평택항에서 여객선 산둥(山東)호가 출발 준비를 마치고 최종 점검 중이다. 선장 황변은 62세, 선장 경력 17년째 베테랑으로 평택과 산둥성 위해까지 1백 번도 더 왕복을 했다. 4만 5천 톤급 여객선 산둥호는 장거리용이었기 때문에 위해에서 남아프리카 케이프타운까지 정기선으로 운항된다.

"승선 인원 6,255명입니다."

항해장 조명선이 보고하자 황변은 쓴웃음을 지었다.

"쏟아져 나가는군."

"예, 선장님."

따라 웃은 조명선이 말을 이었다.

"정원보다 35퍼센트를 더 승선시켰습니다."

"이러다가 한국이 베트남 짝 나는 거 아니냐?"

창밖을 둘러보며 황변이 물었다.

"저기 모여 있는 사람들도 배를 타려는 사람들 아냐?"

"예, 승선 요금이 암표로 5배가 뛰었습니다."

"더 태울걸 그랬지?"

"다음에는 가격을 더 올려야 할 것 같습니다."

조명선이 목소리를 낮췄다.

"이번에 180만 달러 넘게 벌었습니다."

조명선과 황변은 이번에 암표 장사를 해서 180만 달러를 번 것이다. 고개를 끄덕인 황변이 지시했다.

"자, 출발이다."

"오늘은 저놈이야."

눈으로 산둥호를 가리킨 최종래가 입술 끝을 올리며 웃었다. 산둥호는 막 접안했던 부두에서 떠나는 중이다. 거대한 산둥호 갑판에는 승객들로 가득 차 있다. 놀란 박기철이 배를 응시한 채 물었다.

"저 배란 말입니까?"

"그렇다."

오전 10시 5분, 산둥호가 경적을 울렸다. 최종래가 들고 있던 커피 잔을 내려놓고 말을 이었다.

"오늘 중으로 저놈이 사고를 일으킨다."

"어, 어떻게 말입니까?"

"선장이 결정할 거야."

산둥호가 이제는 선미를 이쪽으로 보이며 예인선의 안내를 받아 속력을 내기 시작했다.

워싱턴은 오후 8시 15분이다. 오늘은 정상회담 참가 멤버인 국무장관 제임스 이스트먼, 안보보좌관 커크 매디슨, 합참의장 벤자민 프로스트, 비서실장 제이크 모간까지 넷과 함께 트럼프가 저녁을 먹고 있다. 백악관의 식당 안, 대통령이 손님들과 식사할 때는 안쪽 방이 치워진다. 트럼프가 스테이크를 씹고 나서 제임스를 보았다.

"제임스, 어제 한국에서 대형사고가 터지고 나서도 탈출은 여전히 이어진

다던데."

"그렇습니다."

제임스의 얼굴에 쓴웃음이 떠올랐다.

"이번 미·북 회담에 대해서 한국인들이 기대하지 않고 있다는 증거지요."

"그렇지."

트럼프가 고개를 끄덕였다.

"한국인들은 70년간 우리 미국의 등에 업혀 살았어. 내가 대통령이 된 이상 좋은 시절은 끝난 거야."

모두 입을 다물었는데 지금까지 수백 번 들은 이야기였기 때문이다. 작년에 합참의장이었던 전(前) 주한 미군 사령관 윌리엄 퍼킨스 대장이 한국의 전략적 가치를 역설했다가 트럼프와 언쟁을 벌였다. 그러고는 '이런 무식한 놈' 밑에서는 일할 수 없다면서 사표를 낸 것이다. 그 후임이 된 벤자민 프로스트는 온건한 인물이다. 트럼프가 말을 이었다.

"이번 미·북 회담이 잘 끝나고 나면 한국 측에 '방위분담금'을 더 받아낼 수 있을 거야. 어떻게 생각하시오?"

트럼프의 시선을 받은 제임스, 커크, 벤자민, 제이크가 제각기 외면하거나 딴전을 피웠다. 포크를 내려놓은 트럼프가 말을 이었다.

"이제 한국은 오갈 데 없는 신세야. 그것을 한국 국민들이 잘 알고 있는 것 같군. 우리는 북한만 잘 다루면 돼."

"그렇습니다."

커크가 맞장구를 쳤다.

"그러면 한국은 우리 주장을 따르게 될 것입니다."

지금까지 트럼프는 한국을 무시해왔다. 엄청난 주둔비용을 부담하는데도 한국은 오히려 미국을 등쳐먹는다는 논리다. 그래서 올해는 주둔비를 5배 올리지 않으면 주한 미군을 철수하겠다고 으름장을 놓고 있다. 그렇게 되면 미군 없는 한국은 바로 북한에 제압되어 북한 식민지가 되거나 해외 자본이 다 빠져나가는 바람에 순식간에 베네수엘라 같은 파산국가가 된다는 것이다. 트럼프의 얼굴에 웃음이 떠올랐다. 마치 사냥한 짐승을 옆에 두고 새 사냥감을 노리는 것 같은 여유다.

임홍원 대통령이 TV에서 시선을 떼고 인류수비대 사령관 백철을 보았다. 며칠째 뜬눈으로 밤을 새운 임홍원의 두 눈은 충혈되어 있다.

"사령관, 난 탈국자를 제재하지 않을 작정이오."

백철은 잠자코 시선을 내렸지만 상황실 안은 무거운 정적이 덮였다. 오전 10시 45분, 청와대 지하 비상상황실 안이다. 지금 총리를 비롯한 국무위원들까지 모여 비상회의가 열리는 중이다. 북한이 안학도를 폭파했을 때부터 비상회의가 계속해서 열리고 있다. 벽에 붙은 대형 TV에서는 지금도 국외로 탈출하는 탈국자들을 비추고 있다. 고속도로는 KTX가 사고를 일으켜 하행선이 막힌 후부터 더 미어터지고 있다. 서울을 중심으로 경기도의 인구 20퍼센트가 남쪽으로 이동했다는 보도가 나오고 있다. 이렇게 5일만 더 지나면 서울과 인천 등 수도권 인구가 절반 이상 줄어들 것이라고 한다. 대탈출이다. 북한의 미사일 한 방에 한국이 흔들리고 있다. 임홍원이 말을 이었다.

"전쟁을 잊고, 평화만 좇던 결과가 바로 이것이오. 우리가 정신무장을 소홀히 한 결과가 바로 이겁니다. 이건 모두 내 책임이오."

모두의 시선이 임홍원에게 모였다가 옮겨갔다. 임홍원의 책임이 아니다. 지금까지 전대(前代)의 집권자들이 그런 정책을 펴왔기 때문이다. 그리고 그 평화의 맛에 길들여진 국민이 각성하지 않았다. 정치가 핑계를 댈 수도 없다, 그 정치가를 뽑은 것도 국민이니까. 제대로 된 국민이라면 대비를 했어야 한다. 그때 백철이 말했다.

"대통령님, 이틀 남았는데 북·미 회담 결과에 대한 대비를 해야 될 것 같습니다."

임홍원이 눈동자의 초점을 잡고는 고개를 끄덕였다.

"그래야지요."

임홍원이 숨을 들이켜더니 어깨를 펴고 말을 이었다.

"탈국자는 놔둡시다. 막으면 혼란만 더 커질 거요."

"선장님, 15마일 앞에 마린호가 옵니다. 레이더를 본 조명선이 보고했다. 산둥호는 시속 25노트의 속력으로 쾌속 항진 중이다. 레이더에는 중국에서 출항한 같은 선박회사 소속의 마린호가 다가오고 있는 것이 보였다. 마린호는 3만 8천 톤, 요즘 탈국자가 폭증하면서 산둥해운은 한·중 간 운항 편을 증편했다. 2일에 1번 왕복했던 것을 하루에 2번으로 늘렸어도 승객이 만원이다. 다른 여행사도 마찬가지다. 그때 황변이 말했다.

"7도 우측으로 항로를 변경하도록."

"예, 선장님."

복창한 조명선이 조타수에게 명령했을 때 황변이 손목시계를 보았다.

"항해장, 종합 체크를 해라."

"예, 선장님."

항해장이 선장 대신으로 배 전체를 점검하는 것이다. 조명선이 조타실을 나왔다.

"트럼프는 이번에 성과를 올리지 않으면 재선이 불가능합니다."

최선희가 똑바로 김동호를 보았다.

"영변 핵 시설은 놔두고 함흥의 핵 시설을 내놓는 것입니다. 그리고 그 대가로 경제 제재 해제를 받는 것이지요."

"함흥을 내놓는단 말이지?"

김동호가 묻자 최선희가 고개를 끄덕이며 말했다.

"예, 거기에 핵탄두 12개까지 내놓는 것입니다. 그러면 트럼프는 물론이고 미국 강경론자들도 깜짝 놀랄 것입니다."

"으음."

김동호가 신음했다. 함흥은 북한의 핵 시설 본부나 마찬가지다. 지하 5킬로 지점까지 파 놓은 지하도와 3개의 발사대는 아직 미국 위성도 촬영하지 못했다. 그것을 내놓는 것이다. 거기에다 핵탄두 12개, 트럼프에게는 엄청난 보너스까지 더해졌다. 최선희의 시선을 받은 김동호가 천천히 고개를 끄덕였다.

"좋아, 그렇게 하자고."

"예, 위원장 동지."

대답은 회담 준비 대표 조천수가 했다. 모두 머리를 짜내고서 만든 대책이다. 벽시계가 오전 10시 45분을 가리키고 있다.

"마린호가 3킬로 거리까지 다가왔습니다."

조타수가 말하자 황변이 고개를 끄덕이며 다가갔다.

"좋아, 내가 조타를 하겠다."

"예, 선장님."

40대 중반의 조타수 우양수는 황변과 5년 가깝게 일했기 때문에 성격을 잘 안다. 황변이 가끔 조타를 직접 하는 경우도 있는 것이다.

"넌 뒤쪽에 가서 잡지나 봐."

타륜을 쥔 황변이 말하자 우양수는 두말없이 뒤쪽 벽에 붙은 의자로 가서 앉았다. 조타실에는 항해장이 2등 항해사까지 데리고 갔고 당직 사관 둘도 황변이 심부름을 보내 둘뿐이다. 그때 황변이 산둥호의 속력을 냈기 때문에 우양수가 고개를 들었다가 잡지를 폈다.

마린호의 조타실 안, 선장석에 앉은 선장 장학조는 왼쪽에서 다가오는 산둥호를 보았다. 산둥호는 20분쯤 전부터 항로를 이탈하고 있다. 본래 항로라면 오른쪽 20마일 거리에서 지나가야 되는데 웬일인지 이쪽으로 다가와서 지나간다. 그러나 장학조는 산둥호 선장 황변과 잘 모르는 사이다. 장학조가 상해해운 소속이었다가 이곳 산둥해운으로 옮겨온 지 두 달밖에 안 되었기 때문이다. 바다에서 몇 마일 거리쯤 항로를 벗어나는 것은 자주 있는 일이었기 때문에 장학조는 시선을 떼었다. 이 상태라면 산둥호와 마린호는 1마일쯤 거리를 두고 스쳐 지나갈 것이다. 그러나 보고는 해야겠다고 마음먹었다. 1마일 거리로 스치고 지나는 것은 보고감이다. 장학조가 커다랗게 하품을 했을 때다.

"앗!"

조타수가 낮게 외쳤기 때문에 장학조는 고개를 들었다.

"엇!"

장학조의 입에서도 놀란 외침이 터졌다. 산둥호가 빠르게 접근해 오고 있다. 어느새 3백 미터 거리. 그런데 산둥호는 피하려고 하지 않고 곧장 이쪽 선수를 향해 달려온다.

"아니, 저."

엄청나게 빠른 속력이다.

"아니, 저 자식이!"

장학조가 버럭 외친 순간이다.

"꽈꽝!"

충돌음과 함께 유리창이 산산조각으로 부서지면서 장학조는 자신의 마린호가 산둥호의 거대한 몸체 옆구리를 들이받는 것을 보았다. 산둥호의 선체가 두 동강이 나면서 마린호도 선수가 번쩍 들렸다.

D-2일이었던 어제의 해상사고 피해자는 6,029명, 역사상 최악의 참사로 기록되었다. 산둥호는 배가 두 쪽으로 갈라져서 즉시 침몰했고 선수가 깨진 마린호도 10분쯤 후에 침몰했기 때문이다. 산둥호의 탑승객 대부분이 사망했는데 반하여 한국으로 오는 중이던 마린호는 텅 비어 있었기 때문에 사망자가 적었다. KTX 사고에 이어서 여객선 침몰 사고로 연거푸 대참사가 일어나고 있다. 그리고 사망자 대부분이 북한의 미사일 발사에 겁을 먹고 남쪽으로 내려가거나 한국을 떠나던 탈국자가 희생되었다. D-1일째인 오전 10시 반, 이곳은 청와대 지하 비상상황실 안, 대통령 임홍원이 인류구조대 사령관인 백철 대장의 보고를 듣는다.

"기관사 유건철이 정신착란을 일으킨 것 같습니다."

방금 상황실에 모인 지도자들은 CCTV 화면과 음성 녹음까지 생생한 장면을 보고 들은 것이다. 앞쪽 스크린에는 유건철이 입을 딱 벌리고 고함을 치는 장면이 정지된 채 떠 있다. 마지막 순간이다. 그때 유건철이 소리쳤었다.

"주인이시여!"

그때 임홍원이 물었다.

"이번 사건이 지난번 사탄의 대학살과 관계가 있겠소?"

"그럴 가능성도 있습니다만, 아직……."

증거가 미흡하다. 한숨을 쉰 백철이 흐려진 눈으로 임홍원을 보았다.

"어제의 해상사고는 중국 측이 주관하고 있기 때문에 원인을 찾으려면 시간이 좀 걸리겠습니다."

임홍원의 어깨가 늘어졌다. 목격자 증언으로는 산둥호가 항로를 이탈하여 마린호 앞을 가로막았기 때문이었다. 생존자의 생생한 증언이었다. 특히 마린호의 선장과 항해사는 살아남았던 것이다. 그러나 모두 중국 측에서 나온 보도다.

"도대체 이게……."

말을 잇지 못한 임홍원이 주위를 둘러보았다. 두 눈이 흐려져 있다.

"우리가 무슨 저주를 받았단 말인가?"

마침내 가슴 속에 품고 있던 말이 터져 나왔지만 대통령이 할 말이 아니다. 대통령은 '대책 없는' 이런 탄식을 뱉으면 안 되는 것이다. 모두 입을 다물고 있었지만 백철이 작심한 듯 말했다.

"대통령님, 이것이 새 대한민국의 계기가 될 것입니다."

"다 죽어야 새 대한민국이 된단 말이오?"

임홍원이 또 자제력을 잃었다.

"왜 한국에만 이런 사고가 난단 말이오?"

"사탄은 다른 데도 갈 것입니다."

그러자 임홍원이 고개를 저었다.

"미·북 회담까지 얽혀 있어."

"잘 끝날 수도 있습니다."

"그건 미·북 관계지 우리하고는 전혀 상관이 없는 일이오."

고개를 든 임홍원이 백철을, 그러고는 차례로 위원들을 보았다. 이제는 눈동자의 초점이 잡혔다.

"우리만 고립될 거요."

"대통령님."

안보실장 최용진이 입을 열었다.

"이번에 북한은 영변 핵 시설도 발각되었기 때문에 내놓을 카드가 없을 것입니다. 그러니 트럼프도 별 기대를 하지 않을 것이라는 관측이 우세합니다."

최용진은 통일부장관 출신으로 북한 전문가다. 임홍원에게 북한 대책에 대해 가장 큰 영향력을 행사할 수 있는 인물이다. 최용진이 말을 잇는다.

"그러면 북한이 믿을 곳은 한국뿐입니다. 그러니까 기다렸다가……."

"감나무 밑에서 입 벌리고 누워있자는 말이오?"

임홍원이 불쑥 묻자 최용진은 시선을 내렸다. 최용진은 북한에 주고 평화를 담보받자는 주의다. 북한이 절대로 한국을 침략하지 않을 것이라는 확신을 품고 있는 인물이다. 그때 국무총리 장진영이 말했다.

"북·미회담 결과를 보고 대책을 세우지요."

지금은 예단할 수 없는 상황이다. 트럼프와 마찬가지로 김정은도 럭비공 같아서 어디로 튈지 모르는 것이다. 모두 다시 입을 다물었다.

"여보세요?"

핸드폰을 쥔 서수민이 긴장했다. 모르는 번호다. 오전 11시 반, 오늘도 밝은 세상 교회에 나와서 간부들과 사탄을 대비한 훈련을 하고 있던 중이다. 그때 수화구에서 사내 목소리가 울렸다.

"나야."

그 순간 놀란 서수민이 숨을 들이켰다. 주인이시다. 신의 아들, 전달자, 그 중에서 서수민은 주인 칭호를 제일 좋아한다.

"주인님."

김동호의 목소리를 오랜만에 듣는 서수민의 목이 메었다. 그때 주위의 간부들이 일제히 숨을 죽였기 때문에 조용해졌다. 모두 '주인님' 소리를 들은 것이다. 그때 김동호가 말했다.

"별일 없지?"

"여기 사고가 많이 난 거 아시죠?"

"그건 알아."

김동호가 다시 물었다.

"교회는 이상 없나?"

"누가 하나 찾아왔었어요."

기다렸다는 듯이 서수민이 박기철이 찾아온 이야기를 했더니 김동호가 잠깐 생각하다가 말했다.

"내가 갈 때까지 흩어져. 교회에서 모이지 마."

"네, 주인님."

"지금 당장."

"네, 주인님."

"흩어져 있으면 찾아내지 못한다. 내가 갈 때까지 기다려."

"언제 오시는데요?"

"곧."

그러고는 통화가 끊겼기 때문에 서수민이 한숨을 쉬었다. 그때 주위로 간부들이 모여들었다.

핸드폰을 귀에서 뗀 김동호가 앞에 선 호위장군에게 말했다.

"다 들어오라고 해."

주석궁의 회의실 안, 김동호는 핸드폰으로 서울의 서수민에게 통화를 한 것이다. 곧 방 안으로 김영철과 조천수, 최선희 등 회담 참가 요원들이 들어섰다. 바로 내일 하와이 정상회담이다. 그래서 오늘 오후 3시에 하와이로 출발하는 것이다.

"이거, 무슨 말이야?"

제럴드 커튼이 고개를 비틀며 물었다.

"글쎄, 무슨 암호 같기도 하고."

김태수가 녹음기의 정지 버튼을 누르며 말했다. 이곳은 서울 장충동 골목의 5층 사무실 안. 사무실 문 앞에는 '영진 제작소'라는 간판이 붙어 있지만 CIA 서울지사의 별관 건물이다. 둘은 방금 평양 주석궁에서 김정은이 한국으로 통화한 내용을 감청한 것이다.

"여기, 수신자 전화의 위치도 판독이 안 되는데."

고개를 다시 기울인 제럴드가 기술요원 김태수를 보았다.

"주석궁 발신은 맞아?"

"그건 맞아."

"김정은 목소리도 맞고?"

"탁한 목소리도 100퍼센트 일치해."

"거기 주석궁에서 여기로 직통 핸드폰이 되기는 하는 거야?"

"지금 전화 온 것을 들었잖아?"

"젠장."

투덜거린 제럴드가 녹음기를 집어 들었다. 보고하려는 것이다.

TV를 보던 최종래가 고개를 돌려 박기철에게 물었다. 웃음 띤 얼굴이다.

"사탄의 아이디어도 한계가 있어. 다른 방법 생각나는 건 없나?"

"그건 제가……."

당황한 박기철이 어물거렸을 때 최종래가 말을 이었다.

"오늘이 D-1일이야. 세계의 관심이 북·미 정상회담보다 한국에서의 사고로 쏠려 있어. 한국은 지난 용인 전쟁보다 이번의 두 사건이 더 커졌어. 이것만 해도 성공 아닌가?"

"그렇습니다. 지난번에는 소란만 컸지 실제로는 신의 아들 패거리한테 당한 셈입니다."

박기철이 한숨까지 쉬었다.

"신의 아들이 능력을 준 신의 전사들이 우리들 상대가 되었거든요. 그런데 지금은 굉장히 효율적입니다."

"듣기가 좋군."

최종래의 얼굴에 다시 웃음이 떠올랐다.

"이번 세 번째 작업도 결정했다."

호놀룰루에 먼저 도착한 트럼프가 기자들에게 둘러싸였다. 이곳은 호놀룰루 중심부의 아메리카호텔 라운지 안, 기자 회견장으로 개조된 라운지에는 세계 각국의 기자 2백여 명이 모여 있다. 트럼프는 기자들이 많은 것을 좋아하는 성격이어서 경호원들이 죽을 고생을 한다. 그러나 트럼프는 이름도 없는 방송사 기자의 질문도 대답을 한다. 연설이 없는 기자 회견장, 먼저 NBC 기자가 발언권을 얻었다. 노련한 기자다.

"각하, 이번 회담은 쇼라는 소문이 퍼져 있는데 사실입니까?"

"기자 회견 자체가 쇼지 뭐. 정치도 쇼를 잘해야 위대한 정치가로 평가받는 거야, 그렇지 않소?"

개인 대 개인의 대담이다. 50대의 베테랑 기자였지만 '말수'가 트럼프에게 꿀렸다.

"그건 그렇습니다만."

그때 트럼프가 2번째 기자를 지명, CNW의 베테랑 여기자.

"이번 정상회담에서 미국 측은 북한과 대타협을 할 것 같다는 추측이 지배적입니다. 그것은 미국 대통령의 재선 때문이죠. 대통령은 북한의 조건을 다 들어줄 것이라고 하는데 사실이 아니겠죠?"

"핫핫핫."

트럼프가 큰 소리로 웃고 나서 여기자를 보았다.

"로라, 난 당신의 미모를 지금 그대로 믿고 있소. 당신은 여기자 중 가장 미인이오."

"내가 성형수술을 했어도 그래요?"

"당연하지, 난 당신이 성형수술을 한 후부터 알고 있으니까."

그러고는 트럼프가 세 번째 기자를 지명했다.

뒤쪽에서 그것을 보던 합참의장 벤자민 프로스트가 옆에 선 보좌관 밀러에게 말했다.

"저자는 달인이야."

"그렇습니다."

해병대령 밀러는 프로스트와 정반대로 거침없이 생각을 말하는 성품이다. 밀러가 프로스트를 보았다.

"사기가 끝없이 이어집니다."

"정치, 외교가 사기라고 해도 틀린 말이 아냐, 대령."

"그 사기가 끝까지 발각되지 않으면 영웅이 되겠지요."

"재선에 성공할 뿐이야."

"미국의 국익에 도움이 된다고 믿으십니까?"

"경제적으로는."

"동양의 원숭이한테 놀림감이 되고 있다는 의식은 버려야겠군요."

"그 의식은 어렸을 때 버린 분이시지. 아버지하고 임대인한테서 월세 받으러 다닐 때부터."

"명예와 자부심은, 그리고 우리 성스러운 성조기는 어떻게 됩니까?"

"그것이 현금으로 얼마 가치짜리냐고 묻는다면 할 말이 없지."

눈만 크게 뜬 밀러를 향해 프로스트가 쓴웃음을 지었다.

"미국 시민의 50퍼센트가 트럼프하고 같은 생각이라면 우리는 따라야겠지."

"하긴 그 국민이 그 대통령을 뽑는다고 하니까요. 처칠의 말입니다."

"그것이 북한에도 통용된다네. 북한 국민도 70년째 그 통치자들을 3대에 걸쳐 모시고 있어."

그때 기자들이 웃음을 터뜨렸다. 트럼프 페이스에 말려들고 있다는 증거다.

경부고속도로 하행선의 정광 휴게소는 입추의 여지가 없이 꽉 찼다. 주차장은 말할 것도 없고 휴게소 진입로 앞, 뒤, 앞쪽 갓길까지 주차된 차들로 메워져 있는 것이다. 서울 기점 220킬로, 대전과 대구 사이의 정광 휴게소는 시설이 크고 주차장도 넓었지만 대만원이다.

"5년 전 추석 때도 기록을 세웠지만 지금은 그 두 배는 되는 것 같다. 나라가 미쳤다."

주유소 직원 오만성이 주위를 둘러보면서 탄식을 했다. 40대 중반의 오만성은 집이 휴게소 근처여서 피난 갈 필요가 없다. 이곳에도 피난민이 방을 구했기 때문에 집값이 2배로 뛰었다. 민박 요금도 5성급 호텔 수준이다. 방 1개월세가 3백만 원이니 나라가 미쳤다고 탄식하는 것이다.

"여기 휴게소에만 1만 명은 넘는 것 같다."

옆에 선 박찬식이 말했을 때 오만성이 쓴웃음을 지었다.

"이제는 부산이 미어터지니까 대전, 대구, 그리고 전라도로 쏟아져 내려간다는군. 전라도도 이제 꽉 찼다는 거다."

"남쪽이 안전하니까."

"서울, 경기도 집값이 반값으로 떨어졌다는데, 북한이 미사일을 한 발 더 쏘면 다 빈집이 된다는 거다."

"트럼프가 북한하고 동맹을 맺으면 한국은 낙동강 오리알이라고 하는군. 북한군이 마음 놓고 내려온다는 거야."

"나도 들었어. 그래서 모두 도망가는 거지."

그때 둘은 같이 고개를 들었다. 하늘에서 비행기 엔진 소리가 들렸기 때문이다.

"어어."

둘의 입에서 동시에 외침이 터졌다. 보라. 비행기 한 대가 이쪽을 향해 날아오고 있다. 떨어져 내려오고 있다는 표현이 맞다. 굉음이 더 커졌다. 이제는 휴게소에 운집한 군중 모두가 하늘을 본다. 거대한 비행기의 동체가 엄청난 엔진음을 내면서 다가오고 있다. 이제 유리창이 손톱만 하게 커졌다.

"아이구!"

오만성이 먼저 고함을 지르면서 몸을 돌렸다. 비행기가 휴게소를 향해 내리박히고 있다. 이제는 휴게소 광장에 운집했던 군중이 모두 개미 떼처럼 흩어지고 있다. 그 순간이다.

"꾸콰쾅!"

비행기가 휴게소 한복판에 추락하면서 불길이 수백 미터나 치솟았다. 휴게소 건물이 통째로 폭파되었고 수백 대의 차량들도 불길에 휩싸였다. 파편이 흩어지더니 곧 주유소가 폭발했다.

"꾸꽈꽝!"

"대폭발입니다."

김영철이 흥분을 억누르며 말했다.

"엄청난 사고입니다."

사고라는 말에 힘이 떨어진 것처럼 느껴졌다. 김동호가 앞쪽의 TV 화면을 보았다. 전용기 안이다. 이것도 엄밀히 말하면 전세 비행기다. 중국의 베이징 항공에서 최신 기종인 B-787 300인승 여객기를 빌려 조선 인민 공화국 국기와 이름을 써 붙인 것이다. 지금 김동호는 간부들과 회의실에서 TV를 보는 중이다. 오후 4시 반, 비행기는 막 태평양 상공에 들어섰는데 TV에 한국 고속도로 휴게소의 폭발사고가 보도되고 있다. 회의를 하다가 만 위원들은 모두 아연한 표정이다. 그때 김영철이 또 나섰다.

"3일째 남조선에서 대형사고가 터지고 있습니다."

"그만!"

김동호가 눈썹을 모으면서 짧게 말했더니 김영철이 입을 딱 다물었다. 그때 화면에 휴게소가 비치면서 해설자의 목소리가 이어졌다.

"일본행 여객기가 엔진고장을 일으켜 휴게소에 충돌했기 때문에 여객기 승객과 휴게소에 있던 여행객들이 참사를 당한 것입니다. 당국은 아직도 생존자 구출에 전력을 다하고 있습니다."

충돌 시간도 25분 전이었다. 지금 화면은 헬기에서 찍은 장면이다. 25분 전에 폭발했지만 아직도 주유소와 건물은 맹렬한 화염에 싸였고 휴게소 전역이 초토화되었다. 사망자, 부상자를 아직도 구조대가 다 처리하지 못하고 있다. 아비규환의 참상이었고 지옥이 따로 없다. 이제 회의실의 위원들은 모두 침통한 분위기로 덮였다. 다시 해설자가 떠들었기 때문에 김동호가 손을 저었다.

"소리 꺼!"

리모컨을 쥔 최선희가 다급하게 음소거를 시켰다. 그러자 다시 화면만 나왔다. 고개를 든 김동호가 정상회담 참가 위원들을 둘러보았다. 모두 시선을 부딪치고는 엄숙한 표정을 짓는다. 몇 년 전에 시선을 마주치지 못한 대장 하나가 '무슨 죄를 지은 것 같다.'는 질책을 듣고 함경도의 닭 공장 지배인으로 추방된 적도 있기 때문이다.

또 사고다. 회의실을 나와 기체 앞쪽 전용실로 들어가 소파에 앉은 김동호가 고개를 기울였다. 이것은 우연한 사고가 아니다. 두 번째 사고까지는 우연으로 생각되었지만 오늘의 세 번째 참사를 목격하자 사탄의 소행이라고 믿어졌다. 이번 사탄은 교활한 놈이다. 일을 크게 벌이지 않고 몇 사람만 조종해서 대형 참사를 일으킨다. 북한의 미사일 발사로 공황상태가 된 한국의 분위기를 이용하고 있다. 그놈은 전(前) 사탄이 북한으로 들어와 핵을 이용하려고 했다는 것을 아직 모르는 것 같다. 알았다면 벌써 따라 들어왔겠지. 그런데 이놈을 어떻게 처리해야 된단 말인가? 김동호의 머릿속에는 그 생각뿐이다.

"끄시오."

대통령 임홍원이 말하자 비서실장 정인규가 서둘러 TV를 껐다. 청와대의 지하 비상상황실 안, 임홍원의 얼굴은 며칠 사이에 수척해졌고 두 눈이 충혈되었다. 상황실에 둘러앉은 장관, 인류수비대장 백철을 비롯한 관계자들도 입을 다물고 있다. 휴게소의 대참사는 지금 소방청과 경찰이 대거 투입되어 수습 중이다. 인류수비대도 군 헬기를 투입하여 부상자를 옮기고 있다. 도로

가 꽉 막혀서 헬기로만 운행이 되기 때문이다. 이윽고 임홍원이 입을 열었다.

"두 번까지는 우연으로 보겠지만 오늘 참사는 믿을 수가 없어."

혼잣말이지만 모두 선명하게 들었다. 임홍원이 번들거리는 눈으로 주위를 둘러보았다.

"왜 한국에만 이런 일이 계속해서 일어난단 말인가? 우리 한국인이 무슨 죄가 있다고 이러는 거야?"

"……."

"왜 악마가 한국에만 오는 거야? 차라리 날 데려가든지 하지."

감정을 누르지 못한 임홍원의 눈에서 눈물이 흘러내렸다. 북한과의 평화공존을 위해 온갖 수모를 견디어왔던 임홍원이다. 그것을 역이용한 김정은이 한국을 무시하고 트럼프와 일대일로 거래를 하는 바람에 임홍원은 소외되었다. 국민들한테까지 비난을 받는 상황에서 악마가 내습했다. 거기에다 북한의 미사일 발사로 전국이 공황상태가 된 데다 이런 대형 참사가 연거푸 터진 것이다. 그때 국무총리 장진영이 헛기침을 했다.

"대통령님, 한국은 잘될 겁니다. 대한민국이 어떤 나라입니까? 잘 견디어 낼 겁니다."

"국민들이 도망가는 것이 내가 싫어서 나가는 거요. 다 내 책임이오."

임홍원이 눈물범벅이 된 얼굴로 말했을 때 이번에는 백철이 나섰다.

"대통령님, 그건 절대 아닙니다. 진정하시지요. 이건 천재지변이나 같습니다."

하지만 백철도 울상이다.

D-Day. 오전 10시 반, 북·미 정상회담장인 호놀룰루 아메리카호텔 회의장 안. 인사를 하고 사진 촬영만 간단히 하고 양국 대표단이 회의장으로 들

어가 착석했다. 10시에 회담장인 17층 라운지로 들어서서 10시 반에 마주 보고 앉았으니 빠른 편이다. 미국 측은 트럼프와 안보보좌관 커크 매디슨, 국무장관 제임스 이스트먼, 그리고 합참의장 벤자민 프로스트가 대표단이다. 그리고 북한은 김정은의 탈을 쓴 김동호, 회담준비대표 조천수, 통전부장 김영철과 외교부장 최선희다. 조천수와 김영철은 둘 다 군 출신이었기 때문에 군인이 따로 필요 없다. 먼저 트럼프가 벽시계를 보는 시늉을 하고 나서 입을 열었다.

"지금 10시 반이니까 12시까지는 주요 결정이 나오겠지요? 시간 끌어서 되는 일이 아니니까 말요."

트럼프 옆자리의 통역이 재미교포인데 목소리의 억양과 분위기까지 비슷했다.

그때 김동호가 얼굴을 펴고 웃었다.

"바로 끝날 겁니다."

그 말을 들은 트럼프가 한쪽 눈을 감아 보였다.

"빅 오더입니까?"

"그럴 겁니다."

"영변 핵 시설에 대한 보도는 보셨죠?"

"봤습니다."

"영변 장사는 안 될 겁니다."

"영변 이야기는 아닙니다."

트럼프와 김동호의 짧은 대화가 왔다 갔다 하는 동안 양측 대표단은 듣기만 했다. 그러나 표정은 반대, 미국 측은 느긋한 반면 북한 측 대표단은 잔뜩 긴장한 상태. 그때 다시 트럼프가 말했다.

"자, 위원장 각하, 말씀해 보시지요."

미국 측 대표단이 일제히 긴장했고 김동호가 천천히 고개를 끄덕였다.

"핵 폐기를 하지요."

"어떻게?"

트럼프가 직설적으로 묻는다. 김동호의 시선을 받은 트럼프가 빙그레 웃었다.

"위원장 각하, 북한이 핵 폐기만 하면 북한은 단시간에 한국을 추월할 국가가 될 겁니다."

"함흥 핵 시설을 폐쇄하겠습니다."

"함흥."

트럼프가 굳어진 얼굴로 좌우의 대표들을 보고 나서 묻는다.

"어떻게 말이오?"

"그곳을 개방하지요. 거기에다……."

"거기에다 무엇을 말입니까?"

"핵탄두를 다 내놓지요. 12개입니다."

"12개……."

다시 대표들을 돌아본 트럼프가 바로 앉았다. 그때 옆에 앉은 커크가 귓속말을 하자 트럼프가 헛기침을 했다.

"우리가 사찰할 수 있도록 해주시오."

"잠깐."

김동호가 손을 들어 트럼프의 말을 막았다.

"우리가 받을 조건은?"

"경제 제재 전면해제."

"구체적으로 말씀해 주시지요."

"모든 제재가 풀릴 겁니다. 그리고 미국의 직접적인 원조도 받을 수 있을 거요, 위원장 각하."

트럼프의 두 눈이 번들거렸다. 목소리에 열기가 띠었고 말끝이 떨리기까지 한다.

"우리가 북한 전국을 사찰할 수만 있게 해준다면 북한의 요구는 다 들어주겠소."

30분간의 휴식시간. 왼쪽 휴게실로 자리를 옮긴 북측 대표단이 김동호를 중심으로 회의 중, 김동호가 대표들을 둘러보았다.

"예상대로 트럼프가 급한 것 같은데, 우리 요구조건을 더 추가시킬 것 없을까?"

"남조선에서의 미군 철수를 요구해야 합니다."

김영철이 말했다.

"이 기회에 밀고 나가지요."

사전회의에서는 넣지 않았던 조건이다. 그렇게 되면 트럼프는 대륙에 붙은 기지를 내놓는 셈이 된다. 김영철이 목소리를 낮췄다.

"그러면 우리가 남조선을 점령해도 미국과 일본은 손을 댈 수가 없게 됩니다."

"트럼프가 받아들이지 않을 겁니다."

최선희가 반대했다.

"북조선의 핵을 폐기시켰지만 남조선은 무방비 상태로 내준 셈이 될 테니까요. 남조선과는 동맹관계 아닙니까? 동맹을 깨는 이유가 있어야 됩니다."

"트럼프에게 남조선은 이제 효용가치가 없어졌어. 우리가 핵 폐기 조건으로 남조선의 미군 철수를 요구하면 들어줄 거야."

"트럼프가 아무리 막무가내라고 해도 간단하게 미군 철수는 못 합니다. 양국 인민들의 여론이 나빠질 테니까요."

"무슨 여론 따위……."

"가만."

손을 들어 말을 막은 김동호가 흐려진 눈으로 앞쪽을 보았다. 생각하는 표정이다.

"함흥 핵 시설을 꺼내다니 진정성이 있어 보입니다."

벤자민 합참의장이 말했다.

"함흥 핵 시설은 지금까지 위성 사진에 찍히지도 않았습니다. 방대한 시설과 지하통로, 격납고가 있다는 소문만 들었지요."

"그것만 해도 대단한 성과야."

트럼프가 다시 심호흡을 했다. 아까부터 계속 심호흡을 하는 것이다.

"그런데 저 새끼들이 어떤 요구조건을 내놓을 것 같나?"

"한국에서 미군 철수를 요구할지도 모릅니다."

국무장관 제임스가 말하자 벤자민이 고개를 끄덕였다.

"그럴 가능성이 큽니다."

"철수한다고 하고 좀 빼는 게 어때?"

트럼프가 말하자 제임스는 쓴웃음을 지었다.

"핵 폐기하고 일정을 맞추려고 할 겁니다."

"또 질질 빼겠단 수작이지? 이번에는 안 돼."

"미군 철수는 안 됩니다."

벤자민이 처음으로 강경하게 말했다.

"그것은 한국을 무방비 상태로 북한 앞에 던져놓는 것이나 같습니다."

"아니, 북한이 핵을 폐기하잖아?"

트럼프가 짜증을 냈다.

"핵이 없으면 한국이 북한을 상대할 수 있다고 군에서도 말한 것 같은데."

"한국과 미국은 동맹국 관계입니다."

벤자민이 달래듯이 말을 잇는다.

"동맹국의 안보를 고려해서 신중하게……."

"그건 대통령인 나한테 맡겨, 장군."

트럼프가 엄격하게 말했다.

"난 미국의 안보와 이득을 위해 최선을 다하고 있소."

다시 회의, 11시 15분이다. 12시까지 '큰 그림'을 그리기로 양측이 합의했기 때문에 다시 모여 앉자마자 트럼프가 말했다.

"자, 북한은 핵을 전면 폐기한다고 했습니다, 존경하는 위원장 각하."

어깨를 편 트럼프가 김동호를 보았다. 정색한 표정.

"우리, 이번에는 질질 끌고, 눈치 보고, 속이지 말도록 합시다. 핵 폐기는 1개월이면 충분하리라고 봐요. 우리 폐기단이 북한 전역을 조사, 폐기시킬 수가 있다면 말이지요."

가능한 일이다. 이미 미국은 위성을 통해 핵 시설, 발사대, 예비시설까지 다 파악해 놓았다. 더구나 오늘 함흥 핵 시설까지 내놓는다고 김동호가 제안한 상황이다. 그때 트럼프가 말을 이었다.

"그 조건하에서 북한의 제의를 들읍시다. 북한은 우리한테 뭘 원합니까?"

그때 김동호가 말했다.

"그럼 핵 시설 조사와 폐기에 소용되는 1개월 후에 전면적인 경제 제재 해제가 있어야겠지요."

"그건 당연히."

트럼프가 활짝 웃는 얼굴로 대답했다.

"물론 북한은 전역을 우리에게 개방해야 합니다, 조사에 적극 협조해야 될 것이고."

"당연하지요."

고개를 끄덕인 김동호가 트럼프를 보았다.

"경제 개발 기금으로 매년 300억 불씩 10년간 차관을 부탁합니다."

"으음."

신음만 뱉은 트럼프에게 김동호가 말을 이었다.

"미국과 북조선의 군사동맹이오."

"윽!"

트럼프가 짧은 신음을 뱉더니 김동호를 보았다.

"뭐라고 했소?"

"북조선과 미국이 군사동맹을 맺자는 겁니다."

그때 김영철, 조천수가 서로의 얼굴을 보았다. 놀란 표정이었지만 입을 열지는 않는다. 그러나 최선희는 입을 딱 다문 채 태연하다. 입을 딱 벌리고 있는 트럼프의 양쪽 귀를 향해 제임스와 커크의 입술이 붙여졌다. 제임스 옆에 앉은 벤자민이 자리에서 일어나 트럼프의 뒤로 가서 섰다. 뭔가 이야기를 하려는 것이다. 그때 트럼프의 양쪽 귀에 들리는 속삭임이 이렇다.

"받아들이시지요, 대박입니다."

"오케이 하시지요. 여기서 사인해도 됩니다."

조금 후에 제임스의 입술이 떨어졌을 때 벤자민이 트럼프의 귀에 대고 말했다.

"각하, 이건 핵 폐기보다 열 배는 더 낫습니다."

이번에는 20분간 정회, 12시를 넘긴 시간이었지만 밥 생각을 하는 놈은 미친놈이다. 다시 휴게실로 돌아왔을 때 김동호가 김영철, 조천수, 최선희를 둘러보며 말했다.

"동맹관계는 핵 폐기가 끝나고 경제 제재가 해제되는 순간에 발표하도록 하지."

"예, 위원장 동지."

김영철이 제일 먼저 대답했다. 적응력, 임기응변이 뛰어난 인물이다.

"중국이 강력하게 반발할 테니까요. 만일 알게 되면 온갖 수단을 써서 저지할 것입니다."

중국과 북한은 동맹관계인 것이다. 북한이 미국과 동맹을 맺으면 자연히 중국과는 동맹 폐기를 해야 된다. 더구나 중국은 6·25 때 북한을 구해주지 않았나? 남한과 미국과의 관계와 똑같다. 그때 조천수가 말했다.

"미국 측부터 입단속을 해야 될 것입니다."

조천수가 머리를 절레절레 흔들었다.

"트럼프가 입이 싸거든요. 선거 때문에 트럼프가 정보를 흘릴 수도 있습니다."

그때 최선희가 말했다.

"그때는 동맹을 파약한다고 해야 됩니다. 그럼 트럼프는 치명상을 입게 될 테니 조심하겠지요."

결국은 트럼프 입 관리가 문제다. 이것으로 D-Day가 지나간다.

호놀룰루, 아메리카호텔 라운지, 연단이 2개, 연단에 트럼프와 김정은이 나란히 서 있다. 오후 1시 반, 둘 다 점심도 안 먹었다. 김정은은 체중이 18킬로나 빠져서 날씬(?)한 상태. 트럼프가 흥분을 참으려고 턱을 치켜든 자세인

반면 김정은은 차분한 표정, 더 세련되었다. 뒤쪽으로 양국 대표단이 도열해 서 있었는데 모두 엄숙한 표정, 포커페이스다. 앞쪽에는 수백 명의 기자들, 소란스럽다. 양국 경호원들이 몰려다니는 기자들을 제지하는 중, 그때 트럼프가 마이크 앞에 다가가 가볍게 헛기침을 했다. 그 순간 주위가 순식간에 조용해지면서 플래시의 번쩍이는 섬광만 일어났다. 역사적인 장면보다 특종을 기대한 기자들의 번들거리는 눈, 눈, 눈. 이윽고 트럼프가 말했다.

"여러분, 오늘 미·북은 역사적인 합의를 했습니다."

고개를 든 트럼프의 콧구멍이 벌름거렸다. 다시 번쩍이는 플래시의 섬광. 그러나 기자들은 초조한 표정으로 다음 말을 기다린다.

"북한은 전면적인 핵 폐기에 동의했으며 이틀 후부터 한 달 동안 북한 전역의 핵 시설을 미국 조사단에 개방, 핵 시설은 물론 핵폭탄을 모두 수거하는 것에 동의했습니다."

기자들의 웅성거림, 트럼프의 목소리가 더 커졌다.

"미국 수거단은 북한의 모든 곳을 점검할 수 있게 되었으며 북한 정부는 이에 대해 적극 협조하기로 약속을 했습니다."

트럼프가 어깨를 추켜올렸다가 내렸다.

"이로써 북한 핵은 한 달 후에 지구상에서 자취를 감추게 될 것입니다."

트럼프가 마이크 앞에서 반걸음 물러섰을 때 이번에는 김정은이 나섰다. 김동호다.

"여러분, 북한은 핵 폐기를 선언합니다."

김동호가 유창한 영어로 말을 잇는다.

"북한은 미국 조사단에 적극 협조할 것이며 핵 폐기가 끝나면 미국과 함께 경제발전에 매진할 것입니다."

본래 김동호가 미국이 약속한 매년 300억 불 차관의 10년간 지원을 발표하려고 했지만 트럼프가 극력 말렸기 때문에 서류에만 넣기로 했다. 북·미 동맹 합의는 비밀문서로 따로 기록했다.

"됐군."

생방송으로 뜬 정상회담 발표 장면을 보던 임홍원이 김정은의 발표를 듣고 고개를 끄덕였다. 어깨를 늘어뜨린 임홍원이 옆쪽에 앉은 국무총리 장진영을 보았다.

"이제 한반도에 평화가 왔군."

"그럴까요?"

장진영은 웃음을 띤 얼굴이었지만 말은 시큰둥했다. 그때 임홍원이 길게 숨을 뱉었다.

"핵만 없어지면 할 만해. 더 바랄 것 없어."

점심 식사는 따로 하고 저녁 만찬이 예정되었기 때문에 북한 대표단은 호텔 중식당에서 점심을 먹는다. 오후 2시 반, 밀실 안에는 대표단만 둘러앉아 있다.

"위대한 승리입니다."

김영철이 상기된 얼굴로 김동호를 보았다.

"역사에 남을 것입니다, 위원장 동지."

"그렇습니다."

조천수가 맞장구를 쳤다.

"우리는 엄청난 전리품을 획득한 것입니다."

그때 김동호가 고개를 들고 셋을 둘러보았다.

"남조선은 어떤 상황이겠소?"

모두 입을 다물었고 분위기가 순식간에 가라앉았다. 난데없는 물음인 것이다. 김동호의 시선이 김영철부터 차례로 훑어갔다. 그때 김동호의 시선을 받은 최선희가 말했다.

"핵 폐기는 환영할 것 같습니다."

"믿을까?"

"이번에는 믿겠지요."

최선희가 똑바로 김동호를 보았다.

"하지만 소외감을 느낄 것입니다."

그렇다. 이번 북·미 정상회담에서 한국은 철저히 소외되었다. 실제로 트럼프와의 회담에서 양국은 한국의 '한' 자도 꺼내지 않았다. 발표 때도 마찬가지다. 기자들도 한국을 소외시켰다. 다시 조용해졌다. 이런 소외감, 무 존재감은 엄청난 모욕을 주는 것이다. 개인도 그럴진대 국가의 소외감은 말할 것도 없다. 그때 김동호가 천천히 고개를 끄덕였다. 셋을 둘러보는 시선도 흐려져 있다.

오전 9시 반, 청와대 비서실장 정인규가 핸드폰의 진동을 보고는 발신자를 체크했다. 안보실 보좌관 유기성이다. 정인규가 핸드폰을 귀에 붙였다. 유기성은 북한 담당관이다.

"무슨 일이야?"

"실장님, 곧 최선희 부장이 전화를 할 겁니다."

"응? 누구?"

놀란 정인규가 되물었지만 최선희를 모르겠는가? 그때 유기성이 서두르듯 말했다.

"북한 외교부장 말입니다."

"나한테?"

"예, 기다리십시오."

그러고는 통화가 끊겼기 때문에 이유를 묻지 못했다. 핸드폰을 내려놓은 정인규가 숨을 세 번 쉬었을 때 곧 진동이 왔다. 핸드폰이 목이 비틀린 장구벌레처럼 떨면서 돈 것이다. 정인규가 심호흡을 하고 나서 핸드폰을 쥐었다. 최선희가 정인규에게 첫 통화를 한다. 수신 버튼을 누른 정인규가 귀에 붙였다.

"여보세요, 정인규입니다."

"실장님, 최선희입니다."

최선희가 나긋나긋한 목소리로 말했다.

"북조선 외교부장 최선희요."

"예, 압니다. 안녕하십니까?"

"안녕하세요? 저, 지금 하와이에 있습니다. 아시죠?"

"네."

"회담 잘 끝났습니다. 아시죠?"

"네, 축하합니다."

"그런데 대통령님 계세요?"

"네, 계십니다."

"통화하실 수 있으신가요?"

"누가 말씀입니까?"

"저희 북조선 국무위원장 각하께서 대통령님과 통화를 원하십니다."

"하."

숨 들이켜는 소리가 이렇게 나왔다. 최선희가 말을 이었다.

"대통령님 직통 전번을 알려주시죠."

15분 후 대통령 집무실 안, 불려 들어온 멤버는 비서실장 정인규, 비상상황실에 있던 인류수비대 사령관 백철, 안보실장 최용진, 보좌관 유기성 등이다. 모두 자리 잡고 앉아서 눈만 껌벅이고 있을 때 곧 전화벨이 울렸다. 대통령실 직통 전화, 전화기로 다가간 정인규가 송수화기를 집어 들었다.

"예, 대통령 비서실장 정인규입니다."

"저, 최선희인데요, 대통령님 계세요?"

"예, 계십니다."

"저희 국무위원장님 전화입니다, 바꿔주시지요."

"알겠습니다."

긴장한 정인규가 전화기를 임홍원에게 내밀었다.

"대통령님 국무위원장이 나오실 겁니다."

전화기를 받은 임홍원이 귀에 붙였다. 둘러앉은 요인들은 숨을 죽이고 있어서 임홍원의 옷자락이 테이블에 스치는 소리도 들렸다.

이곳은 하와이 메리디안호텔의 방 안, 김동호가 전화기를 귀에 붙이고 헛기침부터 했다. 앞쪽에 부동자세로 선 최선희가 석상 같다. 그 뒤쪽 소파에 엉덩이의 5분의 1만 걸치고 나란히 앉은 김영철, 조천수는 눈동자도 굴리지 않는다. 그때 김동호가 입을 열었다.

"여보세요, 김정은입니다."

"아, 예, 국무위원장님."

스피커 버튼을 눌렀기 때문에 임홍원의 목소리가 방 안에 울렸다.

"임홍원입니다."

"안녕하십니까, 대통령님."

"예, 건강하시지요? 방금 TV로 북미회담을 봤습니다. 축하드립니다."

"감사합니다, 대통령님."

"역사적인 회담입니다. 잘하셨습니다."

"제가 회담에 나오려고 체중을 18킬로나 줄였습니다."

"아이구, 그러십니까? 건강하게 보이시던데. 과연, 그것 때문이군요."

"배고파서 견디기 힘듭니다."

"아이구, 저런."

이제 긴장이 풀린 임홍원의 목소리에 웃음기가 띠어졌다. 그때 김동호가 말을 이었다.

"여기 하와이입니다."

"아, 예."

"여기서 한국으로 가고 싶은데 어떻겠습니까?"

"예?"

한국이라면 북한도 한국이지, 가볍게 되물었던 임홍원이 잠깐 말을 멈췄다. 이쪽은 청와대 대통령 집무실. 이곳도 통화가 스피커로 울리고 있기 때문에 방 안의 요인들도 다 듣는다. 지금 모두 아연한 표정. 그때 스피커에서 김정은의 목소리가 다시 울렸다.

"제가 한국 방문을 하고 싶다는 말씀인데요."

"아아."

"하와이에서 곧장 서울로 가면 좋겠는데, 가능합니까?"

"서, 서울로."

저절로 말을 더듬은 임홍원의 얼굴이 상기되었다. 전화기를 귀에 붙인 임홍원이 옆에 선 정인규를, 백철을, 최용진까지 훑어보고 나서 어깨를 폈다.

"예, 위원장님."

임홍원이 혼자 결단했다.

“환영합니다.”

임홍원의 목소리를 들은 김동호가 대답했다.

“알겠습니다. 내일 서울로 출발하지요. 뭐, 환영식 같은 건 필요 없겠지요?”

“예, 그것은 실무자들이…….”

임홍원의 목소리가 다시 방을 울렸을 때 김동호가 웃음 띤 얼굴로 말했다.

“제가 요즘 다이어트 중이라 식단은 채식 위주로 부탁합니다.”

북·미 회담의 발표가 끝난 순간부터, 정확하게 말해서 트럼프의 성명이 끝난 후부터 딱 그쳤다. 뭐가? 하행선으로 내려가던 피난 행렬, 곤두박질치던 서울, 경기 지역 집값, 비행기값, 뱃삯, 라면값. 유튜버 하나는 뚝 떨어진 것을 계산했더니 8,723종류나 된다고 했다. 올라간 것 계산은 아직 못 했다.

거기에다 2시간쯤 지나서 청와대 대변인의 성명. 유독 코가 큰 대변인 고만서는 김정은의 한국 방문 특보를 발표하면서 상기된 얼굴로 목소리까지 떨었다.

그러자 이번에는 주가가 폭등하기 시작했다. 달러, 금값이 폭락했고 집에다 쌓아놓았던 라면을 버리는 통에 길가에 라면이 산처럼 쌓였다. 개판이다. 그 개판을 개탄한 평론가 하나는 목을 매어 자살까지 했다. 유서를 남겼는데 첫 줄에 이렇게 썼다.

‘나는 이런 국민의 하나인 것이 부끄럽다.’

그것이 보도되자 유튜버들이 득달같이 달려들어 평론가의 신상을 파헤쳤다. 다시 시작한 것이다.

“이것 봐라?”

TV에서 시선을 뗀 최종래가 웃음 띤 얼굴로 박기철을 보았다. 장안평의 식당 안. 지금도 TV에서는 김정은의 한국 방문에 대한 보도가 쏟아지고 있다. 갑작스러운 방문이어서 나라 전체가 허둥대고 있다. 김정은 숙소가 고려호텔이라고 했다가 백제호텔로 변경되는 등 난리다.

"하루도 안 돼서 사고 보도가 싹 들어갔군."

"예, 그렇습니다."

박기철의 얼굴에도 쓴웃음이 떠올랐다.

"핵 폐기에다 김정은 답방이 원래 빅뉴스거든요."

"잘되었다."

오늘이 D-Day인 것이다. D-3일부터 D-1일인 어제까지 3일 연속 안타를 친 최종래다. 고개를 끄덕인 최종래가 눈을 가늘게 떴다.

"김정은이가 한국에서 계속 대형사고가 터지는 것을 알 텐데도 온다는 말이지?"

"예, 주인님."

"좋다."

박기철의 시선을 받은 최종래가 말을 이었다.

"그럼 김정은이가 도착한 내일 환영식을 해주기로 하지."

"오늘은 쉬는군요."

"그래야 내일 치는 홈런이 빛나는 거다."

어제의 고속도로 휴게소 폭발로 8,724명이 사망했다. 기록적인 참사로 전 세계의 언론이 주목하고 있다. 그러다가 김정은 방문 소식에 대형 참사 보도가 묻힌 것이다.

그때 TV에 고속도로가 비쳤다. 놀랍게도 한산한 하행선이다. 대신 상행선이 추석 명절 때처럼 미어지기 시작하고 있다. 그것을 본 박기철이 혼잣소리처럼 말했다.

"저놈들 잽싸게 또 올라오는 것 좀 봐."

하지만 지금 올라오는 인간들은 빠른 편에 못 든다.

"악마가 덤빌 가능성도 있지 않겠소?"

임홍원이 묻자 백철이 한숨부터 쉬었다.

"그래서 위원장 주변은 특공대원으로 3겹 경호를 할 예정입니다."

"말릴 수도 없고, 이건……."

이맛살을 찌푸린 임홍원이 백철을 보았다.

"그 사람, 김 사장은 지금 어디 있소?"

"북한에 간 것만 알고 있습니다."

"내려와야 할 텐데 이제는."

"연락이 안 되어서요, 교회도 텅 비었고."

"그 사람이 이런 때 도와줘야 되는데."

청와대 대통령 집무실 안, 오후 1시 반이다. 임홍원이 백철한테서 김정은의 경호에 대한 보고를 듣고 있는 중이다. 그때 방문이 열리더니 정인규가 서둘러 들어섰다.

"대통령님, 트럼프 전화입니다."

"트럼프?"

놀란 임홍원의 시선을 받은 정인규가 쓴웃음을 지었다.

"김 위원장의 방한 때문인 것 같습니다."

"그 사람이 왜?"

임홍원이 가슴 속에 맺힌 감정이 불쑥 뿜어졌다. 트럼프한테 당한 수모가 어디 한두 번인가? 그때 정인규가 전화기를 내밀면서 말했다.

“이제 우리가 손잡이를 쥐었습니다, 대통령님.”

임홍원이 전화기를 받아 쥐었다.

“아, 대통령 각하.”

임홍원의 응답을 듣자 트럼프가 떠들썩한 목소리로 말했다.

“한국에 사고가 여러 번 났는데 내가 바빠서 위로 전화도 못 드렸습니다.”

“아닙니다, 각하. 바쁘신데 전화 주셔서 감사합니다.”

“정말 안타깝습니다. 그렇게 연거푸 사고가 나다니요. 더군다나 악마와의 전쟁이 끝난 지도 얼마 되지 않았는데…….”

“예, 감사합니다.”

“이제 잘되겠지요.”

“그렇습니다.”

“내일 북한 김 위원장이 한국 방문을 하지요?”

“예, 대통령 각하.”

“아주 잘된 일입니다.”

“그렇습니다.”

“이번 핵 폐기 회담도 결국은 한반도 평화를 위한 조치였으니까요.”

“그렇지요.”

“제가 아주 힘이 들었습니다, 대통령 각하.”

트럼프가 한숨 소리를 내고 나서 말을 잇는다.

“그래서 우리가 앞으로 북한의 경제활동을 지원해줄 의무가 있습니다.”

“…….”

“함께 말이지요.”

“북한도 경제발전을 해야지요.”

“내 말이 그 말입니다.”

트럼프가 서둘러 말꼬리를 잡는다.

"한국이 주도적으로 북한의 경제개발을 해 주셔야지요. 미국은 적극 지원하겠습니다."

"감사합니다."

"제가 곧 한국에 갈 겁니다. 그때 다시 뵙지요."

"알겠습니다."

"하와이 회담의 경과보고를 드리는 겁니다."

트럼프가 다시 한숨 소리를 내더니 인사를 하고 전화를 끊었다. 전화기를 정인규한테 건네준 임홍원이 이맛살을 찌푸렸다.

"나한테 경제개발을 주도하라니? 이 사람이 무슨 꿍꿍이야?"

샐러드를 먹던 김동호가 고개를 들었다. 오전 9시 10분, 북한 대표단은 호텔 식당에서 식사를 하는 중이다.

"동무는 서울로 가지 않는 것이 낫겠어."

김동호의 시선이 앞에 앉은 김영철을 향하고 있다. 에그프라이를 먹던 김영철이 다급히 입 안의 음식을 삼키고는 몸을 굳혔다. 김동호가 말을 이었다.

"동무는 연평도 포격의 주모자로 한국 국민들한테 너무 알려져 있어. 그러니까 얼굴 비치지 않는 것이 나아."

"예, 위원장 동지."

어깨를 늘어뜨린 김영철이 똑바로 김동호를 보았다.

"여기 남아 있다가 돌아가겠습니다."

고개를 끄덕인 김동호가 다시 샐러드를 입에 넣었다. 난데없는 지시여서 김영철은 놀란 것 같다. 그러나 김동호가 누구인가, 김정은이다.

방으로 돌아온 김동호가 고개를 기울였다. 한국행을 결정한 것은 한국으로 돌아갈 생각이었기 때문이다. 김정은? 서울에서 김동호의 몸이 빠져나오면 '벙' 뜨겠지. 하지만 지금까지 한 모든 언행은 자신이 한 것으로 머릿속에 남아 있기 때문에 뒤집을 수는 없다. '어라? 내가 그랬나?' 정도일 것이다. 그런데 지금 생각하니까 서울에서 김정은의 몸을 빠져나와 버린다면 문제가 생길 것 같다. 핵 발사를 막으려고 북한에 갔다가 어쩔 수 없이 김정은의 몸에 들어가 핵 폐기까지 했지만 말이다. 뒷마무리를 해야 되겠구나, 젠장.

"김정은의 비행기를 폭파시키기로 하지."

최종래가 장난감을 부순다는 것처럼 태연하게 말한 순간 박기철이 숨을 들이켰다.

"김, 김정은의 비행기를 말입니까?"

"그래."

"어, 어떻게 말씀입니까?"

"조종사."

"조종사를 어, 어떻게."

"일단 공항에는 나가야겠지."

커피 잔을 든 최종래가 느긋한 표정으로 말을 이었다.

"아직 시간이 있어."

"그, 그렇지요."

한숨을 쉰 박기철이 감동했다.

"엄청난 사건이 될 것입니다."

아직 김정은은 하와이에서 출발하지 않았다. 그러나 역사적인 한국 방문이어서 전 세계 언론은 시시각각 김정은의 동향을 보도하는 중이다.

평양, 호위총국장 오근택이 고개를 들고 앞에 앉은 최용해를 보았다.

"갑자기 위원장 동지께서 남조선을 방문하시게 되어서 걱정입니다."

"그렇긴 한데."

이맛살을 찌푸린 최용해가 길게 숨을 뱉었다.

"당장 며칠 후부터 미국 조사단이 닥칠 텐데 준비를 해야 될 거야."

그때 잠자코 앉아 있던 보위부장 박승태가 입을 열었다.

"곧 위원장 동지께서 지령을 내리실 것입니다."

실세 3명이 모여 있었기 때문에 옆쪽 벽에 대좌 계급장을 붙인 경호실 소속 요원이 부동자세로 서 있다. 감시다. 지휘관 2명 이상이 모인 경우에는 감시 요원이 붙어야만 하는 것이다. 만일 감시 없이 만난다면 반역 혐의로 처형된다. 최용해가 다시 입을 열었다.

"우리는 위원장 동지의 지시만 따르면 돼요. 기다립시다."

복도를 나와 뒤쪽 주차장으로 다가가면서 최용해가 옆을 걷는 당비서실 부장 전창수에게 말했다.

"큰일 났다. 이러다 우리 다 죽게 생겼다."

전창수는 48세, 최용해와 마찬가지로 태자당 출신이다. 태자당 출신이란 대(代)를 이어서 고위층을 지낸 집안이란 뜻이다. 전창수가 목소리를 낮췄다.

"말을 안 해서 그렇지 모두 같은 마음일 것입니다."

"감시가 옆에 딱 붙어서 입도 뻥긋 못 한다."

한숨을 쉰 최용해가 이 사이로 말했다.

"덜컥, 핵 폐기 합의를 해버리면 어떻게 하란 말야, 인민들이 불만을 국내로 돌릴 텐데."

"위원장 동지께서 자신이 있으신 것 같습니다."

"자신은 무슨, 트럼프 놈한테 당한 것이지."

"그나저나 군(軍)이 느슨해질 텐데 어떡하지요?"

"군 지휘관 놈들은 나서지 못해."

걸음을 늦춘 최용해가 고개를 절레절레 흔들었다.

"그런데 핵 폐기 대가로 뭘 받았는지 궁금하군. 아직은 내막을 알려주지 않으니깐 말야."

아직 최용해도 모르고 있는 것이다.

"비서 동지!"

뒤에서 부르는 소리에 둘은 놀라 걸음을 멈췄다. 경호장군 둘이 복도를 달려오고 있다. 경호장군이 누구인가? 김정은의 개다. 물라면 무는 개, 죽이라면 죽이는 처형자다. 오직 김정은의 명령만 듣는 처형자. 걸음을 멈춘 최용해의 얼굴이 굳어졌다. 옆에 선 전창수는 새파랗게 질린 채 눈동자까지 흐려져 있다. 호위장군에게 처음 불렸기 때문이다. 그때 다가선 호위장군 하나가 말했다.

"위원장 동지의 지시입니다. 비서 동지가 선발대를 인솔하고 먼저 남조선으로 들어가시라고 합니다."

"아, 내가 말인가?"

숨을 들이켠 최용해가 되묻자 호위장군이 접힌 종이를 내밀었다.

"여기 명단이 있습니다."

북한 지도자의 처음 한국 방문이다. 김정일 시대부터 한국 방문 이야기가 여러 번 나왔다가 마침내 성사된 셈. 그러나 이것은 김정은의 갑작스러운 제의 때문이어서 한국 측에서는 생색이 나지 않는 행사다.

"판문점을 통해서 준비단 327명이 입국한다는 연락이 왔습니다."

번갯불에 콩 구워 먹는 식으로 또 갑자기 준비단이 먼저 방한하겠다는 통보가 오더니 한 시간 만에 다시 연락이 왔다. 그러나 비서실장 정인규는 신이 났다.

"경호대까지 대군입니다."

명단을 손에 쥔 정인규가 얼굴을 펴고 웃었다.

"북한의 고위층은 다 내려오는 것 같습니다."

최용해가 인솔 책임자다.

"사령관의 책임이 크겠는데."

고개를 돌린 임홍원이 백철에게 말했다.

"인원이 많으면 경비가 더 힘들어질 것 아니오?"

"최선을 다하겠습니다, 대통령님."

백철이 정색하고 말을 이었다.

"국가 대사(大事)를 어지럽히지 않겠습니다."

"부탁합니다."

임홍원이 이제는 국무총리 장진영을 보았다.

"김 위원장 도착 시간이 내일 오전 10시 반이니까 국무총리가 스케줄을 조정해 놓으시도록."

"예, 대통령님."

북한 측에서 통보해 온 일정은 2박 3일이다. 회담 내용은 '핵 폐기 후의 남북한 관계', 북한 측이 제의한 것이어서 한국은 거기에다 '경제 협력' 항목을 추가했다. 준비위원장을 맡은 국무총리 장진영의 표정도 밝다. 한국 국민들도 그럴 것이다.

오산 미 공군 기지 앞 버드카페, 오후 2시, 안으로 들어선 최종래와 박기철이 빈자리를 찾아 앉는다. 창가의 자리다. 카페는 미군 손님이 대부분이었는데 군복 차림도 많다. 다가온 종업원에게 커피를 시킨 최종래가 주위를 둘러보다가 고개를 끄덕였다.

"저기 있군."

"누구 말씀입니까?"

최종래의 시선을 따라 그쪽을 본 박기철이 원탁에 둘러앉은 사복 차림의 사내들을 보았다. 모두 5명, 백인 셋, 흑인 둘. 최종래가 시선을 준 채 말했다.

"가운데 앉은 회색 머리칼의 백인."

"누군데요?"

"제36 전투비행대대의 편대장 제임스 커튼 중령."

고개를 돌린 최종래가 빙그레 웃었다.

"F-16 편대장이지."

"……."

"내일 오전에 동해상으로 출격해서 김정은의 B-787 전용기를 호위하고 돌아오는 임무를 맡았어."

숨을 죽인 박기철에게 최종래가 말을 이었다.

"한국 공군기가 영접을 나가려고 했는데 트럼프의 특별 지시로 미군기가 나가기로 했지."

"……."

"트럼프가 미군의 위용을 과시하려는 거야. 미군 전투기가 김정은의 비행기를 호위하는 건 처음 있는 일이거든."

"호위가 아니라 위협이겠군요."

"그렇지. 그래서 커튼 중령이 8대를 지휘하고 나가서 호위한다."

“……”

“기지의 F-16 12대 중 삼분의 이를 인솔하고 가는 것이지.”

“여기 오신 이유가 뭡니까?”

그때 고개를 돌린 최종래가 그쪽을 보더니 곧 제임스 커튼과 시선이 마주쳤다. 시선이 마주치자 둘의 시선은 잠깐 얽힌 듯 떨어지지 않는다. 그것을 본 박기철이 숨을 들이켰을 때 이윽고 시선을 뗀 최종래가 말했다.

“됐다, 여기 온 이유가 이거야.”

난리가 났다. 역사상 처음 북한 지도자의 한국 방문. 주가가 대폭등을 해서 하루 만에 사상 최고치를 갱신. 광화문에 ‘위대하신 지도자 김정은 동지의 방한을 환영합니다’라는 플래카드가 걸렸다가 곧 상이군경연합회원들에게 갈기갈기 찢기는 소동까지 일어났다. 최용해가 이끈 337명의 북한 선발대가 먼저 판문점을 통해 입국한 것은 오후 6시 반이다. TV는 하루 종일 김정은 방문에 대한 보도를 내놓았는데 갖가지 추측이 난무했다. 핵 폐기를 했으니 그 대가를 받으러 오는 것이라는 둥, 한국과 경제발전 협의를 하러 오는 것이라는 둥, 트럼프하고 비밀리에 한국에서 돈을 뜯어가려고 협상을 했다는 둥이다.

“난리가 났군.”

베이징 이화원 근처의 집무실에서 시진핑이 쓴웃음을 짓고 말했다.

“호떡집에 불 난 것 같다.”

“그렇습니다.”

당비서 왕우가 정색하고 말했다.

“김정은의 한마디에 한국이 들썩거리고 있습니다.”

"핵을 그렇게 쉽게 폐기하다니."

시진핑의 이맛살이 찌푸려졌다.

"나한테 일언반구 연락도 없이 말야."

긴장한 왕우가 시선만 주었고 시진핑의 말이 이어졌다.

"이번에 한국에 가서 무슨 일을 저지를지 모르겠다."

"최용해도 내막을 모르고 있습니다, 주석 동지."

"강성준은 뭐라고 그래?"

"예, 트럼프를 만나기 직전에야 내용을 이야기하는 바람에 다른 사람들은 알지도 못했다는 것입니다."

강성준은 이번에 하와이에 따라간 최선희의 보좌관이다. 왕우가 말을 이었다.

"트럼프와의 비밀 합의도 공개되지 않은 것이 있는 것 같습니다, 주석 동지."

"연간 300억 불씩 경제 지원하는 것 말인가?"

"또 있는 것 같습니다."

"트럼프 그놈이 흉악한 장사꾼이야, 사기꾼이라고."

"그렇습니다, 주석 동지."

"어떻게 그런 놈이 미국 대통령이 되었지?"

"이번 북한의 핵 폐기로 트럼프가 재선될 것 같습니다, 주석 동지."

"앞으로 4년이나 더 그놈 상판을 봐야 한단 말인가?"

"그럴 가능성이 큽니다, 주석 동지."

"김정은은?"

불쑥 시진핑이 묻자 왕우가 고개를 기울였다.

"공산당 기득권층, 특히 군부가 동요할 것 같습니다."

“그렇겠지.”

“불만을 반미(反美)로 쏟아부었는데 이제 인민들의 불만이 내부로 향할 가능성이 있습니다.”

“도대체 김정은이 왜 저러는 건가?”

마침내 시진핑이 화를 내었다.

“그놈 지금까지 잘하다가 갑자기 핵을 왜 내놓는 거야? 병신같이.”

김동호가 핸드폰을 귀에 붙이고 말했다.

“귀신이 보이지는 않지만 사라진 건 아냐.”

지금 김동호는 서수민과 통화 중이다. 호텔방 안, 서울로 출발하기 전이다.

“내가 곧 도착할 테니까, 기다려.”

서수민은 지금 김동호가 지시한 대로 교회에 나가지 않고 집에 머물고 있다. 그때 서수민이 물었다.

“주인님, 지금 어디 계세요?”

“하와이.”

“어머, 거기 김정은이 있는 곳인데, 보셨어요?”

“응, 지나가는 거 봤어.”

“내일 여기 도착할 거예요.”

“그렇다고 하더군.”

김동호가 무의식 중에 손바닥으로 볼을 쓸었다. 볼이 조금 수척해져 있다. 오늘까지 21킬로가 빠졌다. 그때 서수민이 말을 이었다.

“주인님, 여기 대형 사고는 모두 사탄의 소행이 아닐까요?”

“내 생각이 그래.”

김동호가 말을 이었다.

"연거푸 사흘 동안 사고가 났는데 김정은이 올 때를 기다리고 있을지도 모른다."

사탄의 입장에서 생각해 보면 그렇다. 놀란 듯이 서수민이 입을 다물었다. 화장실 안이다. 김정은이 침대에서 자는 동안 김동호의 몸이 빠져나와 전화를 하고 있다. 김정은의 몸에서 전화를 하려면 목소리를 바꿔야 해서 불편했기 때문이다. 그때 김동호가 말했다.

"서울에 가면 연락할게."

"네, 주인님."

통화를 끝낸 김동호가 다시 버튼을 누르자 곧 백철의 목소리가 울렸다.

"여보세요."

이쪽 전번은 모르는 번호였기 때문이다.

"저, 김동호입니다."

김동호가 말했을 때 백철이 깜짝 놀라면서 반겼다.

"아이구, 김 사장님 지금 어디십니까?"

"하와이에 있어요."

발신자 체크가 될 것이고 속일 필요도 없다.

"아, 예. 기다렸습니다."

김동호가 김정은 행세를 하고 있으리라고는 꿈에도 생각하지 못한 백철이 서두르듯 말을 이었다.

"언제 한국에 오십니까?"

"곧 가지요."

"기다리고 있겠습니다. 한국 소식 아시지요?"

"예, 압니다. 북한 미사일 발사부터……."

"그것도 그렇지만 대형 사고 때문에……."

"저도 그것 때문에 전화드렸는데요, 그 사고가 우연히 일어난 것 같지가 않아요."

"아, 그렇습니까? 과연, 제 생각도……."

"사탄이 KTX 조종사나 선장, 또는 비행기 조종사의 뇌를 바꿔놓을 수가 있거든요."

"그, 그렇지요."

"저도 그렇게 할 수가 있으니까 하는 말씀입니다."

"아아."

"오늘은 한국에 대형 사고가 없었지요?"

"지금이 오후 7시 반인데 아직 없는 것을 보니까……."

하와이는 오전 12시 반이다. 전화기를 고쳐 쥔 김동호가 말을 이었다.

"김정일 방한 경비는 잘됩니까?"

"특공대를 3중으로 배치시켰고 공항에서 숙소까지도 빈틈은 없습니다. 특공대는 김 사장님 덕분에 악마는 식별할 수 있으니까요."

그러더니 백철이 한숨을 뱉었다.

"하지만 뇌 개조 능력은 없으니 그것이 문제입니다."

"지난번 휴게소의 비행기 추락처럼 되면 어쩔 수가 없는데……."

말을 멈춘 김동호가 다시 물었다.

"김정은 비행기에 호위 비행기가 뜹니까?"

"예, 오산에서 미 제7공군 전투기 편대가 호위 비행을 한다고 합니다."

"……."

"원래 한국 공군이 나가기로 했는데 트럼프 대통령이 직접 지시를 했다는군요. 미군 전투기가 영접을 나가라고 말입니다."

"……."

"한국에 주한 미군이 있다는 것을 김정은한테 과시하려는 것 같습니다. 그래서……."

김동호의 눈빛이 흐려졌다.

6장

위대한 선언

"1시간 후면 김정은 위원장이 탄 비행기가 성남 비행장에 도착할 것입니다."

앵커의 열띤 목소리가 TV에서 울리고 있다. 본래 비행 스케줄은 정확히 발표하지 않는 것이 국가수반급 출입국 때의 관행이었지만 이번은 다르다. 북한 측이 보도 자제를 요구하지 않았을 뿐만 아니라 한국정부도 군이 말리지 않았다. 분위기를 왕창 띄워보려는 의도다.

오전 9시. 출근한 직장인, 열차 대합실에 모인 남녀, 집 안에 남은 가족까지 쉴 새 없이 김정은 일정을 중계하는 방송에 사로잡혀 있다. 이곳은 오산 미국 7공군 기지, 36전투비행대대. 상황실에서 최종 호위비행 브리핑을 마친 커튼 중령이 대원들에게 말했다.

"자, 10분 후에 이륙이다, 이만."

그때 상황실로 기지 참모장 론드 대령이 들어서더니 커튼에게 말했다.

"이봐, 편대장."

"예, 대령님."

커튼이 론드를 노려보았다. 내년에 대령으로 예편할 론드는 잔소리가 많다. 커튼하고는 사이가 좋지 않지만 참아야 한다. 잘못 걸리면 징계를 먹을 수도 있기 때문이다. 브리핑을 받은 조종사들도 모두 둘을 주시하고 있다. 그때 론드가 말했다.

"호위비행 금지다."

"예?"

"못 들었어? 호위비행 안 된단 말야."

"아니, 브리핑까지 다 끝났는데……."

"갓댐, 브리핑."

눈을 치켜뜬 론드가 커튼을 노려보았다.

"브리핑이 끝났으니 호위비행을 해야 된다는 거냐?"

"아니, 그게 아니라……."

"네 브리핑이 미군 사령관 지시보다 더 높다는 거냐?"

"누가 그랬습니까?"

부하들 앞에서 깨진 터라 커튼의 얼굴이 일그러졌다. 그때 론드가 몸을 돌리면서 말했다.

"사령관 지시다. 김정은 비행기는 호위를 원치 않아서 혼자 착륙한다. 이상."

할 말이 있을 리가 없다. 어깨를 늘어뜨린 커튼도 몸을 돌렸다.

"보좌관 커크 매디슨한테서 연락이 왔습니다."

김동호에게 다가선 김영철이 보고했다.

"미제 공군기의 호위비행은 취소시켰다고 했습니다."

김동호가 고개를 끄덕였다. 김영철을 시켜 미 공군기의 호위비행을 취소해달라고 매디슨한테 요청한 것이다. 놀란 매디슨이 서둘러 주한 미군 사령관한테 전화를 했을 것이다. 비행기는 이제 일본 영공 위에 떠 있었는데 곧 동해상으로 진입할 것이다.

"지금 비행기가 어디 떠 있는 거지?"

오전 9시 30분, 신림동의 커피숍에 앉아서 TV를 보던 최종래가 앞에 앉은 박기철에게 물었다.

"글쎄요, 아까 일본 상공에 떠 있다고 했는데."

고개를 기울인 박기철이 TV를 보았다. 화면에서는 앵커가 열심히 김정은의 방문 목적에 대해서 열변을 토하는 중이다.

"채널 돌려 봐."

최종래가 말하자 박기철이 들고 있던 리모컨으로 채널을 돌렸다. 이번에는 성남공항의 환영식장이 화면에 나왔다. 땅바닥에는 붉은색 카펫이 깔렸고 연단과 뒤쪽 환영식장까지 만들어져 있다. 다른 채널도 마찬가지다. 김정은 전용기가 어디 떠 있다는 멘트는 나오지 않았다. 박기철은 최종래의 의도를 아는 터라 계속해서 리모컨을 주물럭거렸다. 그러면서 악마의 능력으로도 김정은 비행기가 어디 떠 있는지는 알 수 없는가 보다고 생각했다.

체중이 23킬로나 줄었다. 오늘 아침에 비행기를 타기 전에 체중을 재었더니 142킬로가 나간다. 몸이 확 줄어서 오늘 아침에도 의복조가 30분에 걸쳐 양복바지와 저고리, 셔츠를 새로 제작해야만 했다. 애초에 평양에서 하와이로 출발할 때 이럴 경우를 예상하고 의복조를 데려온 것이다. 하와이에는 따라오지 않았지만 여동생 김여정의 배려다. 의복조는 5명으로 조직되었는데 원단과 부속, 미싱까지 가져와서 30분 만에 양복까지 제작한다. 세계 최고 속도, 최고 수준의 의류 제작조다. 전용실로 들어선 김동호가 거울에 비친 제

모습을 본다. 김정은의 모습이다. 이제는 볼 만하다. 얼굴도 여위었고(?) 목도 드러났다. 전에는 목이 없었다. 김동호가 거울에 비친 김정은에게 말했다.

"너, 멋있어졌다."

거울에 비친 김동호가 쓴웃음을 지었다. 김동호가 빠져나갔을 때 김정은은 김동호가 함께 있었다는 기억을 까맣게 잊을 것이다. 그리고 김동호가 행한 일들을 모두 제 자신이 한 짓으로 알 것이다.

그때 앵커가 말했다.

"아, 김 위원장의 전용기가 보입니다."

놀란 박기철의 시선이 최종래에게 옮겨졌을 때 화면에 성남공항 활주로로 다가오는 비행기가 비쳤다. 앵커가 소리치듯 말을 잇는다.

"국민 여러분! 김정은 위원장이 탄 비행기가 착륙하고 있습니다!"

최종래가 화면을 응시하다가 어깨를 부풀렸다.

"이거 어떻게 된 일이야?"

박기철이 숨을 죽였을 때 비행기가 착륙했다. 바퀴에서 연기도 나지 않는 부드러운 착륙이다.

"와, 날씬하다!"

TV를 보던 오옥희가 소리쳤다. 이곳은 홍대 앞 커피숍. 복사가게로 복사를 하러 왔던 오옥희와 박시연이 커피숍에 들어와 있다.

"어머, 어머, 다른 사람 같애!"

박시연이 눈을 반짝이며 말했다. 지금 김정은이 비행기 트랩을 내려오고 있다, 차분한 표정. 뒤를 정상회담 대표단이 따라 내려온다. 김정은의 모습은 달라졌다. 얼굴형은 그대로지만 균형이 잡힌 체격. 어깨를 펴고 똑바로 이쪽을 본다. 트랩 밑에서는 한국 대통령 임홍원이 기다리고 있다. 임홍원 뒤에는 국무총리 장진영부터 정부 각료 10여 명이 늘어서 있다. 전에 트럼프가 왔을 적에도 이런 영접은 하지 않았다.

"잘 오셨습니다."

트랩에서 내려온 김정은에게 임홍원이 활짝 웃음 띤 얼굴로 맞는다.

"이렇게 영접해 주셔서 감사합니다."

김정은이 임홍원의 손을 잡으며 웃었다. 맑고 청명한 날씨, 하늘에는 구름 한 점 없다.

이곳은 서울역 대합실. 수백 명의 여행자들이 대합실 안의 대형 TV 앞에 몰려있다. 지금 임홍원과 김정은이 의장대를 사열하고 있다. 그때다.

"꽝! 꽝!"

폭음이 터졌다. 예포다. 예포가 차례로 울리고 있다. 그것을 본 대합실의 관중들이 숙연해졌다. 최대의 예우다. 그때 구석 쪽에서 사내 하나가 소리쳤다.

"민족 반역자 돌아가라!"

그러자 옆에 서 있던 사내 하나가 따라서 소리쳤다.

"6·25 남침 사과하라! 천안함 폭침 사죄하라!"

모두 웅성거렸다가 곧 침묵했다.

성남공항, 의장대를 사열하고 연단에 나란히 오른 임홍원과 김정은이 앞쪽을 바라보고 섰다. 그때 임홍원이 먼저 입을 열었다.

"오늘은 역사적인 날입니다. 북한의 지도자 김정은 위원장의 방한을 환영합니다. 한국은 이번 방한이 양국의 경제발전은 물론 평화 교류 협력 관계에 위대한 계기가 될 것으로 기대합니다."

김정은의 갑작스러운 방한 이유가 애매했기 때문에 임홍원은 그렇게 말할 수밖에 없다. 간단하게 말한 임홍원이 마이크에서 입을 떼고는 부드러운 시선으로 김정은을 보았다, 다음은 당신 차례라는 눈빛.

서울역, TV 앞에 몰린 군중들이 숨을 들이켰다. 모두 조용해졌다. 옆을 지나는 여행객도 발자국 소리를 죽이고 있다.

시청 앞 커피숍, 아직 커피숍에 모일 시간이 아닌데도 꽉 찼다. 모두 벽에 붙은 TV에 시선을 준 채 움직이지 않는다. 지금 연단의 마이크 앞에 선 김정은의 얼굴이 클로즈업되었다.

홍대 앞 커피숍, 오옥희와 박시연이 입을 딱 벌리고 TV를 응시하고 있다. 어느덧 비어 있던 커피숍에 손님들이 꽉 찼다. 신이 난 종업원이 왔다 갔다 하다가 멈춰 서서 TV를 본다.

김동호가 앞쪽의 관중을 보았다. 관중이야 50여 명뿐이지만 그 뒤쪽에 수백 명의 기자들, 100개가 넘는 카메라 렌즈가 이쪽을 겨누고 있다. 방송사들, 한국뿐만 아니라 미국, 일본, 중국의 방송사, 유럽에서도 왔다. 생방이다. 지금 전 세계로 이 장면이 방영되고 있다. 김동호가 입을 열었다.

한국대학 학생회관 앞, 벽에 붙은 대형 TV에 김정은의 모습이 클로즈업되었다. TV를 응시한 학생, 교수, 교직원은 2백여 명, 강의가 없는 학생, 교직원이 몰려 있는 것이다. 조용하다. 그때 김정은이 입을 열었다.

"친애하는 남조선 인민 여러분, 북조선 지도자 김정은입니다."

김정은이 똑바로 이쪽을 보았기 때문에 모두 숨을 죽였다. 걸어가던 학생도 걸음을 멈추고 머리만 돌린다. 김정은이 말을 이었다.

"저는 하와이에서 미국 정부와 핵 폐기 협상을 하고 돌아왔습니다."

김정은의 시선이 흐려졌다. 먼 곳을 보는 것 같다.

"북남이 분단된 지 어느덧 70년이 지났습니다. 긴 세월입니다."

김정은의 눈동자에 초점이 잡혀졌다.

"그동안 6·25 남침도 있었고 수많은 사건들이 있었습니다. 70년간 북남은 적국으로 지내왔던 것입니다."

식당 안은 숨소리도 나지 않았고 김정은의 목소리가 울렸다.

"북조선은 6·25 남침을 일으켜 수백만의 동족을 살상했습니다. 또한 근래에는 천안함을 폭침시켜 무고한 남조선 장병을 전사시켰습니다. 그 외의 여러 사건은 일일이 열거할 수조차 없습니다."

식당 안의 학생, 교수 입이 대부분 딱 벌어졌다. 놀란 교수 하나의 벌린 입가에서 침이 흘러내리고 있다. 교수는 그것도 모르는 것 같다. 그때 김정은이 연단에 선 채 깊게 고개를 숙였다.

"사죄드립니다. 인민들의 불만을 외부로 돌리려는 의도였습니다. 모두가 지도자인 제 잘못입니다. 제가 책임을 지겠습니다."

고개를 든 김정은의 두 눈이 충혈되어 있다. 그때 교수 하나가 갑자기 두 손을 번쩍 치켜들고 소리쳤다. 두 눈에서 눈물이 흘러내리고 있다. 아까 침 흘리던 교수는 아니다.

"김정은 위원장 만세! 만세! 만세!"

몇 명이 따라서 불렀고 몇 명은 박수를 쳤다. 둔한 몇 명은 눈만 껌벅였으며 나머지 대부분은 눈물을 흘리거나 글썽였다.

오옥희와 박시연은 두 손으로 얼굴을 덮고 울었다. 그러나 왜 우는지 정확한 이유는 모르는 상태다. 그냥 울고 싶었을 뿐이다. 복사가 다 되었을 텐데도 핸폰으로 연락이 안 오는 걸 보면 복사점에서도 TV를 보는 모양이다.

서울역, 이곳은 다양한 사람들이 모인 곳이다.

"만세! 만세!"

흥분한 서너 명이 그렇게 소리쳤다.

"됐다! 장해! 3대가 가장 낫다!"

몇 명이 박수를 치면서 그렇게 소리쳤다.

"믿을 수 있겠어?"

이맛살을 찌푸린 중년 사내가 옆쪽 동행한테 그렇게 묻는 소리도 들렸다.

"통일되는 거야?"

등산복 차림의 중년 여자가 동행한테 건성으로 묻는다.

"어쨌든 대단혀! 대단혀!"

50대 사내들 셋이 그렇게 소리치는 것이 대세인 것 같다.

그러나 신림동 커피숍, 구석 자리로 옮겨가 앉은 두 사내는 전혀 다른 분위기. 최종래와 박기철이다.

"이런 쌍, 마지막 순간에 호위비행이 취소되었어."

최종래가 가늘게 뜬 눈으로 박기철을 응시하며 말했다. 커피숍 안은 흥분한 군중들로 소란했는데 탈북민 손님들이 많았기 때문이다. 그들은 격렬한 환호와 증오심을 거침없이 쏟아내고 있었기 때문이다.

"아무래도 신의 아들놈의 장난인 것 같다."

"그, 그러면."

입 안의 침을 삼킨 박기철이 무의식중에 주위를 둘러보았다.

"신의 아들이 우리를 미행하고 있다는 것입니까?"

"그랬다면 내가 알아차렸겠지."

쓴웃음을 지은 최종래가 말을 이었다.

"편대장 놈 주변에 있었거나 이 사건을 전체적으로 관망하고 있거나 둘 중 하나다."

"주인님, 교회가 텅 빈 것도 그놈이 지시한 것 아닙니까?"

"그랬겠지."

어깨를 부풀린 최종래가 천천히 고개를 끄덕였다.

"이제 나도 고기가 있는 곳을 알았으니 곧 부딪히게 될 것이다."

"어, 어디입니까?"

"김정은 주변."

자르듯 말한 최종래가 자리에서 일어섰다.

"편대장 놈도 결국 김정은과 연결된 거야. 그러니 김정은 주변으로 가면 놈이 보일 거다."

"감동적이었습니다."

숙소인 신라호텔로 가는 차 안에서 임홍원이 옆에 앉은 김동호에게 말했다. 두 눈이 번들거렸고 얼굴은 아직도 상기되어 있다. 진심으로 감동한 것이다.

"아닙니다. 속에 있는 말을 다 털어놓으니까 이렇게 후련할 수가 없습니다, 대통령님."

김동호가 말했을 때 임홍원이 한숨을 뱉었다.

"천안함이 지금도 미군 잠수함과 충돌했다느니 하는 사람들이 많거든요."

"애국자들이죠."

"예?"

놀란 임홍원에게 김동호가 쓴웃음을 지어 보였다.

"우리 북조선의 애국자들이란 말씀입니다."

"아아."

"남조선에 우리 북조선 애국자들이 많지요."

"아아."

"제가 방한한 것을 계기로 그 애국자들까지 다 포용해 주시지요."

"아아."

다시 감동한 임홍원이 크게 고개를 끄덕였다.

"무슨 말씀인지 알겠습니다."

둘은 리무진 뒷좌석에 나란히 앉아 있었는데 앞쪽 마주 보는 자리에는 청와대 경호실장과 멋진 양복 차림의 김정은 수행장군이 나란히 앉아 있다. 둘을 비교해 보면 옷차림으로 보나 인물로 보나 수행장군이 낫다. 수행장군이 뉴욕 신사라면 청와대 경호실장은 콩고에서 온 사람 같다. 그때 김동호가 다시 말을 이었다.

"내가 핵 폐기 대가로 미국으로부터 연간 300억 불씩 10년간 차관을 얻기로 했습니다."

"아아."

계속 아아, 하면서 놀라기만 하는 것이 멋쩍은지 임홍원이 금방 입을 다물었다. 김동호가 고개를 돌려 임홍원을 보았다.

"곧 트럼프가 방한할 겁니다. 아니면 정상회담을 하자고 부르든지 할 겁니다."

"아."

"그때 우리 북조선의 경제 지원금을 같이 부담하자는 둥, 한국이 주도해야 될 것이라는 둥, 이야기를 할 것이 틀림없습니다."

"아."

"그러면 단호하게 거부하세요. 우리가 미국 돈만 받겠다고 하기가 좀 그러니까 한국이 단호하게 거부하면 트럼프는 어쩔 수 없을 겁니다. 우리하고 미국 간에 계약을 했기 때문이지요."

"감사합니다."

"트럼프가 철저한 장사꾼 아닙니까?"

"그, 그렇지요."

"이번에 북한 핵 폐기 성공으로 재선에 성공은 하겠지요. 재선에 성공하고 나서 오리발을 내밀지 모르니까 이 기회에 우리 북남이 확실하게 조져 놓으십시다."

"아."

"제가 그 말씀을 드리려고 온 겁니다. 그리고 또 있는데 그 이야기는 조금 있다가 하지요."

미국과의 군사동맹 이야기다. 그 이야기는 중국 측이 도청할 가능성도 있으니까 이따 은밀히 할 예정.

"연거푸 사고가 일어나서 심려가 크시겠습니다."

잠깐 침묵했던 김동호가 말했을 때 임홍원이 고개를 들었다. 차는 신라호텔을 향해 달려가는 중이다. 그런데 누가 시키지도 않았는데 연도에 시민들이 몰려나와 있다. 그러고는 지나는 그들을 향해 손을 흔든다, 열렬히. 태극기를 손에 쥔 사람들도 많았는데 엉겁결에 미국 국기인 성조기를 꺼내 들고 나온 사람도 있다. 그때 임홍원이 길게 숨을 뱉었다.

"감사합니다. 이번 위원장님의 방한과 공항에서의 말씀이 얼마나 도움이 되었는지 모릅니다."

김동호가 다시 입을 열었다가 닫았다. 그 사고가 악마의 소행일지 모른다는 이야기를 해본다고 해도 도움이 되지 않을 것 같았기 때문이다. 김동호의 모습으로 다시 나타났을 때 해야 될 것 같다.

열풍이다. 대한민국에 열풍이 불어닥쳤다. 그것은 김정은의 성남공항에서의 방한성명 때문이다. 김정은이 숙소인 호텔에 도착하기도 전에 뜨거운 열기가 퍼져나가고 있다. 마치 불덩이가 성남에서 전국으로 퍼져나간 것 같다. 그동안 악마의 습격을 받은 용인 대참사에서부터 북한의 한반도를 가로지르는 미사일 발사로 전국이 충격을 받아 대탈주로 이어졌으며 그사이에 연거푸 사흘 동안 대참사로 이어졌던 대한민국이다. 그것이 김정은의 성남성명으로 뒤집혀버린 것이다. 뜨겁다, 그리고 탈주행렬이 뚝 그쳤다.

TV에서 시선을 뗀 시진핑이 왕우를 보았다. 방금 시진핑은 김정은의 성남공항 성명을 녹화로 보았다. 번역한 중국어가 밑에 깔려 있다.

"미친 건 아니지?"

"예, 미친 것 같지는 않습니다."

"6·25 남침을 사과하다니."

헛웃음을 웃은 시진핑이 정지된 화면의 김정은을 노려보았다.

"더구나 천안함 폭파도 제 소행이라고 고백하고."

"……."

"며칠 전만 해도 탄도탄을 쏴서 서해의 섬 하나를 없애버리더니……."

"……."

"이제 서울에서 무슨 일을 벌일지 모르겠군."

눈썹을 모은 시진핑이 왕우를 보았다.

"김정은한테 연락해."

"예, 주석 동지."

"서울에 있는 대사를 시켜서 김정은을 만나도록 해."

"예, 주석 동지."

"트럼프하고 합의한 구체적인 내용이 무엇인지를 알아보고 앞으로 한국정부하고 이야기 할 내용까지 알아내도록."

"알겠습니다, 주석 동지."

"경고를 해."

시진핑의 표정이 엄격해졌다.

"우리는 북한의 70년 동맹이다. 북한이 존재할 수 있었던 것은 중국 덕분이었다는 것을 강조시키라고 해."

"예, 주석 동지."

몸을 굳힌 왕우를 향해 시진핑이 말을 이었다.

"북한을 3대를 이어서 통치하도록 만들어준 것도 우리였다는 것도 말해주도록 해."

"여보세요."

들리는 목소리가 귀에 익었기 때문에 백철은 숨을 들이켰다.

"누구십니까?"

"김동호입니다."

"아, 김 사장님."

반색을 한 백철이 전화기를 고쳐 쥐었다. 백철은 지금 용산의 국방부 상황실에서 전화를 받는다. 주위의 시선이 모였고 수화구에서 김동호의 목소리가 이어졌다.

"사고 조심해야 됩니다, 사령관님."

"아, 그래야지요."

"악마가 김정은 위원장 주변에 접근할 가능성이 큽니다, 사령관님."

"아아."

숨을 들이켠 백철이 말을 이었다.

"제가 특공대를 45명 배치시켰습니다. 악마 판독 능력이 있는 데다 행동능력을 전수받은 대원들이어서……."

모두 김동호가 준 능력이다. 그때 김동호가 말을 이었다.

"악마는 변신 능력이 있습니다. 특공대원들도 변신한 악마를 발견할 수는 없어요."

"발견할 방법이 있습니까?"

"특공대원 주머니에 마늘을 한 주먹씩 넣고 다니라고 하십시오. 플라스틱 병에 성수를 담아 주머니에 넣고 있어도 됩니다. 그러면 악마가 다가오면 얼굴이 붉게 변할 겁니다."

"당장에 그러지요."

"그 악마에게 마늘을 던지고 성수를 뿌리면 없애지는 못해도 도망치게는 합니다."

"그렇게만 해도 다행입니다."

"만일의 사고에 대비해서 말씀드리는 겁니다."

"당장 시행하겠습니다. 그런데……."

잊었다는 듯이 백철이 서둘러 물었다.

"지금 어디 계십니까?"

"곧 뵙기 전에 다시 연락드리지요."

애매하게 그렇게 말한 김동호가 통화를 끝냈다.

핸드폰을 귀에서 뗀 김동호가 다시 김정은의 모습으로 돌아와 화장실에서 나왔다. 이곳은 신라호텔의 국빈실. 방이 6개에 실내수영장까지 딸린 독채 형식이다. 북한의 사절단은 모두 이곳에 투숙하고 있어서 6개 층을 사용하고 있다. 응접실로 나온 김동호가 소파에 앉았을 때 최선희가 다가와 섰다.

"위원장 동지, 2시의 회담은 몇 명이 참석합니까?"

점심 식사 후의 정상회담이다. 남북한 정상회담인 것이다.

김동호가 최선희를 보았다.

"회담은 김영철 동무, 최용해 동무, 그리고 조천수 동무하고 동무까지 넷만 모이도록. 먼저 우리끼리 말을 맞추고 나서 남조선 대표단과 만나기로 하지."

"예, 알겠습니다."

최선희가 응접실을 나갔을 때 최용해가 서둘러 방으로 들어섰다. 당황한 얼굴이다.

"위원장 동지, 중국 대사 유기청이 왔습니다. 변장을 하고 뒷문으로 들어와서 기다리고 있는데요."

김동호가 이맛살을 찌푸렸다. 유기청과는 안면이 있다. 시진핑의 특사로 여러 번 북한을 방문했다가 한국 대사로 온 인물이다. 부르지도 않았는데 이곳까지 찾아온 것은 급한 일이라는 증거다. 맹방인 중국 대사를 안 만날 수는 없는 노릇이다. 김동호가 고개를 끄덕이자 최용해가 나가더니 곧 유기청과 함께 들어왔다.

"위원장 각하, 안녕하셨습니까?"

50대 후반의 유기청은 마른 몸에 눈매가 날카로운 인상이었는데 오늘은 뿔테 안경을 써서 다른 사람으로 보였다. 변장을 한 것이다. 유기청이 유창한 한국어로 말하자 김동호가 웃음 띤 얼굴로 손을 내밀었다.

"어서 오시오. 무슨 일로 이렇게 급히 오셨습니까?"

"예, 주석 동지의 전갈로……."

악수를 나눈 둘이 마주 보고 앉았다. 최용해가 옆에 서 있다가 김동호의 눈짓을 받더니 유기청의 옆쪽 자리에 앉는다. 고개를 끄덕인 김동호가 물었다.

"어떤 전갈이오?"

"예, 주석께서 북·미 회담이 잘된 것을 축하드린다고 하셨습니다."

"고맙다고 전해주시오."

"예, 위원장 각하."

입 안의 침을 삼킨 유기청이 똑바로 김동호를 보았다.

"위원장 각하, 한국과 어떤 합의를 하실 것이라면 사전에 저한테 말씀해 주셨으면 고맙겠습니다."

"……."

"저희들이 적극 도와드릴 예정입니다."

"고맙소."

"이번 6·25 전쟁 사과와 천안함 사과에 대해서 주석 동지께서 놀라셨습니다."

"아니, 왜 그렇소?"

"그것은 남한 쪽에 유리한 카드를 준 것이나 같습니다. 지금까지 하던 방식대로 하면서 남한과 협상을 하는 것이 유리했기 때문입니다."

"음, 알겠소."

"그리고 주석 동지께서 이번에 트럼프 대통령하고 하신 구체적인 합의 내용을 알고 싶다고 하셨습니다."

"음."

"경제 개발을 미국이 구체적으로 어떤 식으로 도울 것인지, 핵 폐기의 실제 일정이 어떤 것인지를 알아야 합니다."

그때 김동호가 고개를 끄덕였다.

"알았소. 내가 오늘 회담이 끝나고 나서 이야기를 해 드리지."

김동호의 얼굴에 웃음이 떠올랐다.

"오늘 회담 내용은 경제협조를 부탁하려는 거요. 미국과는 별도로 한국의 협조를 얻어내야 할 것 같아서 말이오."

"알겠습니다."

정색한 유기청이 김동호를 보았다.

"회담 끝나시면 제가 다시 들르지요."

유기청을 배웅하고 돌아온 최용해가 앞에 섰을 때다. 김동호가 정색하고 말했다.

"중국이 잔뜩 긴장하고 있군."

"그렇습니다."

최용해가 고개를 끄덕였다.

"미리 핵 폐기를 말해주지 않은 것이 불만인 것 같습니다."

"동무는 어떻게 생각하오?"

불쑥 김동호가 묻자 최용해가 어깨를 부풀렸다가 내렸다.

"주권 침해입니다."

최용해가 말을 이었다.

"동맹 관계지만 우리한테 이래라저래라 할 수 없는 것입니다."

"……."

"조금 전 유기청의 요구도 월권입니다."

"……."

"중국이 당황하고 있다는 증거입니다."

그때 김동호가 물었다.

"동무, 지금 우리 군부 내(內)에 중국과 통하고 있는 세력이 있겠지?"

그 순간 숨을 들이켠 최용해가 김동호를 보았다. 눈동자가 흐려져 있다. 김동호가 말을 이었다.

"만일 내가 한국, 미국과 밀착되면 군부(軍部) 내에서 친중 쿠데타가 일어날 가능성이 있지 않겠소?"

최용해의 얼굴이 하얗게 굳어졌다. 입술이 바짝 말랐는지 혀로 입술을 닦는다. 엄청난 발언인 것이다. 이것은 무자비한 숙청의 예고일 수도 있다. 이제 김정은의 성격을 속속들이 알고 있는 최용해다. 그때 최용해가 헛기침을 했다. 대답은 해야 한다.

"그럴 가능성이 있다면 소탕해야만 합니다, 위원장 동지."

"그래서 내가 이번에 고위층 대부분을 다 이곳에 모은 거요."

김동호의 목소리가 응접실을 울렸다. 앞에 서 있는 최용해의 두 다리가 덜덜 떨렸다.

길을 건너던 최종래는 숨을 들이켰다. 신호등에 멈춰선 차량 대열 사이로 걸으면서 최종래가 옆을 걷는 박기철에게 말했다.

"냄새가 이상해."

"예?"

"냄새가 나지 않나?"

길을 건넌 최종래가 고개를 들고 앞쪽 신라호텔을 보았다. 150미터쯤의 거리다. 언덕 위에는 경찰과 취재진들이 득실거리고 있다. 거리에 행인이 많았기 때문에 둘은 길가 편의점 앞으로 비켜섰다. 그때 다시 코를 킁킁거렸던 최종래가 박기철을 보았다.

"비린 냄새다."

"……."

"마늘과 성수 냄새, 이건 악마가 근본적으로 싫어하는 냄새지."

최종래의 얼굴에 쓴웃음이 번졌다.

"특수부대가 마늘과 성수로 무장하고 있는 거야."

"그, 그렇습니까?"

"놈들은 내가 올 것이라고 믿는 거야."

"누가 그, 그것을 알려주었을까요?"

"그놈, 신의 아들이다."

힐끗 위쪽에 시선을 준 최종래가 말을 이었다.

"그놈이 저곳에 방어망을 치고 있는 거다."

"저곳에 그놈이 있습니까?"

"그럴 가능성이 있지."

"김정은 주변에 말입니까?"

그때 최종래가 발을 떼었다.

"문제는 신의 아들놈이 김정은을 보호하고 있다는 거야. 호위비행을 취소시킨 이유도 이제 확실해졌다."

오후 3시, 청와대 대회의장. 점심 식사를 마친 남북한 지도자들이 둘러앉았다. 김정은의 요청에 의해서 사진 촬영은 생략된 상태. 임홍원은 아직도 흥분된 상태다. 자꾸 한 말을 또 하다가 총리 장진영의 제지까지 받았지만 계속

웃는다. 그때 김동호가 말했다, 김정은이지.

"이건 극비로 지켜주셔야 할 것 같습니다."

긴장한 임홍원이 고개를 끄덕였다. 원탁에 둘러앉은 한국대표단은 임홍원과 국무총리 장진영, 인류수비대 사령관 백철, 그리고 비서실장 정인규다. 모두 김동호가 선정한 인물이다. 김동호가 말을 이었다.

"트럼프와 북미 간 비밀동맹을 맺기로 합의를 했습니다."

순간 한국 측이 모두 숨을 들이켰고 김동호의 얼굴에 웃음이 떠올랐다.

"비밀 동맹이라고 했지만 트럼프 성격에 곧 비밀이 새 나가게 될 것입니다. 아마 선거 전에 써먹겠지요."

"그, 그렇지요."

"미국의 경제 원조는 매년 300억 불씩 10년간 차관을 얻는 조건입니다."

엄청난 자금이다. 숨을 들이켠 한국 측을 보던 김동호가 말을 이었다.

"그건 트럼프가 한사코 감추려고 들 테지만 우리가 슬슬 터뜨릴 겁니다."

"아아."

고개를 끄덕인 임홍원이 말했다.

"저희들도 적극 협조해 드리지요."

이미 김동호한테서 들었기 때문에 임홍원이 정색하고 말을 이었다.

"우리는 이제 한 덩어리가 되어서 미국, 중국의 외세에 대항해 나갈 것입니다."

"중국 이야기가 나왔으니 말씀인데요."

김동호의 시선이 옆에 앉은 북한 측 대표들을 스치고 지나갔다. 최용해, 김영철, 최선희, 조천수다.

"중국이 내가 6·25 남침이나 천안함 격침을 사과한 것에 대해서 유감을 표시하는군요. 우리가 저자세로 나갈 필요가 없다는 겁니다."

"저런."

임홍원이 이맛살을 찌푸렸다.

"아니, 그럴 수가……."

"우리가 북미 동맹을 맺었다는 것을 알면 군부의 친중 분자를 충동질해서 쿠데타를 일으킬 가능성이 큽니다."

임홍원 등 한국 측은 아연실색했지만 김동호는 얼굴을 펴고 웃었다. 북한 측 대표들은 무표정한 얼굴이다. 이런 얼굴에 익숙한 것 같다. 김동호가 말을 이었다.

"그래서 내가 북한군과 당의 고위층 대부분을 이번에 서울로 불러들인 것입니다."

"……."

"회담을 마치고 나서 나는 1백 명 가까운 고위층을 이곳에 남겨두고 떠날 겁니다."

김동호의 얼굴에 다시 웃음이 떠올랐다.

"한국의 경제발전 실습을 하라는 명목으로 남겨둘 예정인데 잘 부탁합니다."

한국 측 대표단 사이에서 침 넘어가는 소리가 났다. 임홍원의 목구멍에서 났는지 다른 누구의 목구멍에서 났는지 모른다. 북한 측은 아니다, 이쪽은 그런 분위기에 익숙하다니까.

대위 이기준. 말끔한 양복 차림에 재킷 안의 겨드랑이에 베레타92F 권총을 찼고 바지 양쪽 주머니에 마늘을 한 주먹씩 넣었다. 재킷 반대쪽 겨드랑이에 성수가 든 플라스틱 병을 찼으니 좀 기괴한 무장이었지만 심각하다. 사령관의 지시로 모두 그렇게 무장한 것이다. 무기만 다를 뿐 마늘과 생수는 모두 지참했다. 이기준의 위치는 신라호텔 후문 안쪽의 화장실 앞, 후문에는 20명의 특공대가 배치되었는데 이기준은 오른쪽 화장실 근처를 위치로 배정받았다. 이기준의 조(組)는 3명, 이기준이 조장이고 2명은 화장실 안쪽에서 대기하고 있다. 오후 4시 반, 지금쯤 김정은 일행은 청와대에서 회담을 하고 있겠지만 이곳 신라호텔에는 북한에서 온 수행단 3백여 명이 머물고 있다. 50여 명만 청와대로 따라간 것이다. 그때 이기준은 후문으로 들어서서 이쪽으로 다가오는 사내를 보았다. 20대의 날씬한 몸매, 잘생긴 용모의 사내. 옷차림도 말끔하다. 10미터, 8미터. 사내는 분명 후문 앞의 제4조를 거쳐 왔을 터다. 악마라면 얼굴이 붉어져서 금방 발각되었겠지. 이기준의 시선을 받은 사내의 얼굴에 옅게 웃음이 떠올랐다가 지워졌다. 호감이 가는 웃음이다.

서수민이 다가오는 사내를 보았다. 지금 서수민은 호텔 안쪽, 여자 화장실 앞의 생수대에서 컵에 물을 받는 중, 물론 시늉이다. 서수민의 눈에 비친 사내는 이기준이 본 사내와 다르다. 사내의 얼굴이 두 겹, 세 겹으로 흐려져 있다. 마치 필름이 낡아서 흐려진 것처럼 흔들린다. 처음에는 이쪽 눈이 잘못된 줄 알고 눈을 껌벅였다가 아차 했다.

악마다, 악마가 나타났다. 붉은 얼굴이 아니다. 특수부대원들은 마늘과 성수로 무장하고 붉은 얼굴이 드러나기를 기다렸지만 천만의 말씀, 악마는 그런 반응이 아니다. 그리고 서수민은 특공대원보다 몇 단계 높은 능력을 받았다. 급수로 정해진 것이 아니라 자연스럽게 경지에 오른 경우, 눈 깜박하는 순간이었지만 서수민은 이기준 앞으로 다가오는 악마를 보았고 반사적으로 다가갔다. 악마와 거의 같은 빠르기. 그때 악마가 이기준 앞에 섰다. 그때서야 수상한 느낌이 든 이기준이 입을 열었을 때 악마가 몸 안으로 빨려들어갔다. 그 순간이다. 서수민이 들고 있던 송곳으로 이기준의 심장을 깊숙하게 찔렀다.

"윽!"

신음을 뱉은 이기준이 옆쪽 벽에 몸을 부딪치더니 서수민을 노려보았다.

"네년이."

이기준이 입을 벌리고 웃었는데 입 안이 시뻘겋다. 다음 순간 서수민은 이기준의 몸이 두 겹으로 흔들리는 것을 보았다. 악마가 또 빠져나갔다. 서수민이 주머니에서 성수가 든 풍선을 꺼내 손톱으로 찢으면서 이기준의 몸에 뿌렸다.

"퍽!"

성수를 뒤집어쓴 이기준의 몸에서 흰 김이 피어올랐다. 모두 눈 깜박하는 순간에 일어난 일이다. 서수민은 이기준의 몸에서 빠진 사내가 몸을 돌려 후문을 빠져나가는 것을 보았다. 사내의 몸이 두 겹, 세 겹으로 보였지만 후문에 서 있던 특공대는 놔두었다. 보이지 않는 것 같다. 그때 벽에 기대 서 있던 이기준이 가쁜 숨을 뱉으면서 서수민을 보았다. 이기준은 서수민을 안다. 가슴을 손바닥으로 짚은 이기준이 하얗게 굳어진 얼굴로 서수민에게 물었다.

"악마였습니까?"

이기준이 몸에 들어온 존재를 느낀 것이다. 그것은 서수민이 송곳으로 심장을 찔렀기 때문이다. 악마가 이기준의 몸에 들어간 순간이어서 악마의 심장을 건드렸다. 그래서 이기준은 무사했다.

"네, 빠져나갔어요."

후문을 같이 응시하면서 서수민이 말했다.

"악마였어요, 젊은 남자로 변신한 것이죠."

"보이지 않았습니다."

"저한테는 몸이 두 겹, 세 겹으로 흔들렸어요."

"저보다 높은 능력이시니까요."

이기준이 다시 가슴을 손바닥으로 문질렀다.

"나한테 그 촉감이 지금도 느껴집니다."

악마가 들어왔다가 나갔다.

청와대 회의장, 오후 4시 반. 김동호가 입을 열었다.

"지금 우리들의 회의는 세계 각국의 주목을 받고 있습니다. 알고 계시죠?"

당연한 말이었기 때문에 모두 쳐다만 보았고 김동호가 말을 이었다.

"우리 북남이 계속 이렇게만 지내야 되겠습니까?"

북한 측 대표단은 김정은의 말씀이 배가 하늘로 간다고 해도 절대로 웃거나 반박 못 할 사정이었기 때문에 표정도 변치 않는다. 그러나 남한 측에서 좀 경솔한 편인 비서실장 정인규가 고개를 끄덕였다. 임홍원 등은 가만있었고, 그때 김동호가 말을 이었다.

"내가 여기 회의하러 오기 전에 중국 대사가 비밀리에 찾아와서 회담 내용을 따로 알려달라고 했습니다."

"……."

"아까 말씀드렸다시피 6·25, 천안함 사건을 사죄할 필요도 없다고 하고 말입니다."

김동호의 얼굴에 쓴웃음이 번졌다.

"곧 트럼프도 한국에 압박을 해오겠지요. 저한테 핵 폐기 대가로 올해부터 연간 300억 불씩 10년간 지원해준다고 했지만 제가 핵 폐기를 해버리면 약속 안 지킬 가능성이 큽니다. 그렇지 않습니까?"

김동호의 시선을 받은 임홍원이 고개를 두 번 끄덕였고 국무총리 장진영은 세 번, 백철은 네 번을 끄덕였다. 김동호가 고개를 돌려 옆쪽을 보았다. 그러자 맨 처음 시선을 받은 김영철이 커다랗게 말했다.

"그렇습니다, 지도자 동지. 믿을 수 없습니다."

김동호의 시선이 최용해에게 옮겨졌다.

"믿지 못합니다. 트럼프는 배신할 것입니다."

이번에는 조천수다.

"미국은 믿을 수 없습니다, 위원장 동지."

목소리가 제일 컸다. 그다음은 최선희.

"선거만 끝나고 한국한테 넘길 가능성이 큽니다, 위원장 동지."

그때 김동호가 다시 웃음 띤 얼굴로 임홍원을 보았다.

"오늘은 역사적인 날입니다, 그렇지 않습니까?"

"그렇습니다."

임홍원의 두 눈이 흐려졌다. 다시 지난 며칠간이 머릿속에 떠오른 것이다.

오후 6시 반, 3시에 시작했던 정상회담이 아직 끝나지 않았다. 남북한 대표단이 아직도 대회의실에 들어가 있다. 수행원들이 수시로 들락거리고 있을 뿐 대표단은 아직 밖으로 나오지 않는다. 밖에서 기다리던 기자단은 조바심이 났다. 배도 고프다.

"도대체 뭣들 하는 거야?"

짜증이 난 CNN 기자가 투덜거렸다.

"밥도 안 먹나?"

그때 뒤쪽이 떠들썩하더니 1백 명도 넘는 사람들이 다가왔다. 놀란 기자단이 웅성거렸을 때 청와대 직원들의 안내를 받은 사람들이 옆쪽 회의실로 들어갔다.

"북한 수행단원이야."

기자 하나가 방금 불평한 CNN 기자에게 말했다.

"회의가 많은 모양이구만."

그때 한국 기자 하나가 서둘러 다가와 카메라 기자에게 소리쳤다.

"어이, 저기 한국 측 인사들이 오는데."

목을 빼고 그쪽을 본 CNN 기자는 다시 1백 명도 넘는 사내들이 다가오는 것을 보았다.

"이런 젠장, 밥이나 먹고 왔나?"

이런 분위기라면 회의는 밤을 새울 것 같았기 때문에 내용이야 어떻든 오늘 밤 기자회견은 물 건너간 것 같다.

"어떻게 된 일이오?"

밤 9시 반, 마침내 시진핑이 당 간부들을 모아놓고 물었다. 천안문 옆 중국 공산당 대회장 건물의 중앙위 상임위원실 회의장 안, 중앙위 상임위원 8명이 전(全) 중국을 통치하는 8인방이다. 그중 수장이 시진핑이다. 지금 장방형 테이블에 둘러앉은 상임위원은 6명, 당기위원장 조장위가 병으로 누워 있고 상임위 부위원장 태성규가 아프리카 출장 중이어서 둘만 빼놓고 다 모였다. 비상소집이다. 지금 서울은 10시 반이다. 오후 3시에 시작한 남북한 정상회담이 지금도 계속되고 있는 것이다. 게다가 6시 무렵에는 양측 수행단, 보조단이 1백여 명이나 청와대로 투입되어 회담이 진행 중이다. 그때 당 군사위 부주석 양창명이 말했다.

"별거 없을 것입니다. 핵 폐기 후의 남북한 경제협력 관계겠지요."

"쇼하는 겁니다."

당 서열 3위인 당간부위원회 위원장 천용이 나섰다.

"김정은이가 요즘 쇼맨십이 늘었습니다. 임홍원이는 순진합니다."

천용은 72세, 산전수전 다 겪은 여우다. 시진핑이 고개를 돌려 양창명에게 물었다.

"우리하고 우호적인 북한의 군 간부들하고 연락이 되는 거요?"

"그것이……."

쓴웃음을 지은 양창명이 고개를 저었다.

"이번에 김정은이 싹 데려갔습니다. 지금 모두 서울에 있어서……."

"군 지휘관까지 데려간 것이 좀 이상하지 않소?"

"그게 김정은 스타일이지요."

다시 천용이 나섰다.

"그자는 돼지 공장에도 군 지휘관들을 데리고 가지 않습니까?"

"하긴."

마침내 시진핑의 얼굴에도 쓴웃음이 번졌다. 맞는 말이다.

그 시간에 아베는 부총리 아소 다로, 관방장관 나가노와 함께 총리 관저에서 술을 마시는 중이다. 밤 10시 40분, 아베가 술기운으로 붉어진 얼굴을 들고 나가노를 보았다.

"나가노, 북한의 핵 폐기 선언 후의 한국 방문이 꺼림칙해, 나는."

아베가 말을 이었다.

"미국이 철저히 북한 핵을 빼내겠지만 재래식 무기만으로도 남북한이 합치면 위력적이란 말야."

"그거야……."

나가노가 고개를 기울였다.

"김정은은 지금 경제 지원 문제로 간 것이 분명합니다. 제 입으로도 그랬고요."

"난 믿을 수가 없어."

그때 아소가 입을 열었다.

"지금 중국도 비상 상태요. 북한 핵 폐기가 중국한테는 시원한 뉴스가 아니거든."

"더구나 북한의 지도자급 당 간부, 군 지휘관들을 싹 한국으로 불렀단 말요."

아베가 말을 이었다.

"그리고 청와대에서 양국 간부들끼리 무슨 회의를 하는지……."

"수상, 예민할 필요 없어요."

나이가 많은 아소가 웃음 띤 얼굴로 말했다.

"아직도 남북한은 중국과 우리가 둘러싸고 있으니까. 한국의 지정학적 운명이지요."

김동호와 임홍원이 회의실 안쪽 창가에서 마주 보고 서 있다. 옆쪽에서는 한국과 북한의 각료, 지도자급 간부들이 둘러앉아 열띤 작업을 하는 중이다. 그 뒤쪽으로 수십 명의 보좌역들이 서류를 들고 왔다 갔다 하고 있었는데 그들을 지휘하는 양측 대표는 총리 장진영과 당비서 최용해다. 넓은 회의실 분위기는 소란스러운 것 같지만 활기에 가득 차 있다. 그들을 둘러보던 임홍원이 김동호에게 말했다. 두 눈이 번들거리고 있다.

"위원장님, 이렇게 진전될지 몰랐습니다."

"저도 계획했던 일이 아닙니다."

김동호의 얼굴에 쓴웃음이 번졌다.

"한 계단씩 올라오다가 보니까 자연스럽게 이 상황에까지 닿게 된 것 같습니다."

"그렇지요."

커다랗게 고개를 끄덕인 임홍원이 말을 이었다.

"위원장님이 제의를 하신 순간에 가슴이 철렁 내려앉았지만 '올 것이 왔다'는 느낌이 들더라니까요."

"시기가 된 것이지요."

"모두 위원장님의 용단 때문입니다."

"아닙니다."

이제는 김동호가 정색하고 임홍원을 보았다. 내가 지금 김정은의 몸속에 들어가 있다는 이야기를 어떻게 해? 못 한다. 영웅 김정은을 만들어주자.

"예, 정치 참모 오병탁입니다."

휴전선의 제2군 정치 참모 오병탁 상장이 전화를 받는다. 상대는 보위부장 박승태, 지금 박승태는 서울에 가 있었기 때문에 오병탁이 긴장하고 있다. 그때 박승태가 말했다.

"동무, 여기 2군 사령관이 있는데, 내가 대신 전화하는 거야, 알았어?"

"예, 부장 동지, 알겠습니다."

"보위부장 박승태는 2군 사령관 김정식보다 몇 계단이나 상급자다. 부동자세로 선 채 오병탁이 전화기에 대고 대답했다. 그때 박승태가 말을 이었다.

"내일 아침에 한국에서 쌀 1만 톤이 2군 사령부로 출발할 거다. 판문점, 개성을 거쳐서 트럭이 갈 테니까 길을 확 뚫어 놓으라우."

"예, 부장 동지."

"다른 군(軍)에도 양곡이 갈 테니까 그렇게 알고 있어."

"예, 부장 동지."

"그리고 내일 오전 10시에 여기 계신 위원장 동지께서 중대 발표가 있으시다. 전군(全軍)이 모여 듣도록. 알겠나?"

"예, 부장 동지."

같은 시간에 제4군 참모장 박충도 당비서 최용해의 전화를 받는다. 밤 11시가 되어가고 있었지만 박충은 사령부에서 대기 중이었다. 비슷한 내용으로 통화를 한 최용해는 박승태와는 좀 다르게 마무리를 했다.

"정신 똑바로 차리고 들으라우, 알간?"

CIA가 감청 안 할 리가 없다. CIA 별관에서 기술요원 김태수가 상급자 아론 베이커에게 달려갔을 때는 11시 무렵, 그동안의 남북 간 통화 모음이 40분 분량이나 되었기 때문에 다 듣고 난 아론이 눈썹을 모으고 김태수를 보았다.

"이거 내일 북한으로 물자가 대량 수송된다는 거 아냐?"

"예, 내용은 그렇습니다."

김태수가 말을 이었다.

"그것을 육로로 운송한다는 것입니다."

"길이 다 뚫리는군."

"휴전선이 다 개방되는 것입니다."

고개를 끄덕인 아론이 전화기를 들었다. 육로의 전면 개방이다. 통화 내용에 자주 언급되었지만 모든 육로가 개방되는 것이다.

"어라?"

아베도 CIA와 비슷한 시기에 이 사태를 보고받았다. 놀란 아베가 아소를 보았다.

"이거 어떻게 되는 거요?"

"길이 다 뚫린다는 건데."

아소가 고개를 기울였다.

"쇼가 지나친데."

"미친놈 아닙니까?"

"글쎄."

"확 뚫어서 국민들이 들고일어나면 어떻게 하려고?"

"글쎄."

"이거, 핵보다도 이게 더 문제일 것 같은데."

아베의 얼굴에서 술기운이 달아났다.

"내일 10시에 무슨 성명을 발표한다는 것이지?"

일본 측도 통신 도청을 다 한 것이다.

한국 시간으로 밤 12시 반이면 워싱턴 시간으로 오전 10시 반이다. 백악관 오벌룸, 안보보좌관 커크 매디슨한테서 어젯밤의 남북한 회담, 그리고 도청 내용까지 다 보고를 받은 트럼프가 짜증을 냈다.

"아, 몰라, 몰라."

어젯밤 술기운이 남아있는 터라 트럼프가 트림을 하더니 급하게 냉수 잔을 들고 남은 물을 마셨다.

"곧 성명을 발표한다는데요."

커크가 근심스럽게 트럼프를 보았다.

"한국 시간으로 오전 10시니까 워싱턴 시간으로 오후 8시쯤 되겠습니다."

"내가 후원회 할 시간인데."

투덜거린 트럼프가 흐려진 눈으로 커크를 보았다.

"그 원숭이 놈들이 뭐 하려는 거야?"

"식량 원조를 합의한 것 아닙니까?"

"그렇다고 육로 모두를 개방해서 실어 나른단 말이지?"

"쇼하는 거라고 일본 정보국에서 말하는데요."

"김정은 그놈."

눈동자의 초점을 잡은 트럼프가 커크를 보았다.

"그놈이 북한, 미국의 동맹 이야기를 한국에다 했겠지?"

"가능성이 있습니다."

"그건 예상하고 있었지만 차관 문제 말야."

"그것도 이야기했을 가능성이 있지요."

"하지만 한국은 난 모르겠다, 하고 손을 털지는 못해."

어깨를 부풀린 트럼프가 입술 끝을 비틀고 웃었다.

"주한 미군을 철수해 버린다고 하면 와락 쫄 테니까."

"그래서 이번에 한국이 식량을 퍼주는지 모르지요. 북한 비위 맞추려고 말입니다."

"우리가 북한하고 동맹을 맺고 나면 한국은 동네북이 돼. 그걸 알아야지."

트럼프가 어깨를 폈다. 이제 정신이 돌아온 것이다. 한국은 지금까지 그렇게 해왔으니까.

오전 10시 정각, 청와대 대회의장, 연단이 2개 나란히 세워졌고 앞쪽에 기자단 좌석이 100여 개, 그 뒤로 방송 기자석, 카메라가 100개도 넘는 것 같다. 연단 뒤쪽에 양쪽으로 갈라진 남북한 고위층 좌석, 각각 1백 개쯤 되었으니 연단의 위치는 중앙이다. 자, 김정은이 먼저 왼쪽 연단에 올라가서 주위를 둘러본다. 김정은에게 잠깐 선두를 양보한 한국 대통령 임홍원이 오른쪽 연단에 올라섰다. 이제 김정은의 성명 발표다. 어제 오후 3시부터 오늘 오전 3시까지 무려 12시간 동안 치열한 회담을 했지만 밖으로 드러난 구체적인 내용은 없다. 그저 남북 경협, 군사적 문제, 그리고 대외 관계 등 수백 가지 추측 기사만 쏟아졌을 뿐이다. 김정은이 앞쪽을 똑바로 응시했다.

오전 10시, 서울역 대합실, 대합실의 대형 TV에는 평소보다 5배는 많은 인파가 모여 있다. 서울역 광장에도 대형 스크린이 설치되어서 그곳에는 수천 명이 운집했다. 김정은이 똑바로 관중들을 응시하고 있다. 지나던 차량들도 눈에 띄게 줄었는데 방송을 보려는 것이다. 2002년 월드컵 때도 이러지 않았다.

같은 시간 평양의 김일성 종합 경기장, 관중석이 꽉 찼고 운동장에도 각 학교, 직장에서 동원한 관중이 입추의 여지가 없이 들어찼기 때문에 주도한 '평양공산당 서기국'의 계산으로 입장자 숫자는 325,745명, 무려 32만이 넘는 관중. 그 관중들이 모두 앞쪽 가로 50미터, 세로 25미터의 대형 스크린을 쳐다보고 있다. 지금 화면에 경애하는 지도자, 위대하신 위원장 동지의 얼굴이 클로즈업되어 있다. 보통 때는 우레 같은 환성이 울렸겠지만 주최 측의 당부로 모두 숙연한 자세. 32만 관중이 기침 소리도 내지 않고 지도자 동지의 음성을 고대하고 있다.

이곳은 도쿄, 총리관저 안 대회의실. 이곳도 같은 시간인 오전 10시 정각. 아베 총리가 소집한 각료, 당 간부 1백여 명이 늘어앉아 벽에 설치된 스크린을 쳐다보고 있다. 잡담이 그치고 이제 조용해진 상황, 아베가 쓴웃음을 지으며 한마디 했다.

"김정은이 엄청나게 매스컴을 타는군."

과연 그렇다. 지금 세계의 뉴스 초점이 되어 있다. 다소 부러워하는 표정이 된 아베가 입을 다물고 기다린다.

베이징, 이곳은 오전 9시. 천안문 광장 안쪽 중국 공산당 대회의장 건물 안의 공산당 중앙위원회 상임의원 회의실 안, 시진핑 주석이 8인위원 전체를 소집해 놓고 벽에 붙은 스크린을 주시하고 있다. 지금은 병으로 입원해 있던 당 기위원장 조장위와 아프리카에 갔던 태성규까지 급거 귀국했기 때문에 8인이 다 모여 있다. 시진핑이 거기에다 각료, 서열 50위 이내의 중요 간부들까지 불렀기 때문에 회의실 안에는 100명 가까운 고위급이 총동원된 상태. 등소평 서거 후에 고위급이 이렇게 한자리에 모인 것은 처음인 것 같다. 그때 대형 스크린에 비친 김정은의 왼쪽 눈썹이 잠깐 흔들렸다. 그만큼 스크린 화질이 좋다.

'말랐군.'

이것은 시진핑이 속으로 생각한 것이다.

워싱턴, 오후 8시 정각이다. 이곳은 백악관의 오벌룸. 트럼프가 두 손을 모은 자세로 앞쪽 TV를 보고 있다. 주위에는 안보보좌관 커크 매디슨, 국무장관 이스트먼, 합참의장 프로스트, 비서실장 모간이 둘러앉았는데 즉석 통역을 위해서 보좌관실에서 한국어 통역을 데려왔다. 그래서 모두 귀에 리시버를 끼고 있다. 그만큼 김정은의 성명을 빨리 듣고 싶다는 표시다. 번역기를 가동하거나 자막을 넣어서 재방을 시키려면 30분쯤 시간이 걸린다. 김정은 눈썹이 깜박였을 때 트럼프는 시진핑과 달리 한마디 했다.

"짜식, 요즘 뜨는군."

질투가 무럭무럭 풍기는 코멘트다. 그때 김정은이 입을 열었다.

"친애하는 남북한 인민 여러분."

김동호가 김정은의 목소리로 말을 잇는다.

"저는 오늘 7천5백만 남북한 인민, 1천만 해외 인민, 그리고 전 세계인에게 선포합니다."

김동호가 똑바로 화면을 응시했다.

"오늘 11시 정각부터 우리 북남은 통일됩니다. 국명은 '고려연방'이며 당분간 '북남연방제'로 운용되다가 '연방 대통령'을 선출, 연방 대통령이 북남 총리를 지휘하여 연방국가를 운영하게 될 것입니다."

그러고는 김동호가 한 발짝 물러서자 곧 한국 대통령 임홍원이 마이크에 입술을 붙였다.

이곳은 서울역, 안팎의 관중들이 그 순간 아연실색했다가 술렁거렸고 수군대다가 큰 소리로 떠들기 시작했다. 모두 믿기지 않는 표정, 놀란 표정이었는데 그 이유가 무엇이겠는가?

'그렇게 되면 어떻게 되지? 난 어떻게 될 것인가?' 하는 의문 때문이다. 꿈에도 소원인 통일이 되었다고 무조건 만세를 부르는 관중은 한 사람도 없다.

이곳은 평양 김일성 종합운동장, 김정은의 발표가 끝났을 때 이곳도 아연실색했지만 서울역 대합실과는 분위기가 다르다. 웅성거림, 수군거림이 없다. 큰 소리는 말할 것도 없다. 오히려 숨까지 죽이고 있다. 그렇게 17초쯤 정적이 흘렀다가 갑자기 경기장 사방에 설치된 마이크가 울렸다.

"만세! 지도자 동지 만세!"

그 순간 참았던 물꼬가 터진 것처럼 일제히 고함을 쳤다.

"만세! 지도자 동지 만세!"

만세 소리가 계속해서 울리고 있다. 30여만 명이 일제히 외치는 터라 평양 시내 한쪽이 떠나갈 것 같다. 그쪽 지역 아파트의 유리창까지 흔들렸고 닭이 알을 낳다가 달걀을 떨어뜨려 깨졌다. 그때 남한 대통령 임홍원이 나왔기 때문에 만세 소리가 뚝 그쳤다.

"뭐라고?"

시진핑이 눈을 치켜뜨고 버럭 소리쳤다.

"통일?"

회의실에 모인 간부들이 술렁거렸다.

"어떻게 된 거야?"

시진핑이 날카로운 목소리로 다시 소리쳤을 때 끝 쪽에서 외교부장 왕우가 대답했다.

"곧 알아보겠습니다."

"북남연방이라고?"

아베가 고개를 기울이고 이 사이로 묻는다. 혼잣말이다.

"연방 대통령제에서 북남을 각각 연방으로 나눠 총리 체제로 운용한다고?"

"미국의 주 정부처럼 운용할 모양이군."

아소 부총리가 쓴웃음을 지었다.

"이것들이 연거푸 기습 펀치를 때리는군."

"부총리, 이건 펀치 정도가 아뇨."

아베가 갈라진 목소리로 말했을 때 임홍원이 나왔다.

이곳은 백악관.

"갓댐."

트럼프가 주먹으로 의자 팔걸이를 내리쳤다. TV에는 지금 임홍원의 얼굴이 클로즈업된 참이다.

"저 자식이 지금 뭐라고 지껄인 거야?"

"남북한이 통일된다는데요."

커크가 말하자 트럼프가 다그치듯 묻는다.

"그럼 핵은? 핵은 어떻게 하고?"

그때 프로스트가 손바닥을 펴 보였다.

"잠깐만."

막 임홍원이 입을 연 것이다.

임홍원이 정색하고 화면을 보았다.

"여러분, 오늘은 역사적인 날입니다."

임홍원의 두 눈에 눈물이 고였다.

"김정은 위원장의 역사적인 결단과 제의가 있었기 때문에 가능했던 일입니다."

임홍원의 목소리가 떨렸고 얼굴이 상기되었다.

"연방정부 청사는 평양에 둘 것이며 연방 대통령은 당분간 남북한 대통령과 북한 국무위원장의 합의하에 2인 대통령 체제로 통치할 것입니다. 그리고 곧 연방정부의 조직 및 각료 명단을 발표하겠습니다."

일사불란한 통일국가 조직에 관한 설명이다. 임홍원이 번들거리는 눈으로 화면을 보았다.

"여러분, 내일 10시부터 남북한 왕래는 자유롭게 허용됩니다. 간단한 입출국 심사가 있기는 하지만 신분증만 제시하면 누구든 남북한 통행이 허용됩니다."

"앗!"

서울역 안팎에서 그때서야 탄성, 환성이 터졌다. 그러나 크지는 않다. 그래도 관중들의 얼굴에서 의구심이 모두 지워져 있는 것이 보인다. 대신 희망이 새겨져 있다.

"갓댐."

트럼프가 다시 소리쳤다.

"핵은? 핵은 어떻게 한다는 거야? 저 개아들 놈들이?"

모두 입을 다물고 있었기 때문에 트럼프가 어깨를 부풀렸다.

"저 새끼, 저 남한 놈, 저놈이 핵을 나눠 먹는 거 아냐?"

"만세! 만세! 만세!"

김일성 종합경기장에서 만세 소리가 더욱 우렁차게 울리고 있다. 북남 교류다. 이제는 남조선에 마음대로 가게 생겼다. 가서 핸드폰도 사고, 라면도 사와야겠다. 거기 폐차장에 쓸 만한 차가 산더미처럼 쌓였다던데 몇 대 가져와도 될 것이다.

"만세! 만세! 만세!"

잘사는 놈들이 아니꼬운 짓을 좀 하겠지만 어떠냐? 거기서 먼저 쓸 만한 걸 가져오면 큰돈을 벌 수 있을 것이다. 중국도 30년 전에는 한국에 갖은 간살을 떨면서 투자유치를 사정하지 않았더냐? 우리도 다 안다. 지금은 세계 제2의 경제대국이 되었다고 어깨를 펴고 다니지만 30년 전에는 성장, 당서기가 떼로 뭉쳐 한국에 가서 투자유치를 사정하지 않았더냐? 우리도 다 안다. 그런데 우리는 동족이다. 10년이면 아마 중국처럼 될걸? 이것이 만세를 부르는 32만 군중의 머릿속에 꽉 찬 생각이다.

"만세! 만세! 만세!"

"이렇게 되는군."

아베가 쓴웃음을 지은 얼굴로 주위를 돌아보았다.

"대책을 세워야 되겠어."

아소가 고개를 끄덕였다.

"남북한 이번 통일 합의는 남한 측 입장이 많이 반영될 거요. 지금까지는 북한이 핵을 쥐고 주도권을 장악했지만 앞으로는 그렇게 안 될 겁니다."

"핵은 어떻게 될 것 같습니까?"

아베가 묻자 나가노가 대답했다.

"이제 내놓는 건 다시 힘들어진 것 같습니다. 남한이 오히려 가로막을 가능성이 큽니다."

시진핑이 군사위부주석 양창명에게 지시했다.

"즉시 동북군을 제1방어선까지 내려보내시오."

"예, 주석 동지."

긴장한 양창명이 물었다.

"서해 함대도 증가시킬까요?"

"항모까지 옮기도록. 인도 쪽의 제4함대도 산둥성 근처로 옮기시오."

"예, 주석 동지."

양창명이 벌떡 자리에서 일어섰다. 전시(戰時)체제나 같은 것이다. 동북군은 4개 군단으로 이루어진 중국군 최대 군단이다. 약 40만 명의 병력이 제1방어선인 북한의 국경선 근처 6개 요충지로 남진해 올 것이었다. 그것은 단숨에 북한을 석권할 수도 있는 병력이다. 더구나 인도양에서 경계 중인 제4함대까지 산둥성 청도의 해군 기지 근처로 이동시키면 중국군 주력 해군은 모두 서해에 모이게 된다. 항모와 5척의 이지스함, 50여 척의 전투함으로 편성된 대함대다. 시진핑이 흐려진 눈으로 간부들을 보았다. 무표정한 얼굴이다. 이번 남북한 통일 선언으로 가장 타격을 입은 국가가 중국일 것이다, 그다음이 미국이고.

오후 12시 반, 청와대 식당 안, 대식당은 남북한 고위급이 뒤섞여서 밥을 먹느라고 시끌벅적하다. 어제저녁부터 오늘 아침, 점심까지 세끼를 함께 투숙하면서 밥을 먹는 터라 친해진 것이다. 이번 회의 때문에 남북한 고위급들은 숙소를 청와대에서 가까운 시청 앞 호텔을 통째로 빌려서 투숙했고 김동호도 어젯밤에는 신라호텔로 갔다 왔다 하기가 불편해서 시청 앞 조선호텔로 숙소를 옮겼다. 식당 안쪽, 김동호와 임홍원, 그리고 총리 장진영과 당비서 최용해까지 넷이 식사를 한다. 최용해는 북한 연방의 북한 측 총리로 임시 내정된 인물, 장진영은 그대로 남한 총리고 김동호만 '고려연방'의 북한 대통령으로 옮겨 갔다. 설렁탕 국물을 떠먹은 김동호가 임홍원을 보았다. 김정은이 본 셈이다.

"이제는 핵 폐기를 미국보다 중국이 더 요구할 것 같은데요."

그러자 임홍원의 얼굴에 쓴웃음이 번졌다. 장진영도 웃는다.

"트럼프가 길길이 뛰다가 가만 생각하니까 핵 폐기할 필요가 없다고 생각할 겁니다."

임홍원이 말을 이었다.

“대신 일본이 핵 개발을 하겠다고 나서겠는데요.”

“그럼 대통령 각하께서 적극 반대를 하시지요.”

김동호도 웃음 띤 얼굴로 말을 잇는다.

“저는 나설 입장이 못 되니까요.”

“핵 갖고 계시기 잘했습니다.”

장진영이 김동호에게 말했다.

“통일이 되니까 결국 ‘우리’ 것이 되었군요.”

“아직 갈 길이 멉니다.”

한숨을 쉰 김동호가 임홍원을 보았다.

“이번 통일합의로 트럼프하고 합의한 경제발전 기금 매년 300억 불이 날아갔으니까요.”

그렇다. 빠꼼이 트럼프가 줄 리가 없는 것이다. 그때 최용해가 거들었다.

“트럼프가 우리 고려연방을 끌어들이면서 중국에 대한 대륙 끝의 방어막으로 삼을 계획이겠지요. 핵을 가진 동맹국으로 말씀입니다.”

그때 임홍원이 김동호를 보았다.

“트럼프 뜻대로 호락호락 되지는 않겠지요?”

“당연합니다.”

고개를 끄덕인 김동호가 말을 이었다.

“북한이 하와이에서 미국과 동맹을 맺었지만 지금은 상황이 달라졌으니까요.”

최용해가 다시 거든다.

“비밀합의였습니다. 서류에 사인도 안 했습니다.”

최용해의 말투가 우스웠기 때문에 모두 웃었다. 그러나 최용해가 정색하고 말했다.

"우리 고려연방에서 미군 철수를 하라고 하면 해야 됩니다."

모두 고개를 끄덕이자 최용해가 목소리를 높였다.

"방위비를 남조선, 아니 남연방에서 내실 필요도 없습니다."

"그렇군."

임홍원도 마침내 맞장구를 쳤다. 그동안 북핵을 머리에 이고 사는 바람에 미군 주둔과 방위비 지급 때문에 얼마나 수모를 겪었는가? 그것을 본 최용해가 어깨를 부풀렸다. 감개가 새로운 것 같다.

최용해가 한 발 더 나갔다. 식사를 마치고 김동호와 둘이 청와대 뒤쪽 정원을 산책할 때 최용해가 목소리를 낮추고 말했다.

"위원장 동지."

김동호의 시선을 받은 최용해가 목소리를 낮췄다.

"우리가 그 미 제국주의 놈들의 돈을 안 받아도 됩니다, 위원장 동지."

"무슨 말이오?"

"우리가 엄청난 재산을 보유하고 있단 말씀입니다, 지도자 동지."

최용해의 두 눈이 번들거렸다.

"어디 금광이라도 찾아냈단 말이오?"

"아닙니다, 지도자 동지."

"그럼 뭐요?"

"북조선은 전국이 금광입니다, 지도자 동지."

"그게 무슨 말요? 답답하구만."

김동호가 이맛살을 찌푸렸더니 최용해가 바짝 다가섰다.

"지도자 동지, 우리 북조선은 전국이 국가 소유입니다. 그렇지 않습니까?"

"남조선도 남조선 정부 소유 아니오?"

"아닙니다."

최용해가 번들거리는 눈으로 김동호를 보았다.

"남조선은 땅을 개인이 보유하고 있습니다. 국유지는 일부분입니다, 지도자 동지."

"……."

"지금 서울 강남 땅값이 얼마인지 들으셨습니까? 평당 미화로 10만 불짜리도 있단 말씀입니다."

"……."

"우리 북조선도 땅을 팔면 수백억, 수천억 불을 벌어들일 수 있단 말씀입니다."

"……."

"북조선에 국토부를 설립해서 땅 사업을 관리하게 하면 미국이 내는 지원금의 10배도 더 넘게 벌어들일 것입니다."

"……."

"다행히 우리 북조선은 땅을 모두 국가가 보유하고 있었기 때문에 이제야 큰돈을 만질 수 있게 되었습니다. 모두 위대하신 김일성 원수님, 김정일 지도자님이 앞을 내다보신 것입니다."

그러고는 최용해가 서둘러 덧붙였다.

"그리고 위원장님의 현명하신 용단이 오늘의 번영을 이루게 한 것이지요."

"영웅이다."

주먹을 쥐고 식탁을 내려치는 바람에 반찬 그릇이 흔들렸다. 불광동의 순댓국집 안, 오후 2시. 한국은 통일 열풍에 휩싸였다. 김정은이 발표를 한 지 4시간이 지났을 뿐이다.

"위대한 영웅! 한민족의 역사에 남게 될 영웅이다!"

김정은을 말하는 것이다. 불광동에서 플라스틱 그릇 장사를 하는 윤석호가 식용유 사업을 하는 나성규와 낮술을 마시고 있다. 윤석호가 벌게진 얼굴로 나성규를 보았다.

"난 내일 북한으로 갈 거다."

"어디로?"

"어디라니?"

되물었던 윤석호가 제 말에 제가 대답했다.

"속초 위의 거진에서 고성으로 가는 길이 뚫린다는 거야. 거기를 차를 갖고 갈 거다."

"차로?"

나성규가 눈을 둥그렇게 떴다.

"차를 갖고 가도 된대?"

"너 몰라? 된대. 그래서 마누라를 태우고 갈 거다."

"아, 나도 차 갖고 가야겠다."

이제 김정은 영웅론에서 북한 방문으로 화제가 후딱 바뀌었다.

"북한에서 뭐 사올 거 있나? 여기 와서 팔아먹게."

그때 윤석호가 쓴웃음을 지었다.

"난 가서 팔아먹을 거 연구 중이다."

바로 이렇게 머리가 회전이 된다. 아마 북한 쪽도 마찬가지일 것이다. 한국 경제가 이렇게 해서 발전했지.

"통일이 되었단 말이지?"

이곳은 고양시의 백화점 안, 오가는 사람들을 둘러보면서 최종래가 혼잣소리처럼 말했다.

"갑자기 사회 분위기가 바뀌었구나. 열기가 강해지고 있어."

"모두 신바람이 나 있습니다."

박기철도 들뜬 표정으로 말을 받는다.

"갑자기 북한 김정은이가 한국으로 날아와서 통일을 제의할 줄 누가 알았겠습니까?"

"그건 나도 몰랐다고 비꼬는 것 같은데?"

"아니올시다, 주인님."

질색을 한 박기철이 손까지 저었다. 그때 최종래가 다시 입을 열었다.

"내가 김정은의 숙소에 들어가려다가 신의 제자를 만났어."

최종래의 얼굴에 쓴웃음이 떠올랐다.

"방해를 받아서 호텔 진입에 실패했다. 신의 제자 하나가 성수와 송곳으로 날 공격했거든."

"……."

"그년과 대결해서 없애버릴 수도 있었지만 내 존재가 드러날 것 같아서 빠져나왔다."

"주인님."

박기철이 똑바로 최종래를 보았다.

"한국은 특공대도 있는 데다 여러 번 사고가 일어났지 않습니까? 그래서……."

"장소를 옮기자는 말이구나."

"그럴 필요도 있는 것 같습니다."

박기철의 머릿속을 읽은 터라 최종래가 천천히 고개를 끄덕였다.

"내가 이곳에 떨어진 것은 우연일 뿐 장소가 정해진 건 아니다."

"북한이나 가까운 중국으로 가실 수도 있지요."

"네 머릿속에는 북한으로 가고 싶다는 생각이 차 있구나."

"예, 주인님."

박기철이 고분고분 수긍했다.

"북한에서 작전을 하고 싶습니다."

"작전? 미친놈."

쓴웃음을 지은 최종래에게 박기철이 말을 이었다.

"남북한 전쟁을 일으켜 대량으로 살상할 수는 없게 되었지 않습니까? 이제는 북한이나 중국을 자극시켜야 할 것 같은데요."

악마는 28세짜리 세운상사 직원인 최종래의 몸을 차지하고 들어앉았다. 그런데 박기철은 48세, 건어물 장사를 하지만 세상 물정을 20년이나 더 겪은 장년이다. 악마라고 해도 국제 정세나 국가 간의 알력에 대해서는 '최종래의 지식' 수준 이상이 되지는 않는다. 최종래가 고개를 끄덕였다.

"옳지, 남북한이 통일되었으니 중국이 덜컥 겁이 나겠군, 그렇지?"

"예, 주인님. 바다 건너 일본보다 육지가 붙어 있는 중국이 당장 발등에 불이 떨어진 꼴이 되었습니다."

"그래서 중국군이 조·중 국경 쪽으로 대거 남하하고 있군."

최종래가 웃음 띤 얼굴로 박기철을 보았다.

"내가 국제정치학 박사 몸에 들어갔다면 네 기를 죽일 수가 있을 텐데."

"주인께서는 그따위 능력은 어디서든 빌려서 쓰실 수가 있습니다."

"좋다."

어깨를 편 최종래가 고개를 끄덕였다.

"해보자."

오후 6시 반, 서수민이 핸드폰을 귀에 붙이자 곧 김동호의 목소리가 울렸다.

“나라가 시끄럽구나, 세계 이목이 집중되어 있고.”

“네, 주인님. 북한이 안학도를 폭파시킨 후에 월남이 망할 때처럼 다 도망가다가 지금은 180도 바뀌었어요.”

서수민이 숨 가쁘게 말을 이었다.

“저, 신라호텔 후문 근처에서 사탄을 만났어요.”

말을 멈춘 김동호에게 서수민이 사탄을 만난 이야기를 했다. 형체가 두 겹, 세 겹으로 겹쳐 보였다는 말까지 했을 때 김동호가 짧게 웃었다.

“잘했어, 하지만 악마가 마음만 먹었다면 너를 없앴을 것이다.”

“알고 있습니다. 저도 모르게 몸이 앞서가는 바람에…….”

“지금도 악마가 주위를 맴돌면서 기회를 노리고 있어.”

“예, 모두 조심하고 있습니다.”

“너, 오늘 밤에 집에 있도록.”

“네?”

“내가 찾아갈 테니까.”

서수민이 숨을 들이켰을 때 김동호가 통화를 끝냈다.

평양으로 돌아가는 것을 미뤘다. 아예 서울에서 정무를 처리하고 있다. 더구나 북한의 고위층 거의 대부분을 서울로 데려온 상황이다. 사무실을 서울로 옮긴 것이나 같다. 각 부서의 책임자가 이곳에서 지시를 하는 것뿐으로 업무는 지장이 없다. 오후 8시 반, 숙소인 시청 앞 조선호텔의 방으로 들어선 김동호가 수행장군 둘에게 말했다.

“나, 잘 테니까 아무도 들이지 마라.”

"예."

짧게 대답한 둘이 몸을 돌렸다. 그때 김동호의 몸이 장군 중 하나인 고광욱에게로 옮겨졌다. 이제 김정은은 혼자 몸이 되었지만 제 말을 들은 터라 잠을 자러 침대로 갈 것이다.

고광욱이 된 김동호가 동료 장군 이철에게 말했다.

"화장실에 갔다 올게."

복도 끝 화장실로 다가간 고광욱이 안으로 들어갔다가 나오는 호텔 직원과 마주쳤다. 화장실 청소를 하고 나오던 직원이다. 김동호는 고광욱에게서 직원으로 옮겨갔다.

호텔 밖으로 나온 김동호는 경비 경찰의 몸 안에 들어가 있다. 경비 경찰이 잠깐 골목 안으로 들어갔다가 나왔을 때 그 뒤를 김동호가 나왔다. 김동호가 이제야 제 몸을 찾아서 골목 밖으로 나오더니 택시 정류장으로 다가간다.

서수민은 병으로 죽기 직전에 김동호한테서 새 생명을 얻은 후로 '주인'의 종이 되었다. 성품도 순수할 뿐 아니라 믿음이 깊어서 김동호한테서 능력을 받은 후에 신심의 덕분으로 자연스럽게 능력이 증가되었다. 오후 9시 반, 이곳은 불광동의 오피스텔 안, 15평형 원룸 오피스텔 소파에 앉은 서수민이 음소거를 시킨 TV를 보고 있다. 그러나 눈이 흐려져 있어서 TV 뒤쪽을 보는 것 같다. 그때 문의 벨이 울렸다. 퍼뜩 몸을 세운 서수민이 현관으로 다가가 문을 열었다.

문이 열리면서 서수민의 모습이 드러났다.

"주인."

김동호를 본 순간 서수민의 눈에서 주르르 눈물이 흘러내렸다.

"많이 달라졌구나."

저절로 김동호의 입에서 그렇게 말이 나왔다. 서수민이 달라진 것이다. 뽀얗게 맑아진 얼굴, 영롱한 눈, 그리고 온몸에서 기(氣)가 뿜어져 나온다. 강력한 기운이다. 그때 서수민이 달려들더니 김동호의 가슴에 얼굴을 붙이면서 허리를 두 손으로 껴안았다. 부드러운 서수민의 몸이 느껴졌고 곧 옅은 향내도 맡아졌다. 저도 모르게 서수민의 허리를 감아 안은 김동호가 귀에 입술을 붙이고 말했다.

"네 능력을 다시 배가시켜주마."

침대에서 갈증이 난 김정은이 눈을 떴다. 조선호텔 특실 안, 국가원수급 손님을 위해 준비된 특실이어서 별장이나 같다. 2중으로 된 문, 바깥채에는 수행장군과 경호원, 시중드는 남녀까지 투숙할 수 있도록 방이 5개나 있었고 안채에는 침실, 응접실이 따로 설치되었다. 몸을 일으킨 김정은은 날씬(?)해진 자신의 몸을 보았다. 김동호가 들어가 있는 동안 계속해서 채소만 먹는 다이어트를 한 때문에 체중이 30킬로나 줄었다. 탁상시계가 오후 10시 반을 가리키고 있다. 그때 손을 뻗친 김정은이 탁자 위의 벨을 눌렀다.

"예, 지도자 동지."

1초도 안 되어서 들리는 대답. 수행장군 고광욱이다. 김정은이 스피커에 대고 말했다.

"들어와라."

"예, 지도자 동지."

몸을 일으킨 김정은이 응접실로 나갔을 때 서둘러 들어오는 고광욱을 보았다. 단정한 차림. 이쪽은 가운만 걸쳤다. 김정은이 선 채로 말했다.

"배고파 죽겠다. 스테이크 3인분, 식빵 2인분, 치즈 3인분을 가져와라."

"예, 지도자 동지."

고광욱이 주문을 외우려는 듯 눈동자가 흔들렸다.

"그리고 통닭 2마리, 기름을 많이 발라서."

"예, 지도자 동지."

"우유 1리터 잊지 말고. 참, 돼지고기 삶은 것 1킬로."

"예, 지도자 동지."

"서둘러!"

김정은이 소리치자 고광욱이 황급히 몸을 돌렸다. 김동호가 빠져나간 사이에 김정은의 본성이 발동한 것이다. 물론 제가 왜 여기 왔는지, 지금까지 뭘 했는지는 다 안다. 다 제가 한 일인 줄 안다. 한 점 의심도 없다. 그렇지만 지금부터 김정은이 다시 시작할 뿐.

의도하지 않았지만 김동호는 서수민과 함께 침대에 누워 있다. 신의 아들 이전에 김동호도 혈기왕성한 남자다. 아름답고 사랑스러운 서수민이 품이 안겼을 때 몸이 뜨거워진 것은 당연한 반응이다. 김동호가 서수민의 이마에, 콧등에, 입술에 입술을 붙였을 때 서수민이 더 뜨거워졌다. 그래서 둘은 한 몸이 된 것이다. 뜨겁고 달콤하고 향기로운 시간이 지나고 이제 둘은 엉켜서 안고 있는 상태. 정신을 차린 후에 그것이 부끄러워진 서수민이 김동호에게 파고들 듯이 안겼다. 둘의 몸은 아직도 뜨겁다.

"나 또 가야 돼."

서수민의 몸을 안으면서 김동호가 말했다.

"아직 일이 덜 끝났어."

"무슨 일이신데요?"

가슴에 얼굴을 붙이고 서수민이 입술만 달싹였다.

"나중에 말해줄게."

지금 김정은이 되어서 통일을 시켰다면 놀라 기절할지도 모른다. 그러고 나서 앞뒤 상황 설명을 해야 할 테니 시간을 잡아먹는다. 지금 이 시간이 아까운 것이다. 김동호가 다시 서수민의 엉덩이를 끌어당겼더니 눈치를 챈 서수민의 숨결이 가빠졌다.

오전 9시, 늦잠을 잔 김정은의 몸으로 접근한 수행장군 이철의 몸에서 김동호가 빠져나왔다. 번쩍이는 순간이었고 영체는 보이지 않는 법이다. 그 순간 김동호가 김정은의 몸으로 다시 편입되었다. 김동호가 지배하는 김정은이 된 것이다.

"어이구."

갑자기 위가 거북하고 가슴이 벅찬 데다 머리까지 지끈거렸기 때문에 김동호가 신음했다. 물론 김정은의 신음. 그러자 김정은의 기억까지 흡수한 터라 어젯밤 먹은 음식들이 떠올랐다, 무려 8인분쯤의 식사. 보나 마나 하룻밤 사이에 5킬로는 늘어났을 것이다. 김정은의 신음에 놀란 이철이 부동자세로 섰을 때 김동호가 투덜거렸다.

"돼지같이 먹었구만."

이철의 눈동자가 흐려졌다. 김정은이 제 입으로 저를 욕하는 터라 권총을 뽑을 수도 없다.

"히?"

한국 대통령 임홍원의 입에서 터진 놀란 외침, 놀라서 숨을 들이켰기 때문에 그런 소리가 나온다. 그러나 보라. 그럴 만하다. 오전 11시, 지금 임홍원은 청와대 집무실에서 TV를 보고 있는 참이다. 화면에는 북한으로 가려는 한국인들이 세관 앞에 늘어서 있는 장면이 비치고 있다. 장사진이다. 차량 대열이 늘어서서 개성으로 통하는 길이 자유로 성산대교 앞까지 꽉 막혀 있다. 무려 30여 킬로가 주차장이 되어 있다.

"저, 저런."

그때 옆에 선 비서실장 정인규가 고개를 절레절레 흔들었다.

"지난주에 북한이 안학도를 폭파시켰을 때는 경부선 하행선 절반이 주차장이 되더니 지금은 그 반대입니다."

"젠장."

임홍원이 투덜거렸다.

"모두 차를 갖고 가는데, 북한의 길도 다 막히겠다."

"그렇습니다. 도로 사정도 안 좋은데 길이 다 막히게 생겼습니다."

"뭐야? 차 자랑하는 거야?"

마침 화면에 이번에 현대에서 출시한 최신형 대형 세단이 보였기 때문에 그렇게 묻는 것이다. 저 차가 비포장도로를 달리다가 웅덩이에 빠지면 AS가 달려갈 것인가? 그때 옆자리에 앉아 있던 국무총리 장진영이 말했다.

"저기, 북한 쪽 입국자들이 들어오는군요."

이번에는 한국으로 들어오는 북한 쪽 입국자들이다. 그쪽도 미어지고 있었는데 대부분이 걸어서 온다. 그래서 이쪽은 입국장마다 무료버스를 100대씩 대기시켜 놓았다.

"어이구, 저런."

이번에는 장진영의 입에서 신음이 터졌다. 남한 쪽으로 오는 입국자들은 저마다 한 보따리, 두 보따리씩 물건을 지고, 이고 나오는 것이다. 세관 검색이 없었기 때문에 다 갖고 나온다. 짐에 눌려 사람들이 잘 안 보인다.

"저, 저게 다 뭐야?"

임홍원이 그 보따리들을 가리키며 묻자 뒤쪽에 서 있던 비서관이 대답했다.

"명태, 버섯, 나물 말린 것, 쥐 가죽, 돌멩이까지 있습니다."

"뭐? 쥐 가죽? 돌멩이?"

"남한에서 수석(水石)이 비싸게 팔린다는 소문이 돌아서 그렇습니다."

"아."

그때 장진영이 물었다.

"그런데 쥐 가죽은?"

"뭐, 팔릴 줄 알고 갖고 나온 것이지요."

그때 여럿이 한숨 쉬는 소리를 내었고 비서관이 다시 말을 이었다.

"남한에서는 차에 가전제품에서부터 의류, 신발, 라면 등 온갖 것을 다 갖고 갑니다."

마침 화면에 북으로 가는 차량들이 비치고 있었는데 트럭도 많다. SUV 차량이 대부분인 것도 눈에 띄었다. 모두 상품을 가득 싣고 있는 것이다.

"이런 젠장, 북한 사람들이 무슨 돈이 있다고……."

임홍원이 걱정하는 표정으로 말했을 때 구석 자리에 앉아 있던 통상장관이 거들었다.

"물물교환이 일어날 것입니다. 서로 상대방 물건이 신기할 테니까요."

"이거 세상이 뒤집어졌군."

임홍원이 다시 혼잣말을 했다. 화면을 보면 맞는 말이다. 남에서는 북으로, 북에서는 남으로 쏟아져 내려온다. 모두 가득 물품을 싣고, 빈손으로 가는 사람은 없다. 임홍원이 다시 말했다.

"뒤집힌 세상이야."

7장
악마의 변신

남북연방의 북한 청사는 우선 광화문의 정부청사를 사용하기로 했다. 대통령의 지시로 정부청사가 24시간 만에 싹 비워졌고 새 집기로 단장되었다. 빠른 공사는 대한민국을 따를 국가가 없는 것이다. 오후 1시 반, 어젯밤 과식해서 몸이 무거워졌고 덩달아서 정신 상태도 어지러워진 김동호가 청사로 들어섰다. 청사 안 위원장 집무실로 따라 들어선 최용해가 김동호에게 보고했다.

"오전 11시부터 시작된 남북 간 통행에 출입국장이 미어터집니다."

김동호의 시선을 받은 최용해가 말을 이었다.

"현재 남한으로 입국한 북조선 인민은 7만 명가량, 남한에서 북한으로 입국한 인민은 22만 명 정도 됩니다."

"왜 이렇게 차이가 나는 거야?"

"예, 북한 쪽 출국장에서 시간이 좀……."

"왜?"

"예, 심사를……."

"무슨 심사?"

김동호가 다그치듯 물었더니 최용해의 얼굴이 굳어졌다.

"예, 신분 기록을 하느라고……."

"이 간나 새끼들이 아직 어떻게 돌아가는 상황인지 모르고 있는 모양이구만!"

김동호가 김정은의 탁한 목소리로 으르렁거렸더니 최용해가 빳빳해졌다. 이때 고사기관총으로 쏴 죽인다는 말이 나오는 것이다. 최용해 뒤쪽에서 있던 수행장군, 김영철, 최선희까지 얼굴이 하얗게 변했다. 그때 김동호가 말했다.

"1인당 출국 소요 시간을 20초로 단축시켜! 그 이상 걸리게 되면 출국 심사원은 그 자리에서 총살시키도록!"

"옛! 지도자 동지!"

번개처럼 몸을 돌리면서 최용해가 소리쳐 대답했다. 이것이 법이다. 법은 이렇게 집행되어야 한다. 출입국 심사에는 당연히 그래야 하는 것처럼 까다로운 심사에 익숙해 있던 북한 측 심사요원들이 곧 총살당하게 생겼다. 그 총살 장면이 보도될 테니 그 직후부터 심사는 최단시간에 끝날 것이다. 최단시간? 그건 한국민의 최대 자질 중 하나이다.

10분 후, 이곳은 개성 북한 측 출국 심사대, 전(全) 출입국 심사대에는 방송으로 20초가 하달된 터라 보위부 소속 심사원들은 긴장하고 있다. 이곳은 출국 제18심사대, 출국심사대는 50개까지 증원되었지만 그것도 부족하다. 50개 심사대 뒤에는 남한으로 입국하려는 북한 주민들이 5킬로가량 늘어서 있다. 남북한 출입국장은 휴전선을 개방해놓고 33개로 늘어난 상황이어서 전(全) 휴전선이 개방된 상태. 지뢰지역만 빼고 다 터 놓았다. 그러니 양쪽에서 쏟아지듯 넘어가고 넘어온다. 세상이 뒤집힌 것이 아니라 양쪽 보가 터진 것 같다.

그때 18심사대 뒤에 서 있던 호위총국 장교 하나가 허리에 찬 권총을 빼 들고 심사대로 다가갔다. 순간 소란하던 주위가 조용해졌다. 그 조용한 정적을 호위총국 장교가 깨뜨렸다.

"18심사대! 지금 24초 걸렸어!"

"예?"

놀란 심사대원 둘이 외마디 소리처럼 물었을 때다.

"탕! 탕!"

두 발의 총성. 그러자 50개의 심사대 주변이 물벼락을 끼얹은 것처럼 조용해졌다. 장교가 쏜 총탄이 심사원 둘의 머리에 명중, 머리 반쪽이 달아난 심사원이 책상에 엎어졌다. 그때 장교가 소리쳤다.

"20초에서 4초가 초과됐단 말이다!"

심사원 둘은 통일의 덕도 못 보고 희생되었다. 그 직후부터 출국 심사는 도장만 찍고 신분확인으로 끝났다. 5초도 안 걸렸다. 확인은 개뿔? 힐끗 얼굴만 보고 신분증에 도장만 '꽝' 찍으면 통과다.

2시가 조금 넘었을 때 김여정의 전화가 왔다. 김여정은 지금 북한에 남아서 김동호 대신 업무를 처리한다.

"오빠, 언제 와요?"

"왜?"

"조·중 국경의 군단들이 흔들린다는 보고를 받았어요. 병사들의 탈영률이 20퍼센트가 넘는다는 겁니다."

"이런."

김동호가 입맛을 다셨다. 탈영률이 20퍼센트라고 보고했다면 실제로는 40퍼센트일 것이다. 겁이 난 지휘관이 반으로 줄여서 보고했을 가능성이 크다. 김여정이 말을 이었다.

"탈영병들이 남한으로 내려간다고 합니다. 오빠가 와서 군 단속을 해주셔야 될 것 같아요."

김동호가 입맛을 다셨다. 탈영병이 남한으로까지 내려간다면 문제인 것이다. 지금 중국군은 조·중 국경으로 남하하고 있는 상황이다. 대군이 내려오는 판에 국경선의 조선군이 와해되는 현실은 막아야 한다.

"여기, 땅값이 어떻게 돼요?"

광복거리 길가에 차를 세워놓고 윤석호가 지나는 사람에게 물었다. 오후 4시 반, 이곳은 평양특별시, 거리에는 차가 가득 찼다. 90퍼센트는 남한에서 올라온 차들이다. 거리에도 남한 사람들이 절반 이상 덮여 있다. 지나던 사람이 윤석호의 위아래를 훑어보았다. 50대쯤의 사내다.

"그건 왜 묻는 겁니까?"

"그냥 알아보는 거요. 이 근처 사시오?"

"여긴 땅이 모두 국가 소유여서 거래 못 합니다."

"아파트는 팔고 산다던데."

"그건 비밀리에 하는 거래고."

사내가 눈을 가늘게 뜨고 윤석호를 보았다.

"단속에 걸리면 남한처럼 집행유예나 받고 끝나는 게 아뇨."

"설마 남한 사람을 고사기관총으로 쏴 죽이려고."

"북한에서는 북한 법을 따라야지."

"통일이 되었는데 연방법이지, 무슨 북한 법?"

"그나저나 남한 어디서 왔소?"

"서울, 불광동요, 아시오?"

"그런 동네 처음 듣는데?"

"하긴 알 리가 있소? 내가 이곳 거리 이름도 모르는데."

"여긴 광복거리요. 저기 간판이 있잖소?"

"근데 내가 요즘 서울에서 잘 팔리는 정력팬티를 가져왔는데 사갈 사람이 없겠습니까?"

"정력팬티?"

"예, 남자가 입는 팬티인데 입고 있으면 정력이 50퍼센트는 증가된다는 팬티요."

"정력이?"

"예, 밑에서 받쳐주거든."

"이게 무슨, 먹고 사느라고 정신이 없는 판에."

"라면도 3박스 가져왔습니다. 뭐 북한산으로 바꿀 거 있으면 바꿉시다."

윤석호가 눈으로 길가에 세워둔 SUV를 가리켰다.

"게임기도 있고 한국산 담배도 있어요."

"송이버섯이오, 진짜 북한산요."

경기도 일산의 중앙로 가에서 보자기를 땅바닥에 깔고 앉은 임병식이 소리쳐 손님을 모은다. 북한 남포의 장마당에서 장사를 해온 솜씨여서 목청도 크고 입담도 좋다.

"남한에서 떠도는 가짜 북한산 송이가 아니라 진짜 송이올시다. 1송이에 남한 돈 1만 원 받습니다."

"에, 여보쇼, 좀 비싸잖소?"

60대 손님이 불평하자 임병식의 목소리가 더 커졌다.

"무슨 말씀이오? 작년에 우리 지도자 동지께서 바로 이 송이를 중국에 선

물하셨단 말입니다. 그때 이 송이 1개 값이 남한 돈 10만 원이었단 말입니다."
"못 믿겠는데?"
"야생 사리원산 송이라 드시면 최소 1시간은 보장됩니다! 북한산 정력제요!"
모여든 구경꾼들이 웃었고 그 사이에 송이가 30개도 넘게 팔렸다. 보따리를 들고 남한에 온 임병식은 급한 김에 입국장에서 가까운 고양시에서 내려 일산에 장을 벌인 것이다. 그것이 성공했다. 사리원산 야생 송이가 아니라 송이농장에서 가져온 재배 송이다. 1개 가격이 500원쯤 될 것이다. 오후 4시 반, 임병식은 송이농장에서 가져온 송이 550개를 다 팔았다. 지금 550만 원을 쥐었으니 2시간 장사로 북한에서 집 1채 값을 번 것이다.

"개판이군."
TV로 그 장마당을 보던 아베가 얼굴을 일그러뜨리며 말했다. 오후 5시, TV에는 북한과 남한의 장마당, 아직도 쏟아져 들어가는 남북 주민들의 상호 방문 장면들을 계속해서 보도하는 중이다.
이곳은 총리관저의 회의실, 아베가 아소 부총리, 나가노 관방장관 등과 함께 TV를 보는 중이다.
"난리가 났어."
지금 TV에는 시청 앞 거리에서 북한산 골동품을 팔고 있는 북한인들이 비치는 중이다. 구경꾼들이 가득 모였고 골동품을 들고 외치는 북한인들의 목소리가 TV에서 울렸다.
"이것은 을지문덕 장군이 쓰시던 밥그릇이오! 이 밥그릇이 단돈 1백만 원!"
아베가 고개를 돌려 아소를 보았다.

"저거 사기꾼 아니오?"

그러나 아소의 얼굴에 쓴웃음이 번졌다.

"곧 광개토대왕이 입었던 팬티도 나올 거요."

나가노가 큭큭 웃었지만 아소는 정색하고 말을 이었다.

"하지만 남한에서 사기 친 돈이 북한으로, 북한에서 사기 친 돈이 남한으로 쏟아져 들어갈 거요."

어깨를 부풀린 아소가 아베와 나가노를 번갈아 보았다.

"그렇게 되면 남북한에 활기가 일어나는 법이지. 돈이 도는 겁니다. 우리가 한국전쟁 때 저런 경우를 겪었지 않습니까? 저 단계를 거쳐서 경제가 껑충 뛰어올랐던 거요."

그때 아베가 의자에 등을 붙였다. 얼굴에 웃음이 떠올라 있다.

"어쨌든 우리보다 급해진 건 중국이오. 트럼프도 지금은 '벙' 떠 있겠지만 핵이 다급해진 건 아니지. 우리는 트럼프하고 손발을 맞추고 있으면 돼요."

"이건 살 만한 데가 못 되는군."

최종래가 투덜거렸다. 이곳은 평양 천리마거리의 식당 앞, 냉면 식당 앞에는 손님의 줄이 1백 미터나 되었는데 대부분이 남한 관광객이다. 뒤쪽 끝에서 있던 최종래가 옆에 선 박기철을 보았다.

"이놈들 싹 죽여버리고 앞쪽으로 나가고 싶지만 귀찮다."

"참으시지요."

"나라가 완전히 개판이구나."

"신이 난 거죠."

박기철이 어깨를 으쓱였다.

"아직 실감들이 안 난 것 같습니다. 그래서 모두 '붕' 떠 있는 것이죠."

"왕창 죽어 나가야 정신을 차리지."

"주인이시여."

"우선 냉면이나 먹고 일하란 말이냐?"

박기철의 눈 속을 들여다 본 최종래가 쓴웃음을 지었다.

"하긴 나도 배가 고프다."

최종래와 박기철은 남한 입국자들에 섞여 평양까지 왔다. 승용차를 박기철이 운전하고 온 것인데 개성-평양 간 고속도로는 잘 뚫려 있었지만 남한 차들이 쏟아져 들어온 바람에 엄청난 교통체증을 겪었다. 2시간이면 충분한 거리를 5시간이나 걸린 것이다. 지금은 더 밀린다고 했다. 최종래가 박기철에게 말했다.

"내일은 의주로 가자."

"의주 말입니까?"

박기철이 되묻자 최종래가 혀를 찼다.

"왜? 귀찮으냐?"

"천만의 말씀입니다."

정색한 박기철이 최종래를 보았다.

"저는 이미 사생활은 다 버린 몸입니다. 알고 계시지 않습니까?"

"그런데 집에 두고 온 처자식 걱정이 되겠지."

"예, 주인님. 제가 아직 절반은 인간 아닙니까? 더구나 제 처자식은 다 인간입니다."

"그렇지."

고개를 끄덕인 최종래가 이를 드러내고 웃었다. 어느덧 줄이 조금 앞으로 나갔고 뒤쪽 줄은 더 늘어났다. 오후 6시 반, 최종래가 박기철의 귀에 입술을 붙였다.

"신세대 악마는 제 수족 같은 부하는 잘 챙겨주는 법이지."

최종래가 말을 이었다.

"내가 손을 써서 네 마누라의 계좌로 50억을 입금시켜주마. 그만하면 평생 자식들하고 먹고살겠지?"

"주인이시여."

박기철의 두 눈이 충혈되었다.

"목숨을 바치겠나이다."

저녁을 먹으면서 김동호가 임홍원에게 말했다.

"국경지대에서 인민군의 탈영률이 40퍼센트 가깝게 되었습니다. 부대가 거의 붕괴된 상태지요."

언론에도 일부 보도되었지만 임홍원이 긴장했다. 청와대 식당 안, 오후 7시가 조금 넘었다. 김동호가 입을 열었다.

"곧 중국군이 국경에 내려옵니다. 아직 북한과 동맹관계인 터라 북한이 위기 상황이고 무법 상태라는 것으로 판단되면 자동적으로 중국군이 내려올 수도 있습니다."

그것을 언론에서도 경고하고 있다. 벌써부터 미국, 일본 방송은 그것을 보도하는 중이다. 그래서 김동호는 오늘 오후에 그럴 가능성은 없다고 언론에 대고 공개적으로 간접 경고를 했던 것이다. 중국에 대한 간접 경고다. 그때 임홍원이 물었다.

"남북한이 남북연방이 되기로 합의했으니까 전(前) 정권인 북한이 중국과 맺은 동맹은 자동적으로 폐기된 것 아닙니까? 우리와 미국과의 동맹도 자동 폐기 되는 것이고요."

"그렇긴 하지요."

고개를 끄덕인 김동호의 얼굴에 쓴웃음이 번졌다. 아직 미국도 동맹 관계가 폐지되었다는 설정을 내놓지 않은 것이다. 지금은 폐기되었다고 먼저 물러나면 손해기 때문이다. 동맹이 떡을 쥐었는데 그냥 떠나면 되나? 김동호가 임홍원을 보았다.

"북한 핵은 이제 남북연방의 핵이 되었기 때문에 발등에 불이 떨어진 꼴이지요."

누가? 바로 느긋했던 중국이, 그래서 중국군을 대거 남하시키는 것이 아닌가?

"혼란 상태인 지금이 적기요."

시진핑이 차가운 표정으로 말했다.

"시간이 지나고 남북연방의 기반이 굳어지면 핵보유국이 되는 거요. 우리는 대륙의 턱밑에 핵폭탄을 달고 사는 겁니다."

둘러앉은 상임위원들은 고개를 끄덕였다. 이미 그렇게 결정이 된 것이다. 이틀 후에 북한 국내에서 총격전이 발생한 후에 중국군은 북한 영내로 진입하는 작전이다. 이것은 내부 혼란을 진압하기 위한 동맹국의 정상적인 진주다. 시진핑의 시선을 받은 군사위부주석 양창명이 말했다.

"단둥 외곽에 주둔한 2개 군이 일시에 압록강을 건널 것입니다. 도강 시간은 약 5시간. 2개 군 15만 명이 1차로 진주하고 이어서 25만이 뒤를 따르게 됩니다."

지금 북한군은 대량 탈주가 이어지는 상황이다. 10년 동안 군 생활을 하도록 의무화된 북한군이 남북연방이 되자마자 기강이 무너졌다. 수십 년 동안 썩었던 고름이 터졌다고 봐야 될 것이다. 이런 상황이니 중국군의 진주에 제대로 대적할 리가 없다. 그때 시진핑이 고개를 끄덕였다.

"다시 한 번 강조하는데 북한군과 마찰은 피하도록. 우리 인민해방군은 남한과의 경계선인 38선까지만 남하하고 북한 영토를 수복하는 것으로 끝내는 거요."

이것이 1950년 6·25 전쟁 때의 경계선이다. 다시 70년 전으로 돌아가는 것이다.

오전 10시 정각, 워싱턴 시간은 오후 8시다. 트럼프의 전화. 김동호는 호텔 방 안에서 전화를 받았다. 옆에는 최용해와 김영철, 최선희까지 서 있다. 트럼프가 말했고 곧 통역이 번역해 말한다. 이것이 생각할 여유를 주기 때문에 영어로 직접 통화를 하지 않고 의전상을 이유로 이 방식을 택하는 지도자들이 많다.

"각하, 조금 늦은 감이 있지만 미국 대통령으로서 미국인을 대표하여 남북한 연방 창립을 진심으로 축하합니다."

트럼프의 길고 다소 허풍스러운 인사가 끝나자 김동호도 답례했다.

"감사합니다, 각하. 남북연방이 되었지만 남북한은 미국의 우방이며 동맹국이기도 합니다. 우리는 그것이 영원토록 지속되기를 희망합니다."

"아, 그렇지요."

트럼프가 만족한 듯이 짧게 웃었다.

"우리하고 북한의 협상은 유효하겠지요? 핵 협상 같은 것 말씀입니다."

"그것이 갑자기 남북연방이 되는 바람에 남한 측과 상의를 해야 될 것 같습니다."

"그렇겠지요."

"각하께서는 남북한을 동시에 우방으로 갖게 되셨다고 생각하면 됩니다."

"그렇습니까?"

김동호는 자신이 칼자루를 쥐고 있다는 사실을 이번에 트럼프와의 통화에서 실감하게 된다. 트럼프는 밀어붙이지 못하고 있는 것이다. 주저하고 망설이고 있다. 전처럼 함부로 말을 내놓지 못한다. 그것은 바로 국력(國力) 때문이다. 국력이 남북한 연방으로 시너지를 받아 몇 배 커졌으니까, 더구나 핵까지.

조·중 국경지대에는 서쪽에서 동쪽으로 8, 10, 11, 9군단의 순서로 늘어서 있다. 이 4개 군단은 후방에 배치된 정규 군단이지만 각 군단은 5개 사단으로 구성되어 있기 때문에 20개 사단 병력이다. 서쪽 제8군단장은 대장 이우식, 이번에 서울로 불려간 300여 명의 고위층 인사에 포함되지 않았는데 75세의 고령인 데다 감기몸살로 입원해 있었기 때문이다. 남북연방 합의가 된 후에 남북 통행이 실시된 지 4일째가 되는 날, 북한 정무위원장 김정은과 고위층 3백여 명은 이제 서울 광화문의 연방 북한청사에서 정무를 보고 있다. 물론 북한으로 돌아가겠지만 연방청사를 서울에 세우기로 했기 때문에 벌써 자리를 잡아가고 있다. 이곳은 평안북도 의주, 바로 강 건너가 중국의 단둥인 국경도시. 임진왜란 때 왜군이 부산에 상륙하자 선조가 정신없이 도망와서 국경선 너머의 명(明)나라 땅을 만날 바라보면서 넘어가려고 발을 굴렀던 땅이다. 누가 선조 대왕이라고 하는가? 그렇게 불러대면 조국에 대한 애국심, 왕(王)에 대한 충성심이 쌓이는가? 이순신이 공을 세워 백성들이 따르자 그게 배가 아파서 감옥에 가둔 왕이다. 이순신이 명량해전에서 살아 개선했다면 역모를 씌워서 죽였던지 감옥에 넣었을 가능성이 있는 왕이다. 임진왜란이 끝나고 논공행상을 할 때 왕을 따라 의주로 도망가 있던 내시 등에게 공훈 1등, 2등을 주었지만 양반이 아닌 의병장들은 공훈 명단에도 넣지 않고 부르지도 않았던 왕이다. 역사는 제대로 배워야 훗날 자손들이 두 번 다시 같은 과오를 범하지 않게 된다.

의주에서 동쪽으로 5킬로쯤 떨어진 제14국경수비대는 제8군단 소속 3사단 1연대 2대대가 맡고 있다. 중국과의 국경 지역이지만 이곳은 후방이다. 전방은 남한과의 국경지대를 말하고 정규 군단, 정예 군단이 위치하고 있다. 제4, 2, 5, 1군단이다. 14국경수비대장은 한철수 중좌. 오늘도 부대에서 TV를 보고 있다가 고개를 들고 부관에게 물었다.

"오늘 인원 현황은 어때?"

"27명이 또 탈영했습니다."

부관이 외면한 채 말하자 한철수가 탁자 위에 놓인 중국 술병을 집었다. 오후 7시 반, 1개 대대 480명 정원에서 오늘까지 224명이 탈영했다. 절반가량이 도망간 것이다. 남북연방이 되고 나서 탈영이 시작되더니 남북한 입출국까지 허용되자 무더기로 빠져나갔다. 병째로 술을 두 모금 삼킨 한철수가 손등으로 입을 닦았다.

"중국군은 2개 연대 병력이 되었습니다."

부관이 말을 이었다.

"1개 연대는 기갑연대입니다."

기갑연대는 어제 도착했기 때문에 한철수도 직접 정찰을 나가보았다. 탱크가 40대가량 벌려 섰고 장갑차가 1개 대대, 기갑보병으로 구성된 공격용 연대다. 도대체 동맹국 중국이 국경지대에 공격용 기갑연대를 배치시킨 이유가 무엇이겠는가? 남북연방을 동맹국으로 인정하지 않는다는 것이나 같다. 그런데 이쪽은 남북연방의 들뜬 분위기에 병사의 절반이 탈영한 상황이다.

그때 전화벨이 울렸다. 군단과 연결된 비상전화다. 한철수가 서둘러 손을 뻗어 전화기를 집어 들었다. 어느새 술병은 탁자 위에 내려놓았다.

"예, 14수비대장 한철수입니다."

응답했을 때 곧 사내 목소리가 울렸다.

"나, 군단장인데."

군단장 이우식이다. 놀란 한철수가 벌떡 일어섰다. 이우식의 직통 전화는 드물다. 비상상황이라는 증거다.

"예, 군단장 동지."

"거기도 탈영병이 늘어나고 있나?"

이우식이 불쑥 묻자 한철수가 어금니를 물고 대답했다. 숨길 수는 없다. 점검 나왔다가 거짓말이 탄로 나면 총살당한다.

"예, 군단장 동지."

"강 건너편의 중국군은 제10기갑사단 소속의 2, 4연대다. 공격사단의 선봉연대들이지."

"예, 군단장 동지."

"그쪽에서 보이지 않겠지만 그 뒤로 기갑보병 1개 연대, 기갑포병 1개 연대가 배치되어 있다."

이우식의 목소리는 담담하게 이어졌다.

"지금까지 너희들은 탈북자를 잡는 역할로 중국으로 빠져나가는 통로만 감시했는데."

"……."

"14수비대 쪽 지형이 기갑사단이 넘어갈 수 있는 가장 적당한 지형이야."

"……."

"막아라."

이우식의 목소리는 가라앉아 있다.

"그놈들이 곧 넘어올 거다, 알았나?"

"예, 군단장 동지."

그때 통화가 끊겼기 때문에 한철수가 고개를 들었다. 눈이 흐려져 있다. 14수비대에 남은 병력은 2백여 명. 후방 예비사단 소속으로 보병으로 구성된 수비대다. 무기는 AK-47소총과 기관총 6정, 박격포도 없고 야포도 없다. 이 병력으로 탱크, 장갑차로 구성된 2개 연대, 아니 1개 사단을 막아? 이윽고 눈동자의 초점을 잡은 한철수가 옆에 선 부관을 보았다.

"나, 잠깐 시내에 나갔다 올 거다."

의주까지는 차로 15분 거리밖에 안 된다.

14수비대에서 27킬로 서남쪽에 북한군 8군단 소속의 제44방사포 부대가 있다. 44방사포 부대는 별도 여단으로 편성되었지만 위장된 탄도탄 부대다. 사정거리 3천 킬로에서 5백 킬로까지 이르는 탄도탄 10여 기를 보유하고 있는 것이다. 44부대장은 김학기 소장, 부대원 1,200명 중 현재 이탈자는 20여 명 정도. 그만큼 군기가 잡혀 있는 부대다. 그것은 44부대의 대우가 특급인 데다 부대 특성상 보안유지가 철저하고 가족들까지 보위부의 감시를 받고 있기 때문이기도 하다. 오후 8시, 김학기가 의주 시내 영빈관에서 보위부대장 강민수 대좌와 저녁을 먹고 있다. 강민수는 의주 지구를 총괄하는 보위부대장이다.

"다 도망가고 있어요."

강민수가 분개한 표정으로 말했다.

"도망간 놈들은 모두 남한으로 가는 겁니다. 검문소에서 얼굴만 보고 그냥 통행증에 도장을 찍어 주니까요."

김학기가 고개만 끄덕였다. 다 들어서 아는 것이다. 남한으로 가는 출국심사는 있으나 마나다. 신분증이 없어도 얼굴 사진을 찍고 그 밑에 도장만 찍어주면 끝이다. 뭘 기록하는 것도 없다. 남한 쪽 입국심사? 그건 아예 없다. 손에 사진이 찍힌 통행증만 들고 있으면 보지도 않고 오케이다. 사진 찍는 시간이 5초, 도장 찍는 시간이 2초, 그래서 위대한 지도자 동지가 20초 안에 통과시키라고 하셨지만 10초 안에 출국 심사가 끝난다. 그때 강민수가 고개를 흔들었다.

"큰일 났습니다. 중국군이 곧 넘어올 것 같은데 우린 속수무책입니다."

"젠장. 내가 그것 때문에 보자고 한 거요."

개장국을 떠먹은 김학기가 정색하고 강민수를 보았다.

"큰일 났어. 이번 핵 폐기 회담 때 지도자 동지께서 다 내놓으신다고 해서 준비하고 있었는데 중국 놈들이 내려오면 어떻게 하지? 상부 지시는 없었어?"

"곧 지시가 내려오겠지요."

말은 그렇게 했지만 강민수의 얼굴도 어두워졌다. 제44방사포 부대로 위장하고 있지만 부대의 지하터널에는 핵폭탄 2기가 저장되어 있는 것이다. 무수단급 미사일 탄두에 장착한 핵은 10메가톤급으로 도시 하나는 다 날아간다. 무수단급 중거리 미사일은 사정거리가 3,500킬로여서 한국은 물론 일본, 중국의 베이징까지 사정거리 안에 들어가는 것이다. 수저를 내려놓은 김학기가 말을 이었다.

"앞쪽 14수비대가 뚫리면 바로 우리 부대야. 누가 중국군이 위에서 내려올 줄 상상이나 했겠어? 내가 요즘 잠을 못 잔다고."

단둥 북쪽의 중국군 부대는 제3군단으로 5개 사단을 가로로 벌려 놓았는데 국경선에 가장 근접한 부대가 제10기갑사단이다. 그중에서도 2연대, 4연대가 강가에 주둔하고 있다. 이쪽 강폭은 좁은 데다 수심이 30센티도 안 되어서 사람의 무릎에도 못 미친다. 도강하기 가장 쉬운 장소다. 제3군단장 장환이 10사단장 위세경에게 지시했다.

"기다려라, 출동 대기 상태를 유지한 채 기다려."

"예, 군단장 동지."

위세경이 상황판을 응시한 채 말을 이었다.

"그런데 북한군이 반격을 하면 어떻게 합니까?"

"소탕해."

장환의 목소리가 상황실을 울렸다.

"소탕하지 않으면 우리가 당한다."

"알겠습니다."

전화는 장환이 위세경에게 한 것이다. 장환이 목소리를 낮췄다.

"2, 4연대는 곧장 뚫고 가도록. 그 뒤는 다른 연대에게 맡기고, 알았나?"

"예, 군단장 동지."

위세경이 심호흡을 했다. 이것 때문에 전화를 한 것이다. 2, 4연대의 목표는 북한 제44방사포 부대다. 중국군은 44부대가 탄도탄 부대이며 핵탄두를 보유하고 있다는 것도 알고 있는 것이다.

식당에서 나온 김학기가 주위를 두리번거렸을 때 사내 하나가 다가왔다. 최종래다. 오후 9시 반, 강민수와 독주를 두 병이나 마셨기 때문에 술기운이 오른 상태. 그때 시선이 마주쳤고 최종래의 몸이 사라졌다. 김학기의 몸 안으로 들어간 상태. 정확히 말하면 최종래가 김학기의 몸이 된 것이나 같다. 김학기의 몸 안에 최종래가 들어가 있다, 마치 김정은에게 김동호가 들어간 것처럼. 이것이 신(神)과 악마만이 소유한 능력이다. 과거와 현재, 미래의 세상을 통틀어서 이런 능력을 소유한 존재는 이 둘뿐이다. 그때 김학기가 타고 왔던 벤츠가 다가왔다. 김정은의 선친(先親) 김정일이 선물한 벤츠다. 공이 큰 장군들에게 김정일은 물론 김정은도 벤츠 승용차와 롤렉스시계를 선물하고 있다. 김학기도 그중 하나인 것이다. 벤츠 뒷좌석에 탄 김학기가 운전사에게 말했다.

"부대로."

운전병이 힐끗 백미러를 보았지만 곧장 차를 발진시켰다. 본래 김학기는 의주시 당원 아파트에 사는 애인 유정숙의 집에서 자고 내일 아침에 부대로 돌아갈 계획이었다.

밤 10시 10분, 김동호가 벽에 걸린 상황판을 들여다보고 있다. 옆에는 최용해와 김영철이 서 있었는데 모두 심각한 표정이다. 광화문의 연방 북한청사 안이다. 15층 연방 북한 총리 집무실을 김동호가 사용하고 있다. 그때 김영철이 입을 열었다.

"중국이 가장 경계하는 것은 핵입니다. 따라서 핵 시설과 핵탄두 발사대가 중국 측이 노리는 곳입니다."

최용해가 고개를 끄덕이며 말했다.

"그중에서 핵탄두를 보유한 발사 기지가 목표겠지요."

상황판으로 다가간 최용해가 지휘봉으로 짚은 곳이 발사장이다. 핵탄두를 보유한 비밀 발사 기지다.

"이곳, 이곳, 이곳입니다."

지휘봉으로 하나씩 짚은 곳 중의 하나가 의주 남쪽의 44방사포 부대다. 상황판에 빨간색 불이 켜진 곳이 그곳이다. 모두 7곳. 그때 최용해의 지휘봉이 44부대를 짚었다.

"이곳이 현재 가장 위험합니다. 중국 측도 이곳에 핵탄두를 장착한 무수단급 탄도탄이 숨겨져 있는 것을 알고 있습니다."

중국에서 가장 가까운 기지인 것이다. 국경에서 44기지까지의 거리는 42킬로, 기갑부대로는 1시간 거리다. 고개를 끄덕인 김동호가 최용해에게 말했다.

"경고를 해요."

오후 10시 25분, 김학기가 전화를 받는다. 부대 안, 특급전화다. 군단장, 군사령관, 그리고 평양 고위층 10여 명과 김정은 위원장 등 50여 명 정도하고만 연결이 된 특급전화. 무수단 발사 명령도 이 전화를 통해서 전해진다.

"예, 44부대장입니다."

그때 수화구에서 목소리가 울렸다.

"나 최용해야."

특급전화에는 음성 식별 장치가 부착되어 있다. 송수화구를 통해 울리는 목소리를 감별하여 음성이 다를 경우에는 비상벨이 울린다.

"예, 비서 동지."

김학기가 대답했다.

"이상 없습니다, 비서 동지."

비상 램프에 파란색 불이 깜박이고 있다. 최용해 본인이라는 표시다. 그때 최용해가 물었다.

"앞쪽에 중국군 제10기갑사단이 대기하고 있다. 알고 있지?"

"예, 비서 동지."

"그놈들이 그쪽으로 온 건 44부대를 목표로 하기 때문이야."

"알고 있습니다, 비서 동지."

"비상시 대치 명령은 숙지하고 있지?"

"예, 비서 동지."

"당에서 따로 지시하지 않더라도 중국군이 국경을 넘는 순간에 핵탄두를 이동시킨다, 알겠나?"

"예, 비서 동지."

"나하고 지도자 동지의 명령 외에는 작전을 변경시킬 수 없다. 알겠나?"

"알겠습니다."

대화는 스피커로 울리고 있었기 때문에 듣고 있던 김동호가 최용해에게 손을 내밀었다. 전화를 바꾸라는 표시다. 그때 최용해가 말했다.

"기다려라. 위원장 동지께서 통화하실 거다."

"예, 비서 동지."

김학기가 와락 긴장한 것이 목소리로도 느껴졌다. 김동호는 최용해가 건네주는 전화기를 귀에 붙였다. 그러고는 숨을 들이켜고 나서 입을 열려는 순간 손가락으로 전화기 누름 장치를 눌러 통화를 끝냈다. 그러고는 최용해에게 머리를 흔들면서 말했다.

"갑자기 머리가 어지러워서."

김정은에게 갑자기 일어나는 어지럼증이다. 이것을 최측근만 안다. 김동호가 최용해에게 말했다.

"부대장이 이상하게 생각할 테니까 사실대로 말해주도록."

"예, 위원장 동지."

통화가 갑자기 끊겼기 때문에 고개를 기울였던 김학기가 다시 벨이 울리자 서둘러 특급전화를 다시 집어 들었다.

"나 최용해야."

다시 최용해 목소리, 푸른 램프의 파란불이 깜박임.

"예, 비서 동지."

"위원장 동지께서 갑자기 어지럼증 때문에 전화 통화를 못 하신다. 놀랐을 것 같아서 말해주는 거야."

"예, 비서 동지."

"작전명령을 어김없이 시행하도록."

"예, 비서 동지."

통화가 다시 끊겼을 때 김학기가 쓴웃음을 지었다. 이곳이 최적의 장소다. 잘 찾아왔다.

10시 40분, 서수민이 핸드폰의 진동을 느끼고는 주머니에서 꺼내 들었다. 발신자는 주인이다. 서수민이 서둘러 핸드폰을 귀에 붙였다.

"여보세요."

"지금 평양에 있구나."

서수민의 목소리를 들은 순간 김동호는 위치를 파악할 수 있었기 때문이다. 목소리와 숨소리를 통해서 위치와 생각까지 알아낼 수 있다.

"네, 주인님."

서수민의 목소리는 맑다. 지금 서수민은 북한 방문객 무리에 끼어서 평양의 아파트에서 민박을 하고 있다. 북한에 호텔이 턱없이 부족했기 때문에 평양 주민이 재빠르게 자신의 아파트로 민박 사업을 하는 것이다. 그때 김동호가 말했다.

"지금 바로 의주로 가라."

"예, 주인님."

바로 대답한 서수민의 눈이 반짝였다. 주인의 명을 듣는 기쁨으로 온몸이 충만된 느낌.

"의주 어디로 갑니까?"

"의주 서남쪽 30킬로쯤 지점에 44방사포 부대가 있어."

김동호가 말을 이었다.

"거기 사령관이 악마다."

서수민이 숨을 들이켰다.

"악마가 사령관의 몸속으로 들어갔다."

"……."

"44방사포 부대는 탄도탄 부대야. 그곳에서 핵탄두를 보유한 미사일을 발사할 수 있어."

김동호가 서두르듯 말을 이었다.

"네가 가서 막아라. 네 능력은 악마의 상대는 안 되지만 미사일 발사는 막을 수 있을 거야."

"네, 주인님."

마침내 서수민이 대답했을 때 김동호가 긴 숨을 뱉었다.

"지금 네 귀에 다시 기(氣)를 심었다. 네 몸에 내 기가 들어가 있어. 서둘러라."

통화를 끝낸 김동호가 앞쪽의 벽을 보았다. 조금 전, 최용해가 바꿔준 전화기를 귀에 붙였을 때 2명의 숨소리를 들었던 것이다. 그것은 44부대장의 몸속에 또 하나의 존재가 들어있다는 증거다. 악마다.

전화기를 든 김동호가 입을 열었다.

"제가 최용해 비서, 김영철 부장하고 지금 가겠습니다."

"아, 그러시죠."

조금 당황한 것 같은 한국 대통령 임홍원의 목소리가 울렸지만 김동호가 전화기를 내려놓았다. 밤 12시 10분이다. 늦은 시간이다. 김동호가 옆에 서 있는 최용해와 김영철을 돌아보았다.

"자, 갑시다."

청와대 비상상황실로 가는 것이다.

경호실장의 안내를 받은 김동호가 비상상황실로 들어서자 기다리고 서 있던 임홍원과 장진영 총리, 인류수비대장인 백철 대장이 맞는다. 모두의 얼굴이 굳어져 있다. 낮에도 만났기 때문에 건성으로 인사를 나눈 남북 고위층은 마주 보고 앉는다. 임홍원 등 남측은 김동호가 갑자기 찾아온 이유를 모르는 것이다. 김동호가 입을 열었다.

"핵을 남쪽으로 옮겨야겠습니다. 중국군이 노리고 있습니다."

순간 주위가 조용해졌다. 남측이 모두 몸을 굳히고 있는 것이다. 그때 김동호가 말을 이었다.

"지금 당장 수송기를 띄우세요. 내가 각 부대에 적극 협조하라고 지시를 하고 도와드릴 테니까요."

"그러지요."

임홍원이 바로 대답했다.

"즉시 시행하겠습니다."

그때 김동호의 눈짓을 받은 최용해가 주머니에서 서류를 꺼내 내밀었다.

"여기 핵을 보관하고 있는 부대명과 위치입니다."

"내가 각 부대에 연락을 할 테니까요."

김동호가 서두르듯 말을 잇는다.

"중국이 내려오려는 이유가 바로 이것 때문입니다."

부대장 김학기가 악마라고 했다. 서수민이 민박집 방 안에 누워 천장을 바라보고 있다. 그러면 44부대에 어떻게 접근할 것인가? 이곳에서 44부대까지는 12킬로. 오전 2시가 되어가고 있다. 주인의 명령이니 가서 악마에게 죽더라도 시킨 일을 할 것이다. 그때 핸드폰이 진동으로 떨었기 때문에 서수민이 벌떡 일어섰다. 핸드폰의 발신자를 보았더니 예상했던 대로 주인님이다.

"네, 주인님."

깊은 밤이어서 서수민이 목소리를 낮췄다. 방 3개짜리 단층집의 안방에서 민박하고 있는 중이다. 그때 김동호가 말했다.

"내일 오전 10시경에 44부대에 시누크가 핵을 실으러 간다. 그때 부대장 김학기가 방해하거나 사고를 일으킬 가능성이 있어."

"알겠습니다."

"네가 김학기를 기지 밖으로 끌어내도록 해라."

숨을 죽인 서수민에게 김동호가 말을 이었다.

"김학기의 여자가 있어. 의주 교외의 당원 아파트에 살고 있는 거야."

보위부에서는 고위층의 집에서 기르는 개 이름까지 다 꿰고 있는 것이다. 김학기는 핵탄두를 갖추고 있는 탄도탄 부대장이다. 지금 김동호와 함께 있는 호위총국장 오근택이 자료는 다 제공한 상태다.

전화기를 내려놓은 위세경이 참모장에게 지시했다.

"내일 오전 10시에 2연대, 4연대가 강을 건너면 우리도 뒤에 붙어서 간다. 준비하도록."

"예, 사단장 동지."

긴장한 참모장의 목소리가 굳어져 있다. 방금 위세경은 압록강 가에 주둔한 2개 연대에 침공 명령을 내린 것이다. 남침 시간은 오전 10시 정각, 지금은 오전 2시 반이니 8시간도 남지 않았다. 위세경이 말을 이었다.

"곧장 방사포 부대로 직진하면 2시간이면 도착할 거야."

"기술자들은 2연대와 함께 내려갑니까?"

"장비까지 같이 끌고 갈 거다. 장비는 베이징에서 오전 5시까지 2연대에 도착하기로 했다."

위세경이 벽에 붙은 지도를 들여다보면서 길게 숨을 뱉었다.

"이건 전투를 치르는 것보다 더 조심스럽군, 핵을 운반해 오다니."

10사단의 임무는 북한 제44방사포 부대를 포위, 항복시킨 다음 그곳에 있는 핵을 그대로 운반해 오는 것이다. 그래서 베이징에서 바퀴가 36개나 달린 특수 트럭 4대와 장비를 실은 트럭 14대가 도착할 것이었다. 10사단 휘하 4개 연대가 총동원된 작전이다. 나머지 3개 연대는 핵폭탄의 호위 임무를 맡게 될 것이다.

"뭐? 외출 나가서 돌아오지 않았다고?"

버럭 소리친 군단장 이우식이 벽시계를 보았다. 오전 2시 50분, 이우식은 군단 사령관실에서 제14국경수비대로 전화 중이다. 그때 수비대 참모가 더듬거리면서 말했다.

"예, 군단장 동지. 저녁때 나가서 아, 아직……."

"현재 병력은?"

"예, 1백 명 정도……."

"뭐? 다시 말해 봐!"

"120명 정도 남았습니다, 군단장 동지."

450명에서 330명이 탈영한 셈이다. 더구나 부대장까지 외출해서 돌아오지 않았다. 앓는 소리를 뱉은 이우식이 물었다.

"넌 누구냐?"

"예, 1중대장 오남석 대위입니다."

"지금부터 네가 부대장 대리다."

"예, 군단장 동지."

"이번 작전이 끝나면 널 소좌로 진급시켜주마."

"감사합니다, 군단장 동지."

"현재 인원을 완전무장시켜서 비상근무를 하도록."

"예, 군단장 동지."

"내가 4시간 후에 의주 시내에 있는 제72경비연대 병력을 그쪽으로 이동시켜주마."

"예, 군단장 동지."

"오전 7시쯤 경비대가 도착할 거다. 그때까지만 막아라."

"예, 군단장 동지."

비상전화가 끝났을 때 오남석이 고래고래 소리쳤다.

"비상! 전원 비상!"

오전 5시 10분, 김학기가 침대에서 눈을 떴다. 핸드폰의 벨이 울렸기 때문이다. 핸드폰을 든 김학기는 발신자가 유정숙인 것을 보았다.

"아, 웬일이야?"

대뜸 물었을 때 유정숙의 울먹이는 목소리가 울렸다.

"아랫배가 아파."

"응? 또?"

김학기가 눈을 치켜떴다. 유정숙은 1년 반 전에 위암 수술을 했다. 수술은 잘 끝났는데 요즘 가끔 배가 아파서 응급실에 간다. 병원에서는 이상이 없다고 하지만 김학기도 걱정이다. 유정숙은 딴 살림을 차린 애인이지만 5살짜리 아이도 있다. 37세의 유정숙은 빼어난 미인으로 의주초급대학 국어 교수다. 김학기와는 7년이 넘게 동거한 사이고 평양 고위층까지 다 용인된 관계인 것이다.

"잠깐만 기다려."

악마가 들어간 몸이지만 김학기의 정신은 유정숙에게 쏠려 있다. 자리를 차고 일어선 김학기가 말을 이었다. 응급실이라도 데려가야 한다. 5살짜리 자식도 있지 않은가?

유정숙의 몸에 들어간 서수민이 심호흡을 했다. 김동호한테 받은 능력으로 이제 몸으로의 변신도 가능해졌다. 그렇지만 이제 악마를 상대해야만 하는 것이다. 제44방사포 부대장 김학기로 변신한 악마와 부딪치게 된다. 지금 서수민의 목적은 악마 제거가 아니다. 가능하면 최대한 시간을 끄는 것이다. 자, 그것이 가능할 것인가?

시누크기는 시속 280킬로로 날아가는 중이다. 휴전선을 넘은 지 1시간, 지금 시각은 오전 5시 반이다.

"45분 후에 도착합니다."

리시버를 쓴 최용해에게 한국군 대령 계급장을 붙인 장교가 소리쳐 보고했다. 시누크 헬기 안이다. 고개를 끄덕인 최용해가 고개를 돌려 창밖을 보았다. 둥근 창밖은 아직 어둡다. 그러나 옆쪽에 반짝이는 경고등이 보였다. 어둠 속을 시누크 4대가 날아가고 있는 것이다. 한국군의 시누크다. 목표는 의주 남방의 제44방사포 부대. 시누크 안에는 부대 안의 핵탄두를 제거, 싣고 갈 기술팀들이 탑승하고 있는 것이다. 다시 대령이 말했다.

"연락을 할 때가 되지 않았습니까?"

"잠깐."

고개를 끄덕인 최용해가 핸드폰을 들고 버튼을 눌렀다. 그때 곧 목소리가 울렸다. 유정숙이다.

"저예요."

"응, 연락했지?"

최용해가 물었다. 지금 최용해는 김동호의 핸드폰을 사용하고 있다. 김동호가 최용해로 변신했기 때문이다. 지금 김동호가 빠져나간 김정은은 깊이 잠이 들었다. 오늘은 안 먹는다. 그때 유정숙의 몸에 들어간 서수민이 대답했다.

"지금 오고 있어요."

"난 45분 후에 도착한다."

"알았습니다, 주인님."

핸드폰을 귀에서 뗀 최용해가 번들거리는 눈으로 대령을 보았다. 이것은 김동호의 눈이다.

이곳은 44방사포 부대의 사령관실, 책상 위의 비상전화가 울리자 참모장 강태일 대좌가 서둘러 전화기를 들었다. 군단장급 이상의 고위층만 걸 수 있는 비상전화다.

"예, 참모장 강태일 대좌입니다."

"나 최용해 비서다."

"옛!"

놀란 강태일이 몸을 세웠다. 최용해는 지도자 다음 순서의 거물. 강태일은 처음 최용해의 목소리를 듣는다. 그때 최용해가 묻는다.

"사령관은?"

"잠깐 외출하셨습니다, 비서 동지."

"좋다, 내가 40분 후에 그곳에 도착한다."

"예, 지도자 동지."

"그곳에 있는 핵탄두를 지금 분해해서 싣고 가기 쉽도록 분리, 포장해 놓을 것."

"예, 비서 동지."

"그리고……."

"예, 비서 동지."

"부대장 김학기에게는 통보하지 말도록. 김학기와 부대원들과의 통화도 금지한다."

"예, 옛!"

"김학기는 반역 음모에 연루되었다. 알고 있나?"

"옛, 비서 동지."

"김학기를 발견 즉시 총살해도 된다, 알겠나?"

"옛, 비서 동지."

"당장 준비해라! 40분 후에 도착이다!"

"옛, 비서 동지."

강태일의 대답을 들은 최용해가 핸드폰을 귀에서 떼었다.

집 안에 들어선 김학기가 이맛살을 찌푸렸다. 아이 울음소리만 들릴 뿐 유정숙이 보이지 않았기 때문이다. 그래서 일단 안방에 들어가 아이를 안았다. 5살짜리 아이는 아버지를 보자 두 손을 벌리며 안겨 왔다. 얼굴이 눈물로 범벅이 되어 있는 것을 보면 오래 운 것 같다. 짜증이 난 김학기가 아이를 안은 채 집 안을 서성대다가 핸드폰의 버튼을 눌렀다. 유정숙을 찾는 것이다. 곧 유정숙의 목소리가 울렸다.

"어디야?"

"병원."

목소리가 가늘었기 때문에 악마 최종래가 지배하는 김학기의 심장이었지만 '철렁'했다.

"당신, 집에 왔어?"

낮게 유정숙이 묻자 악마 최종래가 짓궂게 대답했다.

"그래."

"재석이는?"

그때는 김학기가 주도적으로 대답했다.

"내가 안고 있어."

"나 지금 곧 검사받아야 되니까 당신이 집에서 재석이 좀 봐줘요."

"아, 그래야지."

김학기가 최종래가 나서기도 전에 묻는다.

"괜찮은 거냐?"

"괜찮대요, 하지만 검사받고 있으니까 끝나면 내가 연락할게요."

"여긴 걱정 말고."

핸드폰을 귀에서 뗀 김학기가 벽시계를 보았다. 오전 6시 15분이다.

오전 9시 반, 2연대 1대대장 반영휘 중좌는 탱크 옆에 서서 이맛살을 찌푸렸다. 강 건너편이 소란스러워 있는 것이다.

"이런 젠장."

반영휘가 다가온 3중대장에게 물었다.

"저거, 지금도 늘어나고 있나?"

“예, 계속해서 늘어나고 있습니다.”

3중대장이 어깨를 부풀렸다가 내렸다. 지금 제14국경수비대에 병력이 들어차 있는 것이다. 그리고 옆쪽으로도 수십 대의 트럭 대열이 14수비대를 향해 달려오고 있다. 트럭에는 병사들이 타고 있는데 그것만으로도 2개 대대가 넘는다.

“탱크로 깔아뭉개면 됩니다.”

3중대장이 말하자 반영휘는 버럭 화를 냈다.

“깔아뭉개면 대수냐? 이 멍청한 놈아!”

“예?”

놀란 중대장이 몸을 세웠다. 2연대는 전차 연대라 밀고 내려가면 된다. 포사격할 것도 없이 깔아뭉개면 끝나는 일이다. 강 건너 14수비대에는 변변한 대전차 무기도 없는 보병들이 늘어나고 있을 뿐이다. 그러나 군단장의 지시가 있다. 가능하면 대량살상은 피하라는 지시다. 그런데 이건 뭔가? 그때 1중대장이 달려왔다.

“대대장 동지! 계속해서 트럭이 옵니다! 보병만 1개 연대가 넘겠습니다!”

2천 명이 넘는다는 말이다. 이건 무슨 수작인가?

잠시 후에 연대장의 보고를 받은 10사단장 위세경이 소리쳤다.

“기다려라! 군단장 동지께 보고하기 전까지는 내려가지 마!”

군단장 지시도 지시지만 위세경도 처음부터 대량살상은 피하고 싶은 심정이다. 지금 중국군은 70년 동맹국이며 형제국인 북조선을 침공하려는 것이다. 그것도 침공하는 순간 거의 비무장이나 다름없는 북한군 보병을 전차부대가 무더기로 깔아 죽이면서 시작해야 된단 말인가?

10시 10분, 부관의 전화도 전원이 꺼져 있었기 때문에 김학기는 핸드폰을 내동댕이쳤다. 그때 문에서 인기척이 나더니 유정숙이 들어섰다. 파리한 얼굴에 머리칼이 헝클어져 있다.

"미안해요."

다가온 유정숙이 가라앉은 표정으로 김학기를 보았다.

"애는 자요?"

"응, 조금 전에."

화를 누른 김학기가 건성으로 물었다.

"괜찮아?"

"예, 이제 좀. 검사를 했더니 수술한 곳이 좀 찢어졌다는데요."

"개자식들."

"미안해요."

"네가 미안할 건 없고. 나 바빠서 부대 들어가 봐야겠다."

"아침 드셨어요?"

"내가 그럴 정신이 있냐?"

눈을 치켜떴던 김학기가 몸을 돌렸다. 신발을 신는 김학기에게 유정숙이 다가와 섰다.

"새벽에 갑자기 머리가 어지럽더니 잠깐 쓰러졌다가 일어났어요."

고개를 돌린 유정숙이 쓴웃음을 지었다.

"벨 울리는 소리가 나서 문을 열었더니 아무도 없더라구요. 그러더니 머리가……."

"이런."

눈을 부릅뜬 최종래가 벌떡 일어섰다. 이제는 김학기의 머릿속을 최종래가 채웠다.

"이것들한테 당했군."

이것들이란 신의 아들 족속을 말한다. 김학기가 뛰쳐나갔다.

그 시간에 김학기 우측 상공을 4대의 시누크기가 남쪽을 향해 날아가고 있다. 김학기가 힐끗 보았지만 무시했다.

"여보세요."

응답 소리가 들렸을 때 김학기가 버럭 소리쳤다.

"너, 왜 전화를 안 받는 거야?"

"이런."

상대방은 참모장 강태일 대좌다. 강태일이 불쑥 물었다.

"동무, 지금 어디 있어?"

"뭐라고? 동무?"

기가 막힌 김학기가 소리쳤을 때 강태일이 이 사이로 말했다.

"동무, 너 지금 유정숙이 하고 같이 있지? 기다리라우, 내가 부하들을 보낼 테니."

"아니, 이 간나 새끼가 미쳤나?"

"내가 최용해 동지의 직접 지시를 받았다구. 넌 발견 즉시 총살이야."

"뭐라고?"

"기다리라우, 이젠 널 찾아갈 테니까."

그때 통화가 끊겼기 때문에 김학기는 아연했다. 김학기가 아니다. 김학기를 지배하고 있던 최종래가 아연한 것이다.

"무슨 일이에요?"

뒤에서 유정숙이 물었을 때 김학기는 쓴웃음을 지었다. 그러고는 현관으로 다가갔다.

"나, 나갈게."

이제 김학기, 유정숙과는 이별이다.

"오늘 저녁에 오시는 거죠?"

유정숙이 묻자 김학기는 건성으로 대답했다.

"아, 그러지."

현관을 나온 김학기가 곧장 아파트 정문을 나갔고 모퉁이를 돌 때 김학기의 몸에서 최종래가 빠져나갔다. 그래서 김학기와 최종래는 20미터쯤 나란히 걸었다. 그때 앞쪽 길에서 이쪽으로 꺾어 오는 서너 명의 군인이 보였다. 보위부 복장의 군관, 그리고 병사들이다. 앞장선 군관이 보위부대장 강민수였기 때문에 김학기의 얼굴에 웃음이 떠올랐다.

"여, 강 대좌."

그때 강민수가 허리에 찬 권총을 꺼내 들었다. 그것을 본 최종래가 눈을 치켜떴을 때 총성이 울렸다.

"탕!"

거리는 5미터 정도밖에 안 되었기 때문에 정통으로 가슴을 맞은 김학기가 몸을 젖히며 쓰러졌다. 김학기는 소장 계급장을 붙인 장군이다. 지나던 행인들이 질색을 했고 최종래도 옆으로 붙어 섰다. 그때 강민수가 권총을 든 채로 쓰러진 김학기에게 다가왔다.

"사살했다."

그때 최종래는 내막을 확연하게 깨달았다. 최용해가 바로 신의 아들이었다. 늦었다. 최용해로 변신하고 핵을 빼갔구나. 유정숙으로 변신한 것도 신의 아들일 것이다. 교활한 놈, 유정숙이 되어서 날 불러내고 마주쳤을 때는 승부가 나기 어려우니까 병원에 있다면서 시간을 끌었다. 그리고 그사이에 최용해로 변신해서 핵을 빼갔구나. 부하들에게는 내가 악마라는 말은 안 하고 배신자니까 죽이라고 했겠지. 그래서 방금 강민수가 나를, 아니 김학기를 쏴 죽인 것이지. 최종래의 얼굴에 쓴웃음이 떠올랐다.

"무엇이? 옮겼어?"

놀란 시진핑이 버럭 소리쳤다. 오전 11시 10분, 이화원의 안가 안, 시진핑이 앞에 선 외교부장 겸 당서기 왕우를 노려보았다. 요즘 둘은 거의 붙어 있는 상황이다. 왕우가 어깨를 늘어뜨렸다.

"예, 4곳에 보관되었던 핵탄두 24기가 모두……."

"뭐? 24기라니?"

"예, 24기라고 공식발표를 했습니다."

"공, 공식발표?"

시진핑이 말까지 더듬었다. 그때 왕우가 말을 이었다.

"예, 대전 육군본부 군수기지청장이 기자들에게 말했습니다. 이건 발표를 한 것이나 같습니다."

"으음."

"육군 소장입니다. 현재 극비 장소에 보관한 핵탄두는 24기라고 했습니다."

"12기가 아니군."

"예, 숨겨두고 있었던 핵탄두까지 다 내놓은 것입니다."

"으음."

고개를 든 시진핑의 두 눈이 충혈되어 있다. 10시에 북한으로 밀고 내려가려던 인민해방군 3군단 소속 10사단은 아직도 국경선 위쪽에 머물고 있다. 압록강을 건너지 않은 것이다.

"이거, 어쩌다 이렇게 되었지?"

혼잣소리로 말한 시진핑이 흐린 눈으로 왕우를 보았다.

"그럼 남북연방이 핵을 갖게 된 건가?"

시선을 내린 왕우가 대답했다.

"지금 현재로서는 그렇습니다."

"미국 반응은?"

"아직 없습니다."

소리죽여 숨을 뱉은 왕우가 외면한 채 말했다.

워싱턴은 오후 10시 20분이다. 백악관의 오벌룸, 트럼프가 앞에 앉은 안보보좌관 커크 매디슨과 국무장관 제임스 이스트먼을 번갈아 보았다. 이맛살이 찌푸려져 있다.

"24개?"

"예, 각하."

커크가 번들거리는 눈으로 트럼프를 보았다.

"공식발표나 같습니다. 육군 군수기지청장이 24기라고 말했으니까요."

"갓댐."

트럼프가 주위를 두리번거리는 시늉을 했다.

"합참의장은 왜 안 오는 거야?"

그때 문이 열리더니 합참의장 벤자민 프로스트가 서둘러 들어섰다. 다가온 벤자민이 앞쪽에 앉더니 트럼프에게 보고했다.

"24기는 맞습니다. 그런데 그것이 각각 몇 메가톤짜리라는 건 알려주지 않았습니다."

벤자민이 한국 주둔 미군 사령부와 연락을 하고 돌아왔다. 주한 미군 측에서 한국군과 접촉을 한 것이다. 벤자민이 말을 이었다.

"이것은 남북 수뇌부가 어젯밤 긴밀한 협조하에 긴급작전을 한 것입니다."

"으음, 이 새끼들이."

"핵은 이미 남한 수중에 들어갔습니다."

의자에 등을 붙인 벤자민의 얼굴에 쓴웃음이 번졌다.

"각하, 오늘 오전에 중국군이 북한으로 밀고 내려오려고 하다가 멈췄습니다."

"중국이?"

"예, 국경 근처에 북한의 핵 기지가 있었거든요. 그곳으로 밀고 내려가다가 간발의 차이로 남한한테 빼앗긴 것이지요."

벤자민이 14수비대 위쪽에서 대기했던 중국군 10사단의 상황을 설명하자 트럼프가 이제는 한숨을 뱉었다.

"갓댐, 큰일 날 뻔했군."

"중국 측에 넘어갔다면 죽 쒀서 개 준 꼴이 되지요."

"그게 무슨 말야?"

"제가 한국에 3년 있었기 때문에 한국 속담을 압니다. 남 좋은 일을 시켜준다는 말이죠."

"젠장, 그럼 남한이 핵을 내놓을까?"

그때 모두 입을 다물었고 트럼프도 대답을 기다리지 않았다.

아소 다로 부총리가 고개를 저었다. 술잔을 든 채 고개를 저어서 술이 출렁거렸다.

"안 내놓을 거요, 총리."

총리 관저의 식당에서 아베가 관방장관 나가노까지 셋이서 술을 마시고 있다. 이곳 시간은 오후 12시 반, 점심을 먹다가 아예 젓가락을 내려놓고 셋은 맥주를 마시는 중이다. 아소가 말을 이었다.

"남한으로서는 굴러 들어온 떡이지. 한국에 그런 속담이 있어. 그 떡을 내놓을 리가 있나?"

"갓댐."

아베가 미국식 욕을 하더니 정색하고 아소를 보았다.

"한국의 운이 터지는 건가?"

"그런 것 같아."

나이가 위인 아소가 술기운에 거침없이 말했다.

"남북이 갑자기 이렇게 접근할 줄이야. 한민족 역사에 이런 경우가 없어."

"부총리는 한국 역사를 잘 아시지?"

"그럼, 우리 아소 광산에서 한국 안면도의 소나무를 33만 그루나 가져왔어. 그 통나무가 지금도 우리 아소 탄광의 갱도에 박혀 있다고."

"그거, 100년도 넘었을 텐데, 괜찮소?"

"아, 한국산 소나무는 단단해."

"말이 다른 곳으로 갔는데."

한숨을 쉰 아베가 아소를 보았다.

"남북연방이 남한 쪽 체제로 가겠지요?"

"당연하지요, 그래서 김정은이가 날아온 거지."

"아, 그것 참."

눈동자의 초점을 잡은 아베가 아소를 보았다.

"내가 한 번 서울을 가야 되지 않을까요? 두 놈이 지금 함께 있을 때 말입니다."

"오."

아소가 술이 깬 얼굴로 아베를 보았다.

"역시 총리는 순발력이 대단하셔. 난 나이가 있어서인지 그게 부족해."

아소도 총리를 해본 아베의 선배다. 아소가 천천히 고개를 끄덕였다.

"연락해 보시죠, 총리."

임홍원과 점심을 마친 김동호가 북한청사로 돌아와 최용해, 김영철, 최선희를 방으로 불러 모았다. 최용해는 남북연방의 북한 총리로 선임된 후에 활기 있게 일하고 있다. 김영철은 북한군 국방장관이고 최선희는 외무장관이다. 지금 셋은 남북연방의 '북한 대통령'에게 불려온 것이다. 세 쌍의 시선을 받은 김동호가 입을 열었다.

"내가 1년간 연방 대통령 직책을 남한 임 대통령한테 양도할 작정이야."

놀란 셋이 일제히 숨을 들이켰을 때 김동호가 이를 드러내고 웃었다.

"하지만 대통령 고문으로 북한 쪽 일은 나하고 상의하기로 했으니까 다른 거 걱정할 필요는 없어."

"지도자 동지."

최용해가 순식간에 벌게진 얼굴로 김동호를 보았다.

"왜 그러십니까? 저희들은 누구를 의지하고 살라는 말씀입니까?"

"동무들은 내가 간섭하지 않으면 더 잘할 수 있는 동무들이야."

"지도자 동지."

마침내 최선희가 두 손으로 얼굴을 가리면서 흐느껴 울었다.

"왜 그러세요? 저는 지도자 동지가 안 계시면 차라리 죽겠습니다."

"이런."

입맛을 다신 김동호가 셋을 흘겨보았다.

"난 어디 가지 않는다니까 그러네. '남북연방'으로 합쳐졌는데 대통령이 둘이 있으면 일에 혼선이 일어날 것 같아서 나는 고문관 역할을 하는 거야. 임 대통령 옆에 있는다니까?"

"그래도 임 대통령이 북한 일도 다 처리할 것 아닙니까?"

김영철이 분개한 얼굴로 되묻자 김동호가 다시 웃었다.

"이봐, 김 장관."

"예, 지도자 동지."

"지금 우리는 남한에서 도움을 많이 받아야 돼."

"……."

"우리가 내놓을 게 별로 없다고, 핵뿐이었어."

"……."

"어제 우리가 핵을 다 넘겼으니까 남한은 우리한테 전폭적인 지원을 해줄 거네."

"그건 그렇습니다."

김영철 대신 최용해가 대답하자 김동호가 다시 웃었다.

"그때 내가 나서지 않아도 남한은 다 알아서 해줄 거야. 남한한테 맡기자고."

"그래도 그것은 모두……."

"나는 괜찮다니까 그러네?"

이제는 정색하고 김동호가 셋을 둘러보았다.

"시킨 대로 해, 임 대통령 밑에서"

속으로는 좋으면서 뭘, 하는 소리가 입 밖으로 나오려고 했지만 참았다.

김정은의 몸에서 빠져나오려고 그런다. 그동안 체중이 40킬로나 줄어서 이제 110킬로가 된 몸매가 날씬했다. 볼은 홀쭉해졌고 특히 뱃살이 줄어서 걸으면 몸이 가벼워지는 것을 느낄 수 있다. 김동호가 떠났을 때 김정은은 다이어트에 익숙해져서 지난번처럼 과식을 하는 경우도 없을 것이다. 하룻밤에

5킬로가 늘어나다니. 김동호가 잠깐 김정은의 몸에서 나와 서수민과 있다가 돌아왔더니 밤사이에 8인분을 먹고 헥헥거리고 있더라니까.

오후 3시 40분, 김영철이 소공동의 일식당 '도쿄'에 들어서자 안쪽에서 기다리던 사내 하나가 일어섰다.

"3번방에 계십니다."

고개만 끄덕인 김영철이 사내의 옆을 지나 통로 끝 쪽의 3번방으로 들어섰다. 일식의 다다미방에 앉아 있던 사내가 일어섰는데 50대쯤으로 평범한 용모.

"어이구, 오랜만입니다."

김영철이 먼저 인사를 했다. 그러자 사내가 웃음 띤 얼굴로 손을 내밀었다.

"뵙자고 해서 죄송합니다."

"아닙니다, 다만……."

"미행 걱정은 마세요, 철저하게 대비했으니까요. 장관님이 지금도 회의실에 계신 것으로 되어 있습니다."

김영철은 일식당에서 1백 미터 거리인 조선호텔 회의실에 있다가 빠져나온 것이다. 복도에서 기다리던 사내의 안내를 받아 뒷문으로 나왔는데 순식간이었다. 사내들이 미리 준비를 해서 따라가기만 하면 되었던 것이다. 김영철이 심호흡을 했다. 앞에 앉은 사내는 안면이 있는 사문경, 중국 공산당 조직위 부장이다. 그의 실제 직책은 중국의 첩보기관인 국제위원회 부위원장으로 시진핑의 심복이다. 그가 이곳까지 잠행하고 왔으니 사건의 중대성이 실감날 수밖에 없다. 그때 사문경이 입을 열었다.

"시간이 없으니까 요점만 말씀드리지요. 어제 남조선으로 옮긴 북조선 핵은 폐기시키는 것이 낫지 않겠습니까?"

김영철의 시선을 받은 사문경이 쓴웃음을 지었다.

"위원장 동지의 의도를 알고 있습니다. 그래서 장관 동지께 말씀드리는 것이지요."

"난 능력이 안 됩니다."

김영철이 고개를 흔들었다.

"그리고 핵탄두는 이미 북남연방 재산으로 포함되어서 연방 대통령이 연방위원의 결정을 받아야 합니다."

"북남연방이 남조선 주도의 연방제라는 것을 장관께서도 알고 계시지요?"

"그거야……."

"우리 중화인민공화국은 북조선 체제와 동맹 관계를 맺은 것이지, 남조선과 맺은 건 아닙니다. 그렇지 않습니까?"

"그건 그렇습니다."

그때 사문경이 심호흡을 하더니 목소리를 낮췄다.

"장관, 장관께만 말씀드립니다."

"말씀하시지요."

"우리 중국 정부는 남조선 주도의 북남연방이 핵을 소유하고 있는 것을 용납 못 합니다."

"……."

"그래서 이 체제가 굳어지기 전에 북조선과의 동맹조약에 의거, 북조선을 남조선에 투항시킨 현 북남정부를 붕괴시킬 계획입니다."

"……."

"그래서 장관께 말씀드리는 겁니다. 우리가 붕괴시킬 테니까 장관께서는 북조선의 국방위원장을 맡아주시지요. 현재의 김정은 씨는 자격이 없습니다.”

그때 김영철이 손수건으로 이마의 땀을 닦았다. 어느새 이마에 땀이 배어 나와 있었던 것이다. 고개를 든 김영철이 사문경을 보았다.

“사 부장님, 난 능력 없습니다.”

“지금 우리의 행동을 미국도 방해할 수 없습니다.”

사문경이 말을 이었다.

“난 당신들의 말을 듣지 않은 것으로 하겠습니다.”

“어쨌든 들으셨으니까.”

사문경이 똑바로 김영철을 보았다.

“우리가 북조선으로 진입하면 아무도 못 막습니다. 핵은 이미 남조선으로 옮겼지만 핵탄두만 가져간 셈이니까.”

그때 김영철이 자리에서 일어섰다. 얼굴이 일그러져 있다. 안색도 창백하다.

“난 이만 가겠습니다.”

사문경은 앉은 채 말리지 않았다. 쳐다보기만 한다.

<3권 계속>